목
차

Witch and Hound
- Mirror, mirror -

마녀와 사냥개

Witch and Hound
- Mirror, mirror -

I

카미츠키 레이니
Illust **LAM**

CHARACTER

등 장 인 물

서장

길리 부인의 증언

1

──마녀는 고통을 느끼지 않는다.

그렇게 전해지니까, 마님은 저희 메이드에게 채찍을 준비시키
셨습니다. 길이가 짧은, 승마용 채찍입니다.

마님은 그걸로 찰싹찰싹 손바닥을 때리면서 노아의 앞에 서셨
습니다. 자, 어떻게 해 줄까──. 그런 목소리가 들려올 것만 같
은, 심술맞은 웃음을 띠고서.

의자에 묶인 노아는 몸을 비틀며 저항했습니다. 우오오, 그오
오, 그런 식으로 동물 같은 신음소리를 내면서. 그건 분노였을까
요, 두려움이었을까요.

뭐라고 외치긴 했지만 재갈을 물고 있어서 알아듣기 힘들었습
니다……. 눈을 부릅뜨고 얼굴이 벌게져서. 무시무시한 표정으
로 마님과 벽 쪽에 선 저희를 노려보았습니다.

그 방은 평소 메이드들이 몸단장하는 곳으로 썼습니다. 벽에는
삼면거울이 있고, 화장대 위에는 분이나 빗 같은 게 너저분하게
방치되었습니다.

방에는 저희 메이드 말고도 집사장과 시내의 순라 여러분, 신
부님이 계셨습니다.

하지만 다들 입을 꾹 다물고 있을 뿐. 덜걱, 덜걱 하고 의자에
묶인 노아가 몸을 뒤트는 소리만이 방에 울리고 있었습니다.

이렇게 마님의 사적인 마녀재판이 시작되었습니다.

"당신이 마녀인지 아닌지. 이 채찍으로 확인해 주겠어."

마님은 그렇게 말씀하셨습니다.

마녀는 고통을 느끼지 않는다── 그러니까 자신의 의혹을 풀고 싶거든 힘껏 소리치면서 아파해 봐라. 그렇게 말씀하시며 노아의 메이드복 자락을 걷어 올려서 다리를 드러내셨습니다.

하얀 피부가 채찍에 맞아 떨리고, 마치 말이 울부짖는 듯한 비명이 일었습니다.

그 아이는…… 노아는 아파했습니다.

연기가 아니라 진짜로.

점점 더 얼굴이 벌게지고, 눈에 눈물을 글썽이고, 울부짖었습니다.

그래도 마님은 채찍을 계속 휘두르셨습니다. 몇 번이고, 몇 번이고.

보다 못한 신부님이 한 차례 마님의 손목을 붙잡았습니다.

"그만두시지요. 곧 마술사들이 도착합니다. 마녀의 심문은 그들에게 맡겨야 합니다."

그렇게 진언하지만, 저 마님이 주인님 외의 다른 자의 말에 귀를 기울일 리가 없습니다. 신부님의 손을 뿌리치고 더욱 힘차게 채찍을 휘두르셨습니다.

아파? 안 아파? 제대로 소리치지 않으면 모르잖아──.

저는 계속해서 우는 노아를 도저히 보고 있을 수 없어서 눈을 질끈 감았습니다.

무섭고 두려워서. 그 아이가 숨기고 있는 비밀을 마님에게 실토한 것을 크게 후회하였습니다. 그 아이의 편을 들어줄 사람은 저밖에 없었을 텐데.

노아는 원래 주인님이 사 온 노예였습니다.

그 사적인 마녀재판으로부터 2주 정도 전에 주인님이 데려오셨습니다. 천 옷 한 겹만 입고서. 자기 물건으로 딱 하나 손거울만 품에 껴안고 있었습니다.

노예란 것은 평소 난폭하게 다뤄지고 꾀죄죄한 꼴을 하는 법이라고 저는 생각하고 있었습니다. 하지만 노아는 그렇지 않았습니다.

그 몸에는 멍 자국 하나 없고, 단정하게 자른 그 머리칼은 잘 빗질한 모습이었습니다.

큼직하고 동글동글한 눈에서 빛나는 붉은 홍채는 마치 루비와 같았지요.

하얀 피부는 갓 짜낸 우유 같았습니다.

나이는 이제 막 열둘이 되었다고 했습니다. 한눈에도 고급 노예였으니까, 꽤나 비싼 값에 팔려왔겠지요.

"어때, 예쁘지?"

주인님은 그렇게 말씀하시며 노아를 마님 앞에 세우셨습니다.

여행길에 발견한 앤티크 물품을 자랑하듯이 '내 눈썰미로 찾아냈다.' 라고.

마님은 노여움을 드러내셨습니다. 향신료를 사러 간 주인님이 후추 두 포대와 함께 노예 소녀를 사 왔으니까, 그 노여움은 지당한 것이었습니다.

하지만 결국 주인님의 뜻에 따라서 노아는 저택의 메이드로 일하게 되었습니다.

혹시나 주인님의 노리개가 아닐까── 누가 먼저 시작한 말인지 모르지만 그런 소문이 떠돌았습니다. 주인님이 여행길에서 그 아이를 노리개로 구입하여서 우리 메이드들 사이에 숨기려는 게 아닐까 하는, 추잡한 소문입니다. 저택 사람들은 정체 모를 노예 아이를 다들 달갑게 여기지 않았습니다.

하지만 제게는 도무지 그 아이가 그렇게 보이지 않았습니다.

노아는 자기 나름대로 예의범절이나 집안의 규칙 룰을 배우려고 했고, 평소에는 무뚝뚝하고 붙임성 없는 아이지만 칭찬해 주면 그 나이 또래 아이들이 그렇듯이 수줍어하며 미소 짓는 것도 저는 알고 있었습니다.

어느 날, 노아가 점심으로 나온 우유와 빵을 앞치마 주머니에 숨기는 것을 우연히 본 적이 있었습니다. 남들의 눈을 피해서 몰래 저택을 빠져나가길래, 저는 그 뒷모습에 궁금증이 들어서 어디로 가는지 뒤를 밟았습니다.

노아는 정원 구석에 웅크려 앉았습니다.

가만히 엿보니, 덤불 그늘에 고양이 가족이 숨어 있고, 누워 있던 어미고양이가 새끼고양이들을 품고 있는 게 아닌가요. 노아는 이 고양이들을 위해 자기 몫의 우유와 빵을 나눠준 것이었습니다.

제 인기척을 알아차리고 황급히 일어선 노아는 겸연쩍은 듯이 고개 숙이고 '이건 비밀로 해 줘.'라고 작은 목소리로 말했습니다.

　제가 물론이라고 말하며 끄덕이자, 그녀는 활짝 웃었습니다.

　마치 앤티크 인형처럼 말이 없고 무뚝뚝하고, 그리고 아름다운 그녀가 웃으면 입가에 살짝 덧니가 엿보이는 것을 저는 그때 처음 알았습니다.

　그 이후로 고양이에게 주는 우유와 빵은 둘이서 반씩 나누는 걸로 했습니다.

　노아는 저보다 나이가 어렸지만, 기품 있고 어른스러워서 도무지 노예 출신으로 보이지 않았지요. 속눈썹이 긴 옆얼굴을 보면 혹시 몰락한 귀족 아가씨가 아닐까…… 그런 상상을 했을 정도입니다.

　제가 이 공상을 그 아이에게 말하자, 노아는 저에게만 손거울을 보여주었습니다.

　저택에 왔을 때 품에 껴안고 있던 하얀 손거울입니다. 잘 보니 무척이나 고급스러운 물건이었습니다. 거울 표면은 잘 연마되어 있고, 손잡이 바깥에는 아름다운 하얀 뱀이 장식되어 있었습니다.

　손거울을 뒤집어보면, 아래쪽에 조그맣게 'A.Fygi'라는 이름이 새겨져 있었습니다. 이 〈피지 가문〉이 자기 진짜 집안이라고 노아는 주장했습니다. 예전에는 귀족이었지만, 지금은 몰락해서 없어진 가문이라고.

　그녀가 사실을 말하는 건지, 아니면 제 망상에 어울려 주었을 뿐인지. 확인할 수 없는 일의 진위는 아무래도 상관없었습니다. 거짓말이든 사실이든 노아가 아름답다는 건 변함없었고, 그녀와의 대화는 매우 재미있었으니까요.

하지만 저는 주위를 더 경계해야 했습니다. 저의 생각 없는 행동이 노아를 저택에서 쫓아내고 싶은 마님에게 그 구실을 주었으니까요.

당시 저는 피기라고 불리고 있었습니다.

"피기, 당신 그 아이와 몰래 뭘 하고 있지?"

마님이 그렇게 물으신 것은 궁정 살롱으로 외출하실 마님의 금발을 정수리에 모아 틀 때의 일입니다.

"당신, 식사 후에 종종 없어지는 모양이던데? 그 아이와 함께 몰래 저택 밖으로 나가잖아? 왜 그러는 거야?"

"그건…… 저기."

저는 망설였습니다. 정원에 숨은 고양이들에게 우유와 빵을 나눠주고 있다고, 우리의 비밀을 밝혀야 할지 말아야 할지——.

하지만 마님은 아마도 이 비밀을 모두 알고 계셨습니다.

"당신들 혹시라도 들고양이에게 먹이를 주는 건 아니겠지?"

"어……."

노아와 주인님의 관계를 의심하던 마님은 분명 계기를 찾고 계셨습니다. 노아를 정당하게 괴롭히고 저택에서 쫓아내기 위한 구실을.

"피기. 나는 말이지, 그 아이가 마녀가 아닐까 싶어."

삼면거울에 비친 자기 얼굴에 눈물점을 덧그리면서 마님은 잡담처럼 말씀하셨습니다.

　마녀.──그것은 말할 것도 없이 세례 없이 마법을 써대며 사리사욕을 추구하는 악녀. 사람들에게 불행을 가져오는 재앙입니다.

　두려움에 떠는 제게 마님은 지난번에 살롱에서 들으셨다는 이야기를 해 주셨습니다. 남쪽 나라에서 소문으로 나도는, 자홍색 혀를 가진 마녀의 이야기였습니다.

　남쪽에 있는 이나테라 공화국──그 항구도시 사울로에서.

　노예로 팔려온 한 소녀가 저택에 사는 사람들을 모조리 죽이고 금은보화를 강탈하는 사건이 일어났습니다. 참극에서 살아남은 자의 증언에 따르면 소녀는 무수하게 굴러다니는 시체 한가운데서 은으로 된 커다란 낫을 껴안고 서 있었다는데. 날름 내민 그 혓바닥은 독살스러운 자홍색^(마 젠 타)을 띠었다고 합니다──.

　그 사건의 무대가 된 항구도시 사울로는 바로 주인님이 향신료를 사러 가신 곳이었습니다.

　마님의 말로는 주인님이 사온 노예 소녀 노아가 바로 자홍색 혀를 가진 마녀, ‘마젠타’가 틀림없다고.

　“그럴 리가…….”라고 저는 말했습니다. “노아의 혀는 그런 색이 아닙니다.”라고.

　하지만 마님은 그런 저를 보고 “피기는 멍청하구나.”라고 웃으셨습니다.

　“그 아이가 진짜로 마녀라면 혓바닥 색깔을 바꿔서 숨기는 정도는 일도 아니야."

"그래선……. 노아가 마녀인지 마녀가 아닌지 확인할 길이 없지 않습니까."

"그래. 혓바닥 색깔로는 확인할 수 없어……. 하지만 마녀의 특징은 또 있거든? 고통을 느끼지 않는다든가, 물에 가라앉지 않는다든가……."

마님은 턱에 검지를 대고 고개를 갸웃거리셨습니다.

"분명히 이런 것도 있었지. 마녀는 몰래 사역마를 키우고 있다……라든가. 그래서 물어본 거야, 피기. 당신, 그 아이와 몰래 뭘 하고 있어?"

저는 자연스럽게 몸을 떨고 빗을 떨어뜨렸습니다.

"말 못 하겠니, 피기?"

마님은 바닥에 떨어진 빗을 주워서 제게 내밀면서 귓가에 속삭이셨습니다.

"그럼 당신도…… 마녀로 생각하면 되겠네?"

"아뇨, 저는."

"저는?"

"저는…… 그저──."

"그 마녀가 그렇게 말한 거지? 사역마에게 먹이를 줄 거니까, 점심을 나누자고."

"……──."

제게는 마님에게 대들 용기가 없었습니다.

채찍으로 연신 얻어맞은 노아는 고개를 축 늘어뜨렸습니다. 흐트러진 머리칼 때문에 표정은 엿보이지 않았지만, 입술에서 흐르는 침이 새빨갛게 부은 다리로 떨어지는 광경을 기억합니다.

그때 난폭하게 문이 열리고 마술사 세 분이 들어오셨습니다.

제일 먼저 들어온 것은 후드를 덮어쓴 중년 마술사님. 덥수룩한 수염에 이목구비가 뚜렷한 얼굴이었습니다.

빠른 걸음으로 노아를 향해 걸으면서 로브 자락 사이로 팔을 내밀었습니다. 그대로 손가락을 천장 쪽으로 까딱거리자, 놀랍게도 노아가 묶인 의자가 통째로 둥실 떠오르지 않습니까.

이어서 마술사님은 손바닥으로 눈앞의 공간을 눌렀습니다. 노아가 묶인 의자는 그 손의 움직임에 맞추어서 공중을 스윽 미끄러지더니 혼자서 창가에 착지했습니다.

마법을 보는 것은 이때가 처음이었습니다. 사악하게 습득한 마녀의 그것과 달리, 정당하게 세례를 받은 마술사님의 마법은 진정한 기적입니다.

다른 두 마술사님 중 여자 마술사님이 마님이나 저희에게 '마녀에게서 떨어져서 벽 쪽으로 물러나라.'고 말씀하셨습니다. 그분의 두 어깨에는 적색, 청색, 황색의 새가 각각 앉아 있어서 조금 신기한 광경으로 느껴졌습니다.

"당신, 설마 사적재판을 한 거야?"

여자 마술사님은 마님의 손에 들린 채찍을 보고 나무라듯이 물었습니다.

마님은 불쾌하다는 듯이 어깨를 으쓱일 뿐이었습니다.

"멍청한 짓을."이라고 뇌까리듯이 말한 것은 키가 크고 젊은 마술사님이었습니다. 그는 어깨에 커다란 가방을 메고 있었습니다. 그리고는 수염 많은 마술사님에게 "오보였던 모양입니다." 라고 말했습니다.

"이 소녀가 '마젠타' 라면 이자들은 진즉에 다 죽었을 겁니다."

젊은 마술사님은 노아의 곁으로 다가가더니, 그 재갈을 나이프로 끊으셨습니다. 그리고 기절한 노아의 턱을 붙잡고 입안을 확인하십니다.

"역시나. 혀도 자홍색이 아닙니다. 가엽게도."

"긴장을 풀지 마라. 그게 네 나쁜 버릇이야."

수염 많은 마술사님은 미간에 주름을 새기고 날카로운 눈빛으로 젊은 마술사님을 노려보았습니다.

"상대가 마녀일 가능성을 잊지 마라. 마법으로 혓바닥 색깔을 바꾼 걸지도 모르지. 사일런스로 확인해 봐라."

"예이예이, 알겠습니다."

젊은 마술사님은 가방에서 작은 병을 하나 꺼냈습니다.

이건 나중에 안 사실입니다만, 마술사님이 꺼낸 붉은색 액체는 '사일런스 포션' 이라고 해서 마법의 근원인 마나를 없애는 효과가 있다는 모양입니다.

마술사님은 그 약을 써서 노아의 혓바닥에 변색의 마법이 걸려 있지 않은지를 확인하려고 하셨습니다.

젊은 마술사님은 병을 흔들어서 거품을 낸 뒤에 포션을 노아의 입에 부었습니다.

혹시 이걸로 마법이 풀려서 혓바닥 색깔이 자홍색으로 변하면, 노아는 마녀임이 증명됩니다. 반대로 혓바닥 색깔이 변하지 않는다면 단순히 가엾은 메이드였다는 게 증명됩니다.

과연…… 어떤 변화가 일어날지, 저희는 마른침을 삼키며 상황을 지켜보았습니다. 노아의 입에서 흘러나온 붉은 액체가 뺨을 따라 주르륵 흘렀습니다.

그 직후——의자에 묶인 노아의 온몸에서 증기가 피어 올랐습니다.

저는 그때 그 붉은 액체를 부으면 다들 그렇게 되는 거라고 생각했습니다. 액체를 맞은 자는 온몸에서 증기가 나오는 거라고.

하지만 세 마술사님이 일제히 긴장하였기에 실내의 분위기가 팽팽한 긴장으로 변했습니다.

이윽고 증기는 걷히고, 방에 술렁거림이 일었습니다.

혓바닥 색깔 운운하기 이전에 의자에 묶여 있던 사람은 노아가 아니었습니다.

증기가 걷히자 눈에 들어온 것은 스커트 자락에 수놓인 섬세한 레이스. 꼭 졸라맨 코르셋에 흘러넘칠 것만 같은 가슴. 그리고 흐트러진 금발이었습니다. 흰자위를 까뒤집은 눈꼬리 밑에는 항상 마님이 즐겨 그리는 눈물점이 보였습니다.

저희는 숨을 삼키고 혼란에 빠졌습니다. 그럴 수밖에 없겠죠. 의자에 묶여 있어야 하는 노아가 순식간에 마님으로 모습을 바꾸었으니까요.

다음에 생각할 것은 단 하나입니다.

그럼 또 한 명의 마님은⋯⋯? 방 중앙에서 채찍을 쥐고 선 마님에게 자연스럽게 시선이 모였습니다. ──그녀는 대체 누구지?

그 직후 수염 많은 마술사님이 소리치셨습니다.

"너희들, 그 여자에게서 떨어──."

그 말이 채 끝나기도 전에 마술사님의 목은 바늘에 꿰뚫려서 찢어졌습니다. 그건 마치 창처럼 긴, 은색 바늘이었습니다.

바늘은 마님의 모습을 한 누군가의 손에서 뻗어나온 것이었습니다. 그녀는 하얀 손거울을 가지고 있었습니다. 노아가 제게만 몰래 보여주었던, 뱀 장식이 휘감긴 손거울입니다.

마님의 모습을 한 누군가는 그 손거울의 끄트머리로 마술사님 쪽을 가리키듯이 손을 뻗고 있었습니다. 은바늘은 손거울 끄트머리에서 뻗어 나온 것처럼 보였습니다.

그녀가 팔을 옆으로 휘두르자, 꽂혔던 바늘이 마술사님의 목을 찢어서 마치 분수처럼 대량의 피가 솟구쳤습니다.

그 피는 천장에 도달했습니다. 삼면거울에, 융단에, 의자에 묶인 마님에게 선혈이 쏟아지고, 목이 찢긴 마술사님은 다리가 풀려 쓰러졌습니다.

방에 비명과 절규가 울렸습니다.

모두가 문으로 쇄도하는 가운데, 두 마술사님이 앞으로 나서서 그 누군가와 대치했습니다.

마님의 모습을 한 누군가는 손거울을 크게 휘둘렀습니다. 그러자 은색 바늘이 채찍처럼 흔들리며 그 손으로 돌아왔습니다. 바늘은 거울 안으로 빨려 들어갔습니다.

이어서 그녀는 손거울을 머리 위로 휘둘렀습니다.

다음에 거울에서 발생한 것은 실크처럼 빛나는 천이었습니다. 대체 어떤 장치일까요. 커다란 은색 커튼이 거울에서 출현하여 그녀의 온몸을 가렸습니다.

잠시 뒤에 커튼 너머에서 나타난 것은 앞치마가 달린 급사복에 어깨 위로 단정하게 자른 머리. 거기에는 노아가 붉은 눈을 빛내며 서 있었습니다.

대체 어느 틈에 바꿔친 걸까요.

적어도 사적인 마녀재판이 시작되었을 때는, 마님은 이미 노아였습니다.

"이 마녀가……!"

젊은 마술사님이 저주하듯이 말하고 어깨에 멘 가방을 바닥에 떨어뜨렸습니다.

그리고 두 팔을 머리 위로 쳐들었습니다. 가방 말고는 아무것도 들고 있지 않았을 텐데, 팔을 아래로 휘둘렀을 때는 그 손에 거대한 검이 쥐어져 있었습니다.

아뇨, 그것만이 아닙니다. 아무것도 없는 공간에서 차례로 검이 발생하여 젊은 마술사님을 둘러싸듯이 바닥에 꽂혔습니다. 그 숫자는 다섯 자루던가, 여섯 자루던가. 어쩌면 열 개 정도 되었을지도 모릅니다.

그리고 또 한 명, 여자 마술사님의 어깨에서 세 마리의 새가 날아올랐습니다. 각각이 강아지 정도 크기로 부푸나 싶더니, 체모는 그대로 남긴 상태로 형상을 일그러뜨려서 날카로운 뿔이나 어금니를 가진 괴조로 변신하였습니다. 여자 마술사님의 머리 위에 두 마리의 괴조가 날개를 펼치고, 발밑에는 날개를 앞다리처럼 쓰며 엎드린 또 한 마리의 괴조가 이빨을 드러내고 있었습니다.

마법이다── 그런 생각에 저는 숨을 삼켰습니다.

하지만 아까처럼 기적을 목도하고 감동할 상황이 아니었습니다. 문으로 쇄도하는 메이드들에게 떠밀려서 저는 바닥에 쓰러졌던 것입니다.

올려다본 곳에는 노아가 서 있었습니다.

두 마술사가 적의를 보내고 있는데도 그녀는 위기 상황을 전혀 이해하지 못하는 것처럼 태연하게 서 있었습니다.

노아는 손거울을 휘둘렀습니다. 그러자 거울에서 이번에는 수은 같은 액체가 출현했습니다.

액체는 공중으로 날아올라서 노아의 머리 위에 호를 그렸습니다. 은색 아치에 넝쿨이나 이파리가 뒤얽힌 섬세한 무늬가 그려졌습니다. 굳어서 빛나는 그것은 낫이었습니다. 마치 죽음의 신이 품에 안고 다니는 듯한 거대한 낫이었습니다.

그것도 마법이겠지요.

사악하게 사용되는 마녀의 마법은 저속하고 추한 것이라고 배웠습니다.

하지만 실제로 눈앞에서 보니. 그 조그만 소녀가 낫을 껴안고 선 그 광경은, 좋지 않은 말이겠습니다만…… 한 폭의 그림처럼 아름다웠죠.

갑자기 시선을 내린 노아와 눈이 마주쳤습니다.

저는 죽는구나 싶었습니다. 내 몸만 챙기느라 그 아이를 배신하고 그 아이의 비밀——숨기고 있던 새끼고양이들의 존재를 마님에게 고자질했습니다. 저도 새끼고양이에게 먹이를 주었는데 모르는 척하고 노아에게만 죄를 떠넘겼습니다.

죄악감에 가슴이 죄어들었습니다.

"……미안해."

자연스럽게 사죄의 말이 나왔습니다. 그러자 그 아이는 겸연쩍은 듯이 어깨를 으쓱였습니다. 몰래 새끼고양이에게 빵을 주던 것을 제게 들켰을 때처럼.

붉은 눈을 가느다랗게 뜨고 살짝 혀를 내밀었습니다. 그 표정이나 분위기는 제가 잘 아는 노아였는데, 그 혓바닥은 분명히 독살스러운 자홍색으로 물들어 있었습니다.

2

"마님의 염려대로 노아는 마녀였습니다. 그 아이는…… '마젠타'는 저희를 죽이고 금품을 빼앗으려고, 그런 목적으로 저택에 왔던 것입니다."

롱테이블 끝에 선 길리 부인은 통통한 몸 앞에서 두 손을 모으고 있었다.

그 눈은 테이블 위 양초를 똑바로 바라보고 있었다.

테이블 양옆에 자리를 잡은 남자들은 묵묵히 부인의 증언에 귀를 기울이고 있었다.

"마술사님들과 마녀와의 싸움은 참혹하기 짝이 없었습니다. 방 전체가 피로 물들고…… 날아간 팔이 나뒹굴고. 저는……. 저는 다리가 풀려서, 마녀가 그 방을 떠날 때까지 꼼짝도…… 할 수 없었습니다──."

불빛을 반사하는 길리 부인의 눈이 어떤 광경을 되새기고 있는지 남자들은 상상도 가지 않았다. 하지만 정말로 잔혹한 것임은 틀림없겠지.

"죄송합니다. 그 이후의 일은 잘 기억나지 않아서……."

여태까지 담담하니 증언하던 길리 부인이 시선을 내리며 말을 흐렸다.

캠퍼스펠로우 성의 방에 침묵이 깔렸다. 무거운 침묵이었다.

증언은 끝났다. 하지만 롱테이블 앞에 모인 열 명의 남자들 중 누구도 입을 열려고 하지 않았다. 침울한 표정을 지은 채로 입을 굳게 다물고 있었다. 마치 길리 부인의 증언을 통해서 마녀의 독기가 퍼지기라도 한 것처럼.

테이블 위에 놓인 양초들이 남자들의 얼굴을 비추었다.

그들은 캠퍼스펠로우의 정치를 맡은 중신과 요인들이다. 필두 집정관인 재상이나 외교나 재정 등을 맡은 각 부문의 대신들. 캠퍼스펠로우를 수호하는 〈철화 기사단〉의 단장도 말석에 함께하였다.

다만 비밀회의라는 성질상 의사록을 작성하는 서기관은 동석하지 않았다.

"여기서부터는 제가——."

헛기침으로 침묵을 깨뜨린 것은 낙낙한 로브를 입은 노인, 시메이였다. 자리에서 일어나 기다란 로브 자락을 질질 끌면서 길리 부인의 옆에 섰다.

진보라색 로브는 문관, 학장(메이스터)의 증거다. 그 몸은 앙상한 나뭇가지처럼 야위었어도, 숱 적은 백발의 머릿속에는 수많은 지식이나 경험, 어려운 문제의 해결법이 가득 담겨 있다. 마녀재해의 체험자인 길리 부인을 타국에서 데려온 것도 이 학장 시메이였다.

"마녀는 방에서 마술사 세 명을 죽인 다음에 저택 밖에서 대기하던 수도사(롱 크) 두 명과도 교전. 이들을 살해하고 저택을 떠났습니다. 전투에 휘말려든 순라 두 명, 신부와 저택의 메이드 등 여섯 명이 부상을 입었습니다."

시메이는 롱테이블 끝에서 똑바로 방 안쪽으로 시선을 보냈다.

"이것이 7년 전, 교역도시 트레몰로에서 일어난 마녀재해 '트레몰로의 백일몽'의 세부 내용입니다. 어떠십니까, 주군(마이 로드)——."

거기에는 열 명의 남자들을 통솔하는 캠퍼스펠로우의 주군이 자리하고 있었다.

"아직도 이 '마젠타'를 대화가 통하는 상대로 여기십니까?"

영주 버드 그레이스는 팔걸이에 팔꿈치를 얹고 그 손으로 턱을 괴고 있었다.

다박수염을 쓰다듬으며 "흠흠." 소리를 낸다. 나이는 30대 중반. 부드러운 황금색 장발, 근육이 도드라진 굵은 목. 무뚝뚝하고 거친, 실력 있는 기사 같은 몸이었다.

본인은 말에 올라탔을 때가 가장 편하다고 생각하지만, 그레이스 가문의 상속자라는 신분 탓에 캠퍼스펠로우의 영주로서 그 의자에 앉아 있는 남자였다.

　버드의 뒤에는 검과 바늘두더지가 큼직하게 박힌 그레이스 가문의 문장이 걸려 있었다.

　"일단 귀중한 이야기를 해 줘서 고맙군, 부인."

　버드는 예리한 시선을 길리 부인에게 보내며 검지를 세웠다.

　"한 가지 궁금한 게 있는데."

　롱테이블에 앉은 남자들이 일제히 버드에게 시선을 보냈다.

　"싸움의 자초지종을 지켜본 당신은 상처 하나 입지 않았나?"

　"예……. 용의 가호인지, 다행히도."

　영주의 질문에 길리 부인은 겁먹은 듯이 대답했다.

　"그래. 그럼 하나 더. 새끼고양이는?"

　"새끼고양이……?"

　"마녀가 몰래 빵과 우유를 준 새끼고양이 가족 말이다. 어떻게 되었지?"

　"어어……. 마녀가 키우던 사역마니까, 교회에서 오신 마술사 분들에게——."

　"설마 죽었나?"

　"아뇨. 그렇게 될까 싶어서 제가 마녀재해가 있은 날 밤에…… 도망치게 했습니다……."

　"잘했다!"

　"그레이스 공!"

학장 시메이가 끼어들었다.

"대체 무슨 걱정을 하시는 겁니까? 저희는 지금 무시무시한 마녀의 위협에 대해 이야기하고 있습니다. 제대로 듣기는 하신 겁니까? 부인이 체험한 비극을."

"들었고말고. 다만 내게는 비극보다는 가슴 후련한 복수극으로 느껴졌다만."

"가슴 후련한……? 대체 지금 이야기의 어디가?"

"부인이 살아 있다."

버드는 길리 부인을 가리켰다.

"마녀를 배신하고 밀고했는데도 부인은 이렇게 살아 있다. 다리가 풀려서 도망도 못 갔다지 않나. 전투에 휘말려든 다른 메이드 몇 명은 다쳤는데, 부인은 긁힌 데 하나 없었다. 오히려 마녀가 보호해 주었을 가능성조차 있지."

버드는 "안 그런가?"라며 길리 부인에게 미소를 보냈다.

"즉, 마녀는 부인을 용서한 거야."

그렇게 말하며 통통한 부인에게 계속해서 말했다.

"눈물과 함께 말하긴 했지만, '피기'라며 놀림을 받던 네게 이것은 가슴 후련한 이야기 아닌가?"

"그런 일은……."

"사실은 마술사가 아니라 마녀에게 마음이 기울었겠지. 그러니까 사역마일지도 모르는 새끼고양이를 놓아주었다. 그건 너 자신이 마음속 어딘가로는, 그 마녀는 '대화가 통한다'고 느꼈기 때문이겠지?"

"그건……."

길리 부인은 고개 숙인 채 입을 다물었다. 그녀는 용을 믿는 경건한 루시 교도다. 교회가 악으로 지정한 마녀에게 마음이 끌렸다고는 도무지 말할 수 없다.

"이제 됐겠지요."

시메이는 길리 부인에게 퇴실을 명했다. 부인은 고개를 깊이 숙이고 문으로 향했다. 시메이는 그 옆을 따라가서 문 밖에서 대기하던 위병에게 부인을 맡겼다.

문이 완전히 닫힌 뒤, 버드는 의자 등받이에 몸을 기댔다.

"노예로서 저택에 들어가서, 그 가족을 죽이고 금은보화를 빼앗는 소녀. '마젠타'라……. 당시에 간신히 열두 살이었다면 지금은 19세 정도일까."

"7년의 세월을 거쳐서 지금은 '거울의 마녀'로 불립니다."

대답한 것은 버드의 왼쪽 대각선 앞에 앉은 남자, 브래서리였다. 금실과 은실로 단장한, 어깨가 뾰족한 제복을 입고 있었다. 캠퍼스펠로우의 역대 재상이 입는 검은 제복이다. 그는 뾰족하게 턱수염을 기른, 근엄한 남자였다.

"역시나 비슷하군요, '피의 혼례'의 그것과. 메이드로 잠입해서 거기에 사는 이들을 죽인다. 마녀의 수법은 7년 전과 변함이 없는 듯합니다."

재상 브래서리가 언급한 사건 '피의 혼례'란 캠퍼스펠로우에서 발 빠른 말을 타고 이틀 반 걸리는 거리에 있는 왕국, 뢰베에서 발생한 마녀재해다.

사건은 뢰베의 왕, 사자왕이 성에서 일하는 메이드에게 반한 것에서 시작된다.

　사자왕과 메이드의 혼례식은 성안의 예배당에서 치러졌다고 한다. 하지만 그 식 도중에 메이드의 정체가 마녀임이 발각되고, 식에 참석했던 공족과 왕의 중신, 기사 등이 50명 넘게 마녀에게 학살되었다고 한다.

　고작 9일 전에 일어난 사건이다.

　"크큭……. 배짱도 좋군."

　버드는 손으로 턱을 짚으며 웃었다.

　"부자의 저택을 노려서 날뛰던 마녀가 드디어 그 표적을 일국의 왕성으로 돌렸으니까."

　갈가리 찢긴 사체가 굴러다니는 예배당에서 드레스를 새빨간 피로 물들인 마녀는 은색 낫을 껴안고 서 있었다고 한다. 즉 그것이 길리 부인이 말한 '마젠타'의 현재 모습이다.

　"뭐가 배짱입니까. 웃을 일이 아닙니다."

　자기 자리로 돌아간 학장 시메이가 떨떠름한 얼굴로 나무랐다.

　재상 브래서리는 팔짱을 끼고 버드를 째려보았다.

　"버드 님, 예배당의 상황을 들으셨습니까? 목이나 팔다리가 없는 시신이 곳곳에서 피웅덩이를 만들며 굴러다녔다고……. 축복의 자리가 마치 지옥과 같았다고 합니다."

　"그중에는 새까맣게 불탄 시신도 있었다고……."

　말을 보탠 자는 버드의 오른쪽 앞에 앉은 머리가 벗겨진 중년남성, 에델바이스였다.

"인간이 할 짓이 아닙니다. 생각만 해도 소름이 돋습니다."

에델바이스는 자기 몸을 껴안기라도 하듯이 팔을 문질렀다. 체격이 평범한 그는 커다란 회색 로브를 두르고 있었다. 가슴에 단 깃털 배지는 외무대신이라는 증거다.

"하지만 마녀는 왜 뢰베를 노렸을까?"

버드는 수염을 쓸면서 혼잣말처럼 말했다.

에델바이스는 얼굴을 찌푸린 채로 고개를 내저었다.

"뢰베 왕국은 루시 교의 영역 밖이니까 마녀의 천적인 마술사가 존재하지 않습니다. 마녀로서는 움직이기 편한 환경이겠지요. 그리고 그건 여기 캠퍼스펠로우도 마찬가지. 여기도 루시 교의 영역 밖이니까, 마녀를 제압할 수 있는 마술사는 없습니다. 저는 반대합니다, 버드 님."

에델바이스는 자세를 바로하고 버드를 정면으로 바라보며 목소리에 힘을 넣었다.

"마녀를 아군으로 삼는다니, 말도 안 됩니다. 그것은 재해. 인간을 불행하게 만드는 재앙입니다. 마녀가 위험하다는 것 정도는 루시 교도가 아닌 저희라도 방금 이야기를 들으면 알 수 있지 않습니까. 재해를 나라로 불러들였다간, 최악의 경우 캠퍼스펠로우가 멸망합니다!"

"그래, 멸망하겠지."

버드는 당장에라도 울 것만 같은 에델바이스의 호소를 끄덕이며 받아들였다.

"어차피 이대로 가면 캠퍼스펠로우가 아멜리아 왕국에 의해 멸망한다.”

“…….”

그 피할 수 없는 사실에 에델바이스는 말을 삼켰다.

여왕 아멜리아가 통치하는 아멜리아 왕국은 강대한 병력으로 계속해서 영토를 넓히고 있었다. 그 전쟁의 불씨는 캠퍼스펠로우의 지척까지 도달하였다.

석 달 전쯤부터 아멜리아의 군대가 캠퍼스펠로우의 무역의 중추인 〈혈하〉를 실질적으로 지배하기 시작했다. 수많은 국적의 배가 오가는 강에서는 여태까지 관세를 물린 적이 한 번도 없었다. 아멜리아는 거기에 수많은 병사들을 배치하고 수문을 건설했다. 강을 이용하는 나라에 부당하게 무거운 관세를 매기기 시작한 것이다.

더불어서 무구 수출입에는 부당하기 짝이 없을 만큼 악랄한 세금을 요구하고 들었다.

당연히 캠퍼스펠로우는 항의하였지만, 아멜리아가 감세의 조건으로 내세운 것은 그레이스 가문보다도 작위가 높은 공족을 캠퍼스펠로우에 들이라는 것이었다. 즉, 그레이스 가문에 영지를 내놓으라고 요구한 셈이다. 도저히 받아들일 수 없는 조건이다.

“경제 상황은 어떻게 되었지? 장부는 새빨갛겠지.”

버드가 묻자, 재무대신은 힘없이 고개를 내저었다.

“배를 내보낼 때마다 세금을 뜯기는 상황에서는 무역을 계속할수록 궁핍해질 뿐입니다. 이대로 가다간 반년이면 캠퍼스펠로우는 파산합니다."

대장장이가 많이 살며 무기나 방어구 제작을 메인 산업으로 삼는 캠퍼스펠로우에서 무구 수출은 중요한 수입원이다. 그것이 막히면 나라가 약해질 수밖에 없다.

지금 캠퍼스펠로우는 슬금슬금 숨통이 막히고 있는 판국이다.

"너도 절실하게 느끼고 있겠지, 에델바이스? 전쟁은 이미 시작되었다."

"⋯⋯."

아멜리아 왕국이 이 나라를 슬금슬금 몰아붙이는 상황은 외무대신인 에델바이스도 아플 만큼 잘 알고 있다.

캠퍼스펠로우는 결코 유복하다고 할 수 없는 나라다. 영주가 사는 캠퍼스펠로우 성조차도 오래되어서 외풍이 심하다. 버드가 입은 가죽옷도 영주치고 검소한 것으로, 여행 다니는 상인들과 별반 다를 바가 없어 보였다.

영주가 이러면 서민은 한층 더 가난하다. 하지만 그래도 캠퍼스펠로우 사람들은 나날을 열심히 살고 있었다. 농장이나 대장간 일, 무역으로 열심히 돈을 모으며 평화롭게 살고 있었다.

그런데 느닷없이 대국 아멜리아가 혹독한 압제를 가한 것이다.

버드는 확신하였다.

"아멜리아는 반드시 여기를 공격한다. 이 압제는 그 발판이다. 우리가 횡포라고 소리치면 그걸 핑계 삼아서 병력을 보낼 생각이겠지. 그러니까 우리는 북쪽 나라와 손을 잡았다."

버드와 캠퍼스펠로우도 아멜리아의 침략을 잠자코 지켜보는 건 아니다. 저항할 방법은 있었다. 그것은 아멜리아의 적대국과 손을 잡는 것.

노스랜드는 캠퍼스펠로우의 교역 상대이기도 했다. 밀약은 이미 주고받았다.

"야만스럽기로 유명한 바시아 사람이지만, 북방의 남자들은 그만큼 강건하지. 아군으로 삼으면 이만큼 든든한 건 없어. 하지만 그래도——."

버드는 의자에 등을 기댔다.

"그래도 아직 우리는 아멜리아를 이길 수 없다."

그래, 이길 수 없다. 확실히. 캠퍼스펠로우에서 만드는 최강의 무기와 강건한 바시아 사람으로 구성된 최강의 군대로도 아멜리아를 이길 수 없다.

"이유가 뭐지, 브래서리?"

버드는 다리를 꼬고 왼쪽 앞에 앉은 브래서리에게 팔을 벌린다.

"아멜리아 왕국에는 마술사가 있기 때문이겠지요."

"그래. 문제는 마술사다. 놈들이 쓰는 마법이다."

아멜리아 왕국은 종교국가이기도 했다. 아멜리아가 국교로 정한 종교——용을 믿는 루시 교. 그 교도만이 가질 수 있는 직업이 마술사다. 그 숫자는 300에서 400명 정도. 일국의 병사로 치면 적지만, 그래도 그들의 힘은 충분히 위협적이다.

'마법'이라는 기적을 행하는 그들은 다친 병사를 회복하고, 투석기 없이 불구슬을 날리고, 하늘을 날아다니는 자까지 있다고 한다. 아멜리아 왕국은 이 마술사들을 독점하고 있다. 그렇기에 그 나라는 〈용과 마법의 나라 아멜리아〉로 불렸다.

"그 녀석들과 맞붙으려면 우리에게 뭐가 필요하지? 자랑할 만한 무기는 있다. 최강의 병사도 있다. 부조리와 싸울 분노와 각오도 있다. 그럼 뭐가 부족한가——."

버드는 이번에는 오른쪽 대각선 앞에 앉은 에델바이스에게 팔을 펼쳤다.

"알겠나, 에델바이스."

"마법……입니까."

"그래. 필요한 것은 마술사 외에 마법을 쓸 수 있는 자들이다."

핵심으로 다가가며 버드는 몸을 일으켰다.

"마법이란 자연에 있는 '마나'라는 신비한 힘을 원천으로 한다는 모양이다. 마술사들은 수도원에서 수행하며 그걸 다루는 방법——마법을 습득한다. 하지만 세상에는 수행도 가르침도 뛰어넘어 자연스럽게 마법을 쓰는 천재들이 있다——."

그렇게 말하며 버드는 히죽 웃었다.

"당연히 마법을 자신들이 전수하는 기적이라고 설파하고 싶은 루시 교로서는 달갑지 않겠지. 세례 없이 마법을 쓰는 그녀들을 무시무시한 재해라고 사람들에게 가르치고 '마녀'란 이름으로 박해했다. 우리에게 필요한 건 녀석들이다."

"정신 나간 짓이야……."

누군가가 불쑥 중얼거렸다.

그걸 시작으로 테이블에 모인 자들이 차례로 의견을 나누기 시작했다.

"마술사에게 멸망할지, 마녀에게 멸망할지, 그걸 선택하란 말씀입니까?"

"마녀를 통제할 수 있다는 보증이 없는 이상, 백성을 위험에 내몰게 됩니다."

"아멜리아와는 대화를 더 기대할 수 없습니까? 꼭 공세에 나서지 않더라도."

실내에 다시금 열기가 돌기 시작했다.

하지만 그런 의견 중에서 마녀를 동료로 삼자는 버드의 생각에 찬동하는 것은 없었다.

"차라리 아멜리아의 속국이 되는 건 어떻소? 공존의 길도 나쁘지 않을 겁니다."

"무슨 소릴. 아멜리아에게 착취당해서 망한 나라를 모르나? 한 번 약점을 잡히면 놈들이 얼마나 오만한 요구를 할지 몰라."

"아멜리아는 전쟁국가다. 무기는 아무리 많아도 부족하지. 그것의 속국이 되면 검이나 방패를 남김없이 내놓으라고 하겠지."

"하지만 마녀라는 재해를 아군으로 삼는다니, 그런 전략은 듣도 보도 못했습니다."

"이럴 때일수록 신중해져야 합니다. 나라의 존속을 좌우하는 중대한 국면임을 더욱——."

콰앙——!

자리에 땅울림 같은 타격음이 울리고, 다투던 이들은 어깨를 움츠렸다.

"다들 입을 다물라! 버드 님께서 발언하시는 중이다."

롱테이블 말석에서 덩치 좋은 남자가 목청을 높였다. 탄탄하게 단련된 가슴팍에 굵직한 목. 네모진 턱에, 입은 굳게 다물고 있었다. 실내에 착석하고서도 애창을 손에서 놓지 않은 이 남자는 아직 20대 초반. 방에 있는 이들 중에서 가장 젊었지만, 그 박력은 논객들의 입을 틀어막기에 충분했다.

기사단장 하틀랜드. 그 굵직한 팔뚝과 등에는 '등이 불탄 바늘두더지(파이어 헤지호그)'의 휘장이 붙어 있었다. 그레이스의 문장과 비슷한 그것은 〈철화 기사단〉의 문장이다.

"고맙군, 하틀랜드. 하지만 말이야."

고요해진 실내에서 버드가 다시금 입을 열었다.

"그 '콰앙'은 하지 말라고 했잖나. 네가 앉은 자리만 바닥이 파인다고."

버드는 하틀랜드의 아래를 가리켰다.

항상 말석에 앉는 하틀랜드가 담의를 규탄할 때마다 창대로 내리치기 때문에, 그 돌바닥이 깎여 있었다. "옙!"이라고 하틀랜드는 시원스럽게 대답했지만, 그것도 매번 있는 일이다. 어차피 또 하겠지.

"어디 보자." 하고 자리의 분위기를 다잡듯이 말하며 버드는 자리에서 일어섰다.

"너희의 걱정은 지당하다. 시메이는 마녀의 두려움을 이해시키기 위해 길리 부인을 여기로 데려왔겠지만, 반대로 나는 부인의 이야기를 듣고 확신했다. 마녀는 말이 통하는 상대다."

버드는 자리를 떠서, 착석한 남자들의 등 뒤를 걸어갔다.

"이 나라를 아멜리아의 침략으로부터 지키기 위해, 나는 마녀가 필요하다. 대륙 곳곳에 흩어진 마녀가."

테이블 주위를 걷는 버드를, 착석한 남자들이 눈으로 좇는다.

"마녀를 악당으로 몰고 싶은 루시 교도들은 요란스럽게 떠들고 다니겠지. 마녀란 이렇게나 무시무시한 존재다, 위험하다, 다가가서는 안 되는 재앙이다, 라고——."

크크큭——걸으면서 버드는 유쾌한 듯이 웃었다.

"좋아, 재앙이면 어때. 재앙이라도 상관없다. 마녀에 얽힌 이야기는 잔혹하면 잔혹할수록 좋다. 그만큼 루시 교도들이—— 마술사들이 그 마녀를 두려워한다는 증거 아닌가. 자, 가르쳐다오.——너는 어떤 '마녀'의 이야기를 알고 있지?"

버드가 그 어깨에 손을 올린 문관은 주저하면서 "어어, 제가 알기로는……."라고 입을 열었다.

"가난한 마을 에이들홀른에서는 기아에 빠졌을 때 굶주린 마녀가 사람이나 가축을 마법으로 과자로 바꾸어서……."

"먹었다. '과자의 마녀'로군. 좋아."

버드는 계속해서 테이블 맞은편에 앉은 다른 문관을 지적했다.

"그럼 너는 어떻지? 들려다오, 네가 아는 '마녀'는 어떻지?"

"저는——그렇군요……. 이나테라 공화국의 바다 밑바닥에는 어떤 소원이라도 들어준다는 '바다의 마녀'가 산다고 들은 적이 있습니다. 다만 소원을 들어주는 대가로 그 사람에게 가장 소중한 것을 요구한다고……."

"오즈의 나라에서는." 하고 다른 문관이 슬쩍 손을 들었다.

"같은 마녀인 자매를 죽인 '서쪽의 마녀' 가 유명하지요……."

"그렇군."

버드는 테이블을 주욱 돌면서 맞장구를 쳤다.

"유명하다고 하자면 노스랜드에는 사람이 살지 않는 '얼어붙은 성' 이 있지? 그건 무슨 마녀의 짓이었더라……?"

버드가 슬쩍 어깨를 두들기자 학장 시메이는 한숨을 쉬었다.

"'눈의 마녀' 입니다, 주군. 성을 하나 멸한 마녀를 들자면 그밖에도 '가시덩굴의 마녀' 가 있지요. 그건 어느 숲에 전해지는 일화였더라……."

"성만 망했다면 그나마 봐줄 만하지."

중간에 끼어든 자는 재상 브래서리다.

"밤의 도시 론드크리프는 대륙 저편에서 나타난 하늘을 나는 무리에게 멸망했다고 하지. 기괴한 차림의 병사들을 이끈 여제는 스스로를 '달의 마녀' 라고 칭했다던가."

"이야기가 많이도 있군."

롱테이블을 일주한 버드는 자기 의자에 다시금 앉았다.

"그리고 〈기사의 나라 뢰베〉에서는 '거울의 마녀' 가 사로잡혔다──."

테이블에 앉은 남자들의 시선을 한 몸에 받으며 버드는 자신만만하게 웃었다.

"일단 그자를 동료로 끌어넣자."

"하지만 그 '거울의 마녀' 는 죄인으로 붙잡힌 겁니다. 사자왕을 죽인 여자를 뢰베에서 쉽사리 넘겨주겠습니까?"

시메이는 한쪽 눈썹을 세웠다. 버드는 고개를 내저었다.

"걱정하지 마라. 손은 써두었다. 에델바이스."

버드의 신호에 에델바이스는 봉서를 테이블 위에 내놓았다.

뢰베 가문의 문장, 사자 문장이 찍힌 봉인은 이미 뜯겼다.

"저번에 뢰베에 보낸 편지의 답신이 오늘 도착했다. 살해된 사자왕의 동생 오무라 뢰베는 사로잡은 마녀의 매매를 승인하였다. 다만 그 조건으로 내가 직접 뢰베에 받으러 가야 한다."

"일국의 주인인 버드 그레이스를 정식 사신도 보내지 않고 편지 한 통만으로 불러들이려 한다고요?"

시메이는 감정을 주체하지 못하고 일어섰다.

"예의도 모르는 놈들! 뢰베는 이전부터 오만했습니다."

"그렇게 화내지 마라, 시메이."

버드는 손바닥을 내밀어서 시메이를 진정시켰다.

"사자왕이 죽은 지금, 뢰베는 다음 왕좌에 누가 앉을지를 놓고 흔들리고 있다. 계승권이 있는 오무라로서는 타국의 영주를 불러들여서 그 권위나 넓은 교우관계를 과시하고 싶겠지."

"신용할 수 있겠습니까?" 이것은 브래서리의 말이다.

"뢰베는 과거에 적대했던 상대입니다."

"50년도 더 된 일이지. 하지만 일단 기사는 많이 데려갈까."

버드는 테이블 말석으로 시선을 보냈다.

"하틀랜드. 노련한 기사를, 그래…… 서른 명 정도 선발하다오. 상대는 기사를 많이 거느린 나라다. 이쪽도 질 수는 없지, 성대하게 간다."

"옙! 다이어울프 토벌이 끝나는 대로 착수하겠습니다."

하틀랜드가 쩌렁쩌렁하게 대답했다.

"음, 그래. 다이어울프인가……."

곰처럼 크고 무리를 짓는 늑대의 일종 다이어울프가 캠퍼스펠로우 서쪽에 나타난 것은 바로 어제의 일이다. 울타리를 뛰어넘어 농지에 침입한 세 마리의 다이어울프 때문에 많은 농민들이 처참하게 죽었다.

그 무리가 아직 마을 근처 숲에 있을지도 모른다. 다이어울프의 공포에 주민들은 떨고 있다. 〈철화 기사단〉은 현재 다이어울프 토벌대를 편성하는 중이다.

"토벌대는 언제 출발하지?"

"옙! 준비는 다 되었습니다. 어젯밤부터 내리는 비가 그치는 대로 숲에 들어갈 예정입니다."

"그렇군. 뢰베 원정은 토벌이 끝난 뒤가 되겠군. 참 나, 문제가 끊이질 않아."

의자에 등을 기대며 버드는 천장을 올려다보았다.

하지만 곧 뭔가 떠오른 것처럼 몸을 일으켰다.

"'검둥개'는 어쩌고 있지? 그 녀석도 토벌에 참가하나?"

검둥개──. 그 이름을 들은 하틀랜드는 노골적으로 질색했다.

"그럴 리가요. 놈은 기사단원이 아닙니다. 갑옷을 입으려 들지 않고 검도 쥐려고 하지 않죠. 그런 남자는 너무 약해서 도무지 기사라고 부를 수 없습니다."

"이거야 원……. 정말로 너희는 사이가 나쁘군."

"녀석에게는 숲 입구에서 망을 보게 했습니다. 사실은 그것도 맡기고 싶지 않습니다만. 솔직히 신용할 수 없습니다. 암살자라^{어 새 신}는 정체 모를 족속은——."

3

까악까악, 까악까악——.

비가 갠 하늘을 까마귀 떼가 선회하고 있었다.

하늘은 두꺼운 구름으로 뒤덮여서 주위가 어둑어둑하다.

무수히 많은 까마귀가 나뭇가지에 앉아서 귀에 거슬리는 소리를 낸다. 까마귀들의 시선은 한 허수아비에 쏠렸다. 지면에 박은 말뚝 끄트머리에 커다란 머리를 꽂은 간소한 허수아비다. 하지만 그 크기는 올려다봐야 할 정도로 크다.

그 거대한 머리 위에 한 남자가 한쪽 무릎을 껴안고 앉아 있다.

머리끝이 살짝 말린 흑발에 검정 장갑. 10대 후반의 청년이지만 얼굴은 동안이고, 여자로 착각할 정도로 몸이 가냘프다. 진녹색 눈동자는 정면에 펼쳐진 숲을 가만히 바라보는 상태. 무료한 걸까, 구부러진 늑대 발톱을 손에 쥔 채 돌리고 있었다.

주위에 인기척은 없었다. 이 주변은 어제 다이어울프가 나타난 농지와 가깝다. 주민들은 다이어울프가 다시 나타날까 두려워 피난을 떠났다.

남자는 혼자서 깊은 숲을 계속 바라보았다.

올해는 비가 너무 잦다. 그게 가을의 결실을 줄인 걸까, 캠퍼스펠로우를 찾아온 여행자의 말로는 배곯은 야생동물들이 산에서 내려온다는 모양이다.

평소에는 숲속 깊숙한 곳에 살면서 무리의 영역을 벗어나는 일 없는 다이어울프가 캠퍼스펠로우의 영역에 세 마리나 들어온 것도 먹이를 찾아온 걸지도 모른다.

농지에서 수확 작업을 하던 농민이 열한 명, 소란을 듣고 달려온 병사가 여덟 명 죽고, 그 부드러운 살을 탐한 걸까, 여자가 도합 다섯 명 물려갔다.

현장 상황은 참혹했다. 물어뜯긴 시체와 울부짖는 유족들. 남자는 어제 빗속에서 본 광경을 떠올렸다.

"……."

갑자기 발소리가 들려서 남자는 농지 쪽을 돌아보았다.

"꺄아아아아……! 끈적끈적해! 신발이 더러워졌잖아, 진짜!"

메이드복 자락을 잡고 진흙을 튀기면서 자그만 소녀가 다가왔다. 퉁명스럽게 눈썹을 찌푸린 카푸치노는 그레이스 가문에서 일하는 메이드였다.

눈꼬리가 서서 기가 세 보이는 눈, 어깨 높이로 가지런하게 친 흑발. 작고 날씬한 몸집 탓인지 열다섯 살인데도 어리게 보인다. 그 뺨에는 주근깨가 있었다.

"우에에……. 뭔가요, 그거……?"

카푸치노는 커다란 허수아비를 올려다보고, 안 그래도 붙임성 없는 얼굴을 한층 찌푸렸다.

"설마 어제 그 다이어울프의……?"

허수아비 머리에 앉은 남자는 곱슬거리는 흑발 사이로 소녀를 가만히 내려다봤다.

"줄게."

대충 던진 것은 남자가 만지작거리던 늑대 발톱이다.

"우, 우왓."

다급히 그것을 받는 카푸치노.

"우에엥, 피가 묻었잖아요. 징그럽게."

"다이어울프의 발톱은 부적이 돼. 비싸게 팔 수 있어."

"어, 정말?"

갑자기 눈을 빛낸 카푸치노는 곧장 괴이쩍게 눈을 흘겼다.

"아까 기사단 사람한테 들었거든요? 망 보는 일을 내던지고 혼자 숲에 들어갔다면서요? 다이어울프를 퇴치하러 간 거죠?"

"딱히 녀석들의 지시에 따를 필요는 없잖아. 나는 기사단원이 아니니까."

"그래도 위험하잖아요. 갈 거면 기사들과 같이 가지 그랬어요."

"싫어. 왜 그런 짐짝들을 기다려야 하는데."

"와, 말이 심하다. 그러니까 사람들이 싫어하는 거라고요."

"됐어. 미움받는 것도 암살자의 일이야."

"삐딱한 직업이네요!"

카푸치노는 받은 발톱을 손가락 사이에 끼우고 쉭쉭 휘둘렀다.

"발톱 같은 걸 뽑고……. 그런 짓을 해도 되나요? 무리의 보스가 동료를 데리고 복수하러 오면 어쩌려고요?"

"다이어울프는 머리가 좋아. 울타리를 넘어서 캠퍼스펠로우의 토지에 발을 들이면 무슨 꼴을 당하는지. 주민을 잡아먹으면 무슨 보복을 받는지. 주제를 알고 분수를 가릴 줄 알아. 보스를 해치운 상대에게 대들 만큼 어리석지 않아."

"어……? 그럼 그게 무리의 우두머리……?"

"카푸. 너, 무슨 일이 있어서 온 거 아니야?"

"아, 그렇지. 버드 님께서 롤로 씨에게 전합니다. '당장 성까지 오도록' 이라고 합니다."

"당장? 그걸 먼저 말해야지."

허수아비 머리에서 뛰어내린 남자——롤로는 지면에 소리도 없이 착지했다.

"이거, 한동안 여기에 세워둘 거니까 건드리지 말라고 기사들에게 말해 줘."

롤로가 허수아비 곁을 떠난 순간, 나무들에 앉아 있던 까마귀들이 일제히 허수아비의 머리로 모였다.

까악까악, 까악까악, 까악까악——!

"싫어요. 본인이 직접 말해 주세요……."

카푸치노는 까마귀에게 쪼이는 머리를 올려다보고 몸을 바르르 떨었다. 그야 무리의 보스가 이런 꼴을 당하면 다이어울프들도 마음이 꺾이겠지만——.

"정말이지……. 징그러운 허수아비잖아요."

숲의 제왕인 다이어울프의 우두머리는 죽는 순간 무엇을 보았을까.

혀가 축 늘어진 그 머리는 마치 공포에 일그러진 것 같았다.

제1장

검둥개

1

태어난 직후에 개를 한 마리 받았다.

자신과 똑같이 '롤로'라는 이름을 받은 강아지다.

듀벨 가문에서는 갓 태어난 아이에게 개를 키우게 하는 관습이 있었다. 아이와 같은 나이, 같은 이름의 개를 말이다.

롤로에게 주어진 개는 귀가 늘어져 있었다. 머리와 등이 짙은 갈색이고, 다른 부분은 하얀 개였다. 눈가가 항상 촉촉하고, 지성이 있는 그 부드러운 시선을 롤로는 좋아했다.

소년 롤로와 개 롤로는 어디를 가든 함께였다.

동글동글하던 개 롤로는 금방 덩치가 커지고, 소년 롤로를 보호하게 되었다.

태어남과 동시에 어머니를 잃은 롤로에게는 개 롤로야말로 가장 편하게 지낼 수 있는 가족이었다. 그 배를 베개 삼아서 잠들 때가 어린 롤로에게 가장 행복한 시간. 그 배는 따뜻하고 부드럽다. 햇살을 듬뿍 받으며 노는 날에는 정말 좋은 향기가 났다.

롤로가 다섯 살 때 아버지가 돌아가셨다.

병치레가 잦았던 아버지와는 함께 지낸 기억이 거의 없다.

할아버지의 집에서 자란 롤로에게는 이따금 만나는 이웃 정도의 인식밖에 없었다. 말수 적고 소심하며 째려보듯이 바라보는 그 사람을 롤로는 거북해했다.

그러니까 아버지가 돌아가셨다고 들어도 슬프지 않았지만, 많은 위문객들이 그를 가엾이 여기며 눈물을 흘리는 것을 보면 왠지 가슴이 아파서 자기도 모르게 뺨을 흘러내리는 눈물이 롤로 자신도 당혹스러웠다.

죽은 사람과는 다시 만날 수 없다. 만질 수도 없고 이야기를 나눌 수도 없다.

좋아하는 사람은 아니었지만, 생활의 일부가 결여된 듯한 상실감을 느꼈다.

생각해보면 그것은 롤로가 처음으로 직접 체감한 죽음이었을지도 모른다.

그때 롤로의 뺨을 핥으며 위로해 준 것도 개 롤로였다. 롤로는 롤로를 꼭 껴안았다. 생물은 죽음에게서 도망칠 수 없다. 예를 들어서 이 사랑하는 개도 언젠가 헤어져야만 하겠지. 롤로의 죽음을 상상만 해도 눈물은 그치지 않고 흘렀다.

롤로의 곁에는 언제든 롤로가 있었다.

밥을 먹는 장소도, 시간도 같다. 소년 롤로가 침대에서 잠들 때, 개 롤로는 같은 방의 침상에서 몸을 웅크렸다. 목욕할 때도, 화장실 갈 때도, 그는 밖에서 기다렸다.

숲에서 산토끼를 쫓을 때도. 여러 무기 사용법을 연습할 때도. 역사나 의료, 암살술의 좌학을 받을 때조차도 롤로는 롤로의 곁에서 턱을 앞다리에 올리고 잠들어 있었다.

양친이 없는 롤로도 외로움을 느낀 적은 한 번도 없었다. 그것은 분명 개 롤로가 항상 곁에 있어주었기 때문이다.

한 사람과 한 마리는 형제이며 친구이며, 그리고 같은 이름을 가진 자기 자신이었다.

열 살을 맞는 생일날. 롤로는 어엿한 암살자가 되기 위해 첫 임무를 받았다. 이것을 무사히 완수하는 것으로 듀벨 가문의 아이들은 번듯한 암살자로 자립한다.

이른바 어른이 되기 위해 필요한 통과의례다.

할아버지에게 전달받은 암살 대상은 개 롤로였다.

암살자는 암살 대상을 가리지 않는다. 일에 사적인 감정을 개입시키면 안 된다. 주인의 명령에 따라 아무리 곤란한 임무라도 깔끔하게 끝내야만 한다. 그것이 암살자의 긍지이며 자랑이다. 적어도 예부터 암살자 일족으로 그레이스 가문을 섬긴 듀벨 가문에서는.

고작 열 살짜리 소년에게 집이나 가족은 세계의 전부다.

집안의 규칙은 세계의 규칙이나 마찬가지다.

태어난 순간부터 곁에 있었던, 자신과 이름이 같은 개를 죽인다——롤로가 사는 세계에서 그것은 한 명의 암살자가 되기 위한 상식이며 당연한 일이었다.

듀벨 가문 사람들은 모두 그렇게 어른이 되었다.

혹독한 수행 동안 뜻하지 않게 다치고 꺾일 뻔하며 눈물을 삼키는 롤로에게 할아버지는 곧잘 '울어라'라고 말했다. 고통을 감추지 마라. 제대로 괴로워하며 받아들여라, 라고.

—— '암살자는 통곡에서 태어난다.'

듀벨 가문의 신조는 그랬다.

몸이 찢기는 듯한 고통이나 떠올리고 싶지도 않은 괴로운 경험을 뛰어넘은 인간은 더욱 강해진다. 암살자라는, 누군가의 목숨을 부조리하게 빼앗는 직업은 그만한 각오와 정신력을 기르지 않으면 맡을 수 없다──롤로는 할아버지에게 그렇게 배웠다.

"못 죽여." 그러며 고개를 흔드는 롤로의 뺨을 할아버지는 사정없이 때렸다.

"울어도 된다. 마음껏 소리쳐도 된다. 다만 그건 오늘까지다. 가족처럼 지내온 반신을 자기 손으로 죽이는 고통은 너를 번듯한 암살자로 만들어줄 거다."

워우우, 워우우, 개들이 울어대는 우리 앞에서 롤로는 펑펑 눈물을 흘리며 딱딱 이를 부딪쳤다. 그 손에는 칼집에 든 단검이 쥐어져 있었다.

소년 롤로에게 개 롤로가 가까이 다가왔다. 죽을 운명을 아는 건지 모르는 건지, 눈물을 흘리며 선 롤로를 걱정하며 그 다리에 머리를 비벼댔다.

소년 롤로는 무릎을 굽히고 개 롤로를 껴안았다.

"괜찮아." 늘어진 귀에 그렇게 속삭이고 진갈색 등을 쓸었다.

죽일 거면 단숨에. 괴롭히고 싶지 않다. 죽음의 공포를 느낄 틈도 주고 싶지 않다. 정말로 단숨에 목숨을 앗아가는 방법을, 롤로는 알고 있다. 그것을 여태까지 배우며 살았으니까.

할아버지와 다른 듀벨 가문 일족이 소년 롤로와 개 롤로를 둘러싸고 있었다. 그들이 모시는 그레이스 가문 사람들까지도 새로운 암살자의 탄생을 지켜보고 있었다.

도망칠 수는 없다.

자, 죽여라. 임무를 수행해라. 그것이 규칙이니까. 그것이 듀벨 가문의 '상식'이니까. 롤로는 떨리는 이를 악다물고 단검을 칼집에서 뽑았다.

이것이 롤로 듀벨이 살아갈 세계——.

"엿이나 먹으라지."

롤로는 할아버지를 노려보면서 세계의 재촉에 따라 단검을 휘둘렀다.

2

캠퍼스펠로우를 출발한 일행은 대열을 이루어 남하하였다.

목적지는 뢰베 왕국이다.

마차에는 버드의 중신인 외무대신이나 학장들 외에도 다수의 외교관을 포함한 문관들이 타고 있었다. 파티에 출석할 것을 생각해서 의상사나 조향사까지 대동하였다. 그 총수는 59명. 대열의 절반은 갑옷을 입고 말을 탄 〈철화 기사단〉의 기사들이다.

발 빠른 말로 꼬박 달리면 이틀하고 한나절 만에 도달할 수 있는 거리라도 마차나 짐마차를 이끌고 대열을 이루면 그렇게 되지 않는다. 일행은 중간에 숙소에 묵어가면서 닷새 정도 걸려서 뢰베에 도착했다.

초원에 뻗은 길 너머에 높이 솟은 성벽이 보였다. 커다란 도시 바깥으로 높은 성벽을 둘러친, 마치 그 자체가 요새인 듯한 나라, 뢰베다.

초원의 외길은 올려다봐야 할 정도로 커다란 성문으로 이어져 있었다.

문의 양옆에 놀랄 만큼 커다란 현수막이 내걸려 있었다. 거기에는 뒷다리로 일어서서 이빨을 드러낸 사자 두 마리가 마주 보는 모습이 그려져 있었다. 훌륭한 갈기를 자랑하는 사자의 문장은 아득히 먼 옛날부터 이 땅을 다스린 사자왕의 일족, 뢰베 가문의 문장이다.

일행의 선두로 가는 기사단장 하틀랜드가 돌아보았다.

"깃발을 올려라!"

뢰베의 성문을 지나기 직전에 캠퍼스펠로우도 질세라 깃발을 바람에 휘날렸다.

높이 세운 깃발은 두 종류. 그레이스 가문의 문장인 바늘두더지가 그려진 깃발과 〈철화 기사단〉의 문장인 '등이 불탄 바늘두더지'가 그려진 군기다.

일행을 환영하듯이 성문 정상에 있는 성루에서 나팔소리가 드높게 울렸다. 북소리가 요란스럽게 울리고 비둘기 떼가 맑은 가을 하늘로 날아올랐다.

"까야아아! 정말로 커다란 문이네……!"

행렬 중심에 있는 마차 창문에서 한 소녀가 몸을 내밀었다.

바람에 흔들리는 부드러운 머리칼은 버드보다 조금 더 밝은 황금색. 반짝이는 그 푸른 눈동자는 이나테라의 바다보다도 맑았다. 영주 버드의 외동딸, 델리리움 그레이스의 피부는 투명할 정도로 하얗기 때문에, 그 뺨은 흥분하면 바로 발개졌다.

이제 열네 살인 이 캠퍼스펠로우의 공주는 엄격했던 어머니를 일찍 여의었기 때문인지, 성의 누구보다도 고집스럽고 자유로웠다. 수수한 여행복을 꺼려서 이미 파티용 칵테일 드레스를 입은 것도 선명한 색상의 이 드레스가 아니면 마차에 타기 싫다고 떼를 썼기 때문이었다. 다만 그런 억지가 통하는 것도 애교 있는 그녀가 성의 모두에게 사랑받기 때문이리라.

델리리움은 가까이 갈수록 박력이 커지는 뢰베의 성문을 올려다보며 긴 속눈썹을 깜빡거렸다. 캠퍼스펠로우 일행은 거대한 성문 밑을 통과하였다.

"우와아아아……!"

머리 위로 지나는 성문을 올려다보는 델리리움.

크게 입을 벌린 그 얼굴에 그림자가 졌다.

"기분 좋아 보이니 다행이지만 말이다, 델리. 너무 들뜨다가 마차에서 떨어지진 마라."

델리리움이 몸을 내민 쪽과 반대쪽 창문에서 버드는 창틀에 팔꿈치를 올리고 있었다.

"하지만 아버님! 이렇게 화려한 도시를 보고 들뜨지 말라는 건 어려운 이야기야!"

델리리움은 창밖으로 몸을 내민 채로 돌아보았다.

"〈기사의 나라〉인걸? 꼬질꼬질한 기술자밖에 없고 촌스러운 캠퍼스펠로우와는 도시 크기나 화려함에서 전혀 달라!"

"백성들이 슬퍼할 이야기를 하는 공주님이군……. 그 촌스러운 나라가 너의 나라란 사실을 잊지 마라."

"물론이야, 아버님."

애교 넘치는 미소는 아직 앳되다.

"델리는 캠퍼스펠로우도 사랑해."

뢰베의 북쪽에 위치하는 성문을 통과하자 눈앞에 시장이 펼쳐졌다.

노란 천막을 펼친 노점이 도시의 메인스트리트인 〈개선로〉의 양옆에 비좁게 늘어섰다. 이 시장은 노점의 천막이 노란색으로 통일되었기 때문에 〈옐로우 마켓〉으로 불린다. 뢰베에서 으뜸으로 큰 시장이다.

서쪽으로 바다와 접한 도시 뢰베는 항구도 가지고 있다. 입지가 좋아서 사람이나 물자가 잘 모이기 때문에 뢰베 왕국은 무역이나 관광도 왕성한 나라였다. 시장에는 북쪽의 공예품부터 남쪽의 과일까지, 진기한 물건들이 쌓여 있었다. 오가는 사람들의 옷차림을 보면 다양한 나라에서 찾아왔다는 사실을 알 수 있다. 〈옐로우 마켓〉은 오늘도 활기가 넘쳐났다.

버드와 델리리움이 탄 마차의 옆을 롤로가 탄 말이 나란히 따라갔다.

"롤로."

버드가 이 충실한 암살자를 곁으로 불렀다.

창문으로 다가온 말 위의 롤로를 올려다보며 버드는 착착 접은 양피지를 내밀었다.

"훑어봐라."

말고삐를 쥐면서 롤로는 그것을 펼쳤다.

"이건…… 마녀의 정보입니까."

"그래. 소문이나 사건, 자장가에 이르기까지 마녀에 관한 정보를 시메이에게 정리하게 시켰다. 신빙성이 의심스러운 것도 몇 개 있지만, 불이 없는 곳에 연기가 나지 않는다는 말도 있지. 시메이의 말로는 조사해 볼 가치가 있을 거라고 한다. 너는 어떻게 생각하지?"

"학장님이 그렇게 말했다면 그렇겠지요."

"너 자신이 어떻게 생각하느냐고 묻고 있다. 거기에 적힌 마녀 일곱 명, 모을 수 있다고 생각하나?"

"개는 의견을 말하지 않습니다."

롤로는 태연하게 대답하고 꼼꼼하게 접은 양피지를 버드에게 돌려주었다.

"주인이 마녀를 원한다 하시면 개는 그걸 모을 뿐입니다."

"재미없는 녀석이로군. 충성심이 너무 좋아서 말이 안 통해."

"괜찮습니다. 주인에게 의견을 내놓으면 할아버지에게 야단맞습니다."

"하핫. 노견은 병상에 누워서도 아직 무서운가?"

"무섭지요. 그 사람, 몸이 괜찮은 날이면 지금도 암기를 손질하니까요. 대체 누굴 죽일 작정인지……."

"그것참 든든하군. 언젠가 전쟁이 일어나면 선대 '검둥개'에게도 일을 시켜야할지 모르니까. 뢰베 왕국은 양봉으로도 유명하다. 선물로 달달한 벌꿀이라도 사 줘라."

그렇게 말하고 버드는 다시금 양피지를 롤로에게 건넸다.

"이건 네가 가지고 있어라."

"중요한 정보 아닙니까?"

"그러니까 너한테 맡기는 거잖아. 잘 들어라. 거기 일곱 명의 마녀가 캠퍼스펠로우를 구할 열쇠가 된다. 네가 말했지? 내가 원한다 하면 모을 뿐이라고."

마차의 옆을 나란히 달리는 롤로에게 버드는 명령을 내렸다.

"나는 마녀를 원한다. 한 명도 남김없이 내 앞으로 데려와라."

"알겠습니다."

롤로가 시선을 내리자, 버드는 만족한 듯이 끄덕였다.

"좋아. 그럼 일단 첫 번째로 '거울의 마녀'를 챙기러 가 보자."

"저기, 아버님. 나중에 시장을 가 봐도 돼?"

델리리움이 맞은편 자리에, 버드의 정면에 앉았다.

"성에 도착하고 아무 일도 없으면. 하지만 보통은 초대한 빈객을 도착 첫날부터 내버려두는 일은 없지. 회식 자리에는 너도 나가야 한다."

"에에……. 그럼 시장을 못 가잖아."

입술을 삐죽거리며 델리리움은 계속 물고 늘어졌다.

"그럼 내일은? 내일이면 괜찮지?"

"내일이라면……. 뭐, 시간이 있으면."

"정말?! 약속한 거야!"

환하게 웃은 델리리움이 마차 안에서 일어섰다.

그리고 갑자기 달리는 마차의 문을 열어젖혔다.

"어이, 델리!"

"롤로, 받아줘!"

버드의 제지도 뿌리치고 델리리움은 두 팔을 롤로에게 뻗으며 점프했다.

화사한 색상의 스커트가 바람이 크게 나부꼈다.

"어……차."

롤로는 다급히 팔을 뻗어서 델리리움의 몸을 붙잡고 말 위로 끌어올렸다.

"어이, 델리! 위험하잖아. 다칠지도 모르는데!!"

마차에서 들려오는 노성을 무시하고 델리리움은 롤로의 목에 매달렸다.

"후후. 고마워, 롤로. 사랑해."

"당신은 너무 괄괄하군요."

델리리움은 재주도 좋게 롤로의 등 뒤로 이동했다. 롤로의 어깨에 손을 얹고 안장 위에 일어섰다.

"있잖아, 롤로. 더 앞쪽으로 가!"

롤로는 창틀에 팔꿈치를 올린 버드에게 시선을 보내 허가를 청했다. 버드가 가 보라는 듯이 손을 흔드는 것을 확인하고 델리리움을 올려다보았다.

"꽉 잡아 주세요."

롤로는 말의 배를 걷어차서 대열 앞쪽으로 몰았다.

캠퍼스펠로우 일동은 〈옐로우 마켓〉을 빠져나가 붉은색 벽돌 집들이 이어진 주택가로 들어갔다. 무역상으로 성공한 상인들이 사는 구역이다. 멋들어진 2층, 3층짜리 건물이 많았다.

길에 접한 발코니에서는 주민들의 다양한 생활상이 엿보였다.

어느 발코니에서는 융단 상인이 아름다운 융단을 내걸어 말리고 있었다. 또 다른 발코니에서는 이발소가 손님을 길가를 향해 앉히고 머리를 다듬고 있었다. 마치 발코니 하나하나가 작은 무대 같았다.

바이올린이나 아코디언을 연주하는 사람들이 있는 발코니도 있었다. 난간에 달린 로프에 꽃병을 매달아 두었다. 거기에 팁을 넣으라는 거겠지.

국왕이 마녀에게 살해되었다고 사람들의 생활이 급변하는 일은 없는 모양이다. 시내에서는 밝은 음악이 흐르고 사람들의 소리로 넘쳐났다.

도시 중심에 다가감에 따라 〈개선로〉는 오르막으로 변하였다.

"여기저기에 기사가 있네."

도시를 둘러보는 델리리움이 롤로의 머리 위에서 중얼거렸다.

그 말처럼 시내 곳곳에서 기사의 모습이 보였다. 뢰베의 기사는 모두가 금색 갑옷을 입으므로 시내에서도 눈에 잘 띈다. 투구도, 장갑도, 다리 보호대도 모두 금색이다.

"그걸 아십니까?"

롤로는 델리리움을 올려다보았다.

"뢰베의 기사단은 500명을 넘는다고 합니다."

"헤에! 저렇게 번쩍이는 기사들이 500명이나 돼?"

"예. 이 〈개선로〉는 꽤 도로 폭이 넓게 만들어졌죠? 대규모 기사단이 개선 퍼레이드를 하기 위해서 그렇다고 합니다. 금색 기사들의 행진은 꽤나 박력 있겠죠."

"으음······. 상상만 해도 눈부셔."

델리리움은 눈을 가늘게 떴다.

"그럼 〈금사자 기사단〉의 단장이 누군지는 아십니까?"

"그야 물론! '사자왕'이잖아?"

"참으로 총명하시군요. 대단하십니다."

뢰베 왕국의 왕은 대대로 '사자왕'으로 칭해진다. 이 왕이 〈금사자 기사단〉의 단장을 겸임하고, 기사들을 통솔하는 것이 뢰베의 전통이다.

사자왕이 마녀에게 살해된 지금, 기사단 단장도 부재 상태다.

"델리는 이 나라가 마음에 들었어."

"어허, 아직 길만 따라서 가는데도요?"

"나랑 나이 비슷한 왕자님은 없어? 잘생기고, 깔끔하고, 다정한."

"오, 벌써 결혼까지 생각하시다니······. 하지만 아쉽게도 왕자님은 없습니다. 다만 사자왕에게는 전처와의 사이에서 낳은 여덟 살 된 공주님이 있다고 합니다."

"그 애는 알아. 스노우화이트잖아? 행방을 모른다는."

스노우화이트 뢰베는 사자왕과 중신들을 포함해 50명 넘게 살해당한 '피의 혼례'에서 살아남은 몇 안 되는 생존자라고 한다. 다만 그 행방은 참극이 일어난 날부터 알 수 없는 상태라서, 열흘이 지난 지금도 여전히 밝혀지지 않았다.

"혹시 찾으면 그 애가 다음 사자왕이 되는 거야? 여자애인데?"

"글쎄요. 다른 나라의 사정이니까요……. 다만 역대 사자왕 중에는 여성도 있다는 모양입니다."

"흐응."

"델리리움 님도 조심하세요. 한눈팔다가 납치당합니다."

"어머, 롤로. 당신이 지켜줘야 하잖아?"

"잘 처신하겠지만, 너무 돌아다니시면 지킬 수 없습니다."

"안심해. '검둥개'를 잘 데리고 다닐 거야."

"개도 바쁩니다만."

"저기 봐, 롤로! 멋진 성이야!"

델리리움이 가리킨 곳은 언덕 위. 늘어선 빨간 벽돌집의 지붕 너머로 원추형 지붕이 몇 개 보였다. '사자의 성'으로 유명한 뢰벤슈타인 성이 높게 솟아 있었다.

3

버드와 캠퍼스펠로우의 중신들은 마중 나온 의전관들에게 성 안으로 안내받았다. 언제나 손에서 창을 놓지 않는 기사단장 하틀랜드가 동행하고, 뒤따라서 철화 기사 여섯 명이 헌상품인 나무상자 두 개를 손수레로 날랐다. 롤로는 종자 차림을 하고 일행의 가장 뒤에서 따라갔다. 처음 들어가는 건물에서는 출입구 파악을 게을리하지 않는다──그런 할아버지의 가르침을 따라서 성문에서 이어지는 길을 기억하면서 따라갔다.

뢰벤슈타인 성은 그 외관만큼이나 널찍했다.

의전관의 뒤를 따라가는 일행은 탁 트인 중앙정원으로 접어들었다. 햇살이 드는 널찍한 정원이었다. 잘 손질된 잔디가 깔려있고, 곳곳에 있는 화단에서는 색색의 꽃들이 흐드러지게 피어 있었다. 꽃잎 근처에는 나비가 날아다녔다.

정원 중앙 부근에는 커다란 떡갈나무 한 그루가 서 있었다.

"호오. 성안에 이렇게 멋진 정원이……."

일행은 정원을 둘러싼 회랑을 따라 걸어갔다. 기둥이 여럿 늘어선 회랑이었다. 정원을 보고 버드가 걸음을 멈추었기에 다른 일행도 모두 멈춰 섰다.

의전관이 버드의 곁으로 다가왔다.

"저 커다란 떡갈나무는 초대 사자왕께서 이 땅에 도달하셨을 때부터 있었다고 전해집니다. 이 뢰벤슈타인 성은 저 나무를 에워싸듯이 건설되었습니다. 즉, 이 정원이 성의 중심. 〈왕의 모형정원〉으로 불리는 곳입니다."

잘 살펴보니 나무 옆의 잔디는 벗겨져서 흙이 그대로 드러난 상태였다.

의전관의 말에 따르면, 거기는 검 연습을 하기 위한 장소로 꾸며졌다고 한다. 해마다 두 번씩, 기사단원들이 계절별로 챔피언을 결정하는 검술대회가 그곳에서 개최된다나.

"그 전적은 기사단 내부의 등급에 크게 영향을 끼치니까, 모든 기사들은 대회에서 좋은 전적을 남기기 위해 나날이 단련을 게르지 않습니다."

"헤에……. 정말로 〈기사의 나라〉란 느낌이군."

"자, 〈왕좌의 방〉은 바로 이 앞입니다. 오무라 뢰베 님이 기다리십니다."

일행은 〈왕의 모형정원〉의 옆을 지나서 건물 안으로 들어갔다.

오무라 뢰베는 뚱뚱하다.

굵은 손가락에는 보석이 여러 개 빛나고, 향수 냄새를 진하게 풍겼다. 좌우 색이 다른 기발한 복장은 얼마 전에 귀족들 사이에서 유행했던 패션이다. 턱에 금색 수염을 살짝 길렀지만, 위엄의 상징치고는 별로였다. 왕족이라기보다도 부유한 상인이라는 인상이 강했다.

그 어깨에는 목줄로 묶인 카멜레온이 앉아 있었다. 이것 또한 패션의 일환으로 일부 귀족 사이에서 유행한 동물이다.

"으음, 〈기사의 나라〉 뢰베에 잘 왔소!"

버드 일행을 오무라 뢰베는 두 팔을 펼치며 환영했다. 본래 사자왕이 앉아야 할 왕좌에 있었지만, 버드 일행이 도착하자마자 자리에서 일어나서 단상에서 내려왔다.

〈왕좌의 방〉은 대단히 넓었다. 천장은 넓고, 올려다본 곳에는 사자나 태양을 그린 스테인드글라스가 여러 장 있었다. 그것이 조명용 창이 되어서 반짝반짝 빛나는 햇살을 투과시켰다.

롤로는 그 방의 벽 쪽에 도합 열 명 정도의 남자들이 서 있는 것을 알아차렸다.

성의 중추에 있으니까 〈금사자 기사단〉인가 싶었지만, 그들은 금색 갑옷을 입지 않고 일반적인 회색 판금갑옷을 입었다. 그 자세나 풀어진 표정을 봐도 도무지 노련한 기사로는 보이지 않았다. 〈왕좌의 방〉에는 어울리지 않는 이들이다. 대체 누구일까.

이 방에서 금색 갑옷을 입은 것은 단 한 명. 오무라의 뒤에 서 있는 남자뿐이었다. 투구는 쓰지 않았지만, 그 등에 하얀 망토를 걸쳤다. 〈금사자 기사단〉 중에서도 엘리트로 꼽히는 근위병이라는 증거다.

왕좌에서 내려온 오무라는 버드와 굳은 악수를 나누었다.

"드디어 만나게 되었군요, 그레이스 공! 일부러 와주셔서 감사합니다. 여행은 어땠습니까? 별일 없었습니까?"

"덕분에 좋은 여로였습니다. 영주라는 직업은 성에만 틀어박히기 일쑤라서 문제로군요. 밖에 나올 기회를 주신 뢰베 공에게는 크게 감사드립니다."

버드는 눈썹을 찌푸리며 슬픈 얼굴을 하더니, 붙잡은 오무라의 손에 반대쪽 손을 겹쳤다.

"이번에는 마녀재해로 인한 사자왕님의 갑작스러운 서거, 진심으로 아쉬움의 뜻을 전합니다."

"불행한 사건이었습니다. 나는 우연히 식장에 늦게 도착했기 때문에 살았지만…… 수많은 우수한 문관이나 무관을 잃었죠……. 하지만 왕의 동생으로서 슬픔에 빠져만 있을 수도 없으니까요. 지금은 내가 일시적이나마 정치를 맡고 있습니다. 뢰베는 마녀 따위에게 지지 않는다는 것을 이웃나라에 알려주고 싶군요."

"훌륭한 마음가짐입니다."

버드는 델리리움을 곁으로 불렀다.

"이 아이는 내 외동딸입니다. 어머니가 없는 탓인지 말괄량이로 자랐습니다만."

델리리움은 드레스의 스커트 자락을 붙잡고 공손하게 고개를 숙였다.

"처음 뵙겠습니다. 델리리움 그레이스라고 합니다. 이번에 성에 초대해 주셔서 영광스러울 따름입니다."

"오호, 아름다운 아가씨로군요. 나이가 얼마나 되었지?"

"봄에 열네 살이 되었습니다."

"열네 살! 아니, 어딜 봐서 말괄량이라 하십니까, 그레이스 공. 한 나라를 뒤흔들 아름다움 아닙니까! 이만큼 아름다우면 결혼 이야기가 끊이지 않겠군요? 전쟁의 불씨가 될지도 모릅니다!"

"아뇨. 결혼 같은 건 아직 이릅니다. 안 그러냐, 델리."

"예, 아버님. 어느 분도 용맹한 사자와 비교하면 부족할 따름입니다."

델리리움은 청초한 미소를 보였다. 물론 겉치레 미소다.

오무라는 눈썹을 늘어뜨리며 "호홋!" 하고 소리 높게 웃었다.

"따님은 강인한 기사를 좋아하시나 보군요?"

"그보다도 뢰베 공. 귀공에게 선물로 드리고 싶은 것이──."

철화 기사들이 나무상자가 담긴 손수레를 오무라 앞으로 끌고 왔다.

가져온 물건들은 캠퍼스펠로우가 자랑하는 무구다.

"아시다시피 캠퍼스펠로우에서 만든 무기는 다른 곳의 것들과 다릅니다. 상황에 따라 형태를 바꾸는 '변형무기' 라고 불리는 것. 이번에는 그중에서도 빼어난 것을 가지고 왔습니다."

버드는 나무상자 안에서 아무렇게나 자그만 메이스──끄트머리에 추를 단 타격 무기를 꺼내들었다. 자루 부분을 빙글 돌리자──철컥 하고 추가 달린 끝부분에서 날카롭고 긴 칼날이 튀어나왔다. 때려서 갑옷을 파괴하는 메이스에서 갑옷 틈새로 찔러서 살상하는 검으로 모습을 바꾼 것이다.

"호오. 으음, 실로 유니크하군요!"

오무라는 손뼉을 치며 기뻐했다.

"역시 수많은 대장장이를 둔 〈불과 쇠의 나라 캠퍼스펠로우〉 답군요. 나는 외국 교역을 다소 경험했으니까 아는데 말입니다? 검이나 무구는 캠퍼스펠로우산이라는 이유만으로도 잘 팔립니다. 으음, 신작이 더더욱 기대되는군요. ……그렇죠?"

오무라는 입꼬리를 슥 올렸다.

버드도 싱긋 웃으며 답했다.

"예. 기대해 주시지요. 신작인── '마법의 검' 도."

마법의 검──. 그것은 뢰베가 마녀를 팔게 할 구실이었다.

말하자면 버드가 준비한 함정이다. 왕을 죽인 죄인인 '거울의 마녀' 를 뢰베가 그리 쉽사리 넘겨줄 리가 없다. 그러니까 버드는 뢰베에게도 이익이 남을 만한 가짜 교섭을 준비하였다.

" '마법의 검' 이 완성될 때는 검을 우리 뢰베에만 주신다……. 그런 거래였지요? 우호호호."

실실거리는 오무라의 표정은 완전히 상인의 웃음이다.

뢰베는 무역으로도 강한 나라다. '마법의 검'이 완성되고, 그것을 독점하여 팔 수 있다면 '마력'은 아멜리아 왕국의 전매특허가 아니게 된다. 아멜리아와 전쟁하는 나라들은 모두 이 무기를 탐내겠지. 거기서 나오는 이익은 막대하다. 즉, 마녀를 캠퍼스펠로우에게 팔아넘기는 이번 거래는 뢰베에도 나쁜 이야기가 아니다.

다만 그 이야기가 사실이라면 말이지만.

실제로는 마력을 띤 검을 만들 수 있을 리가 없다.

마녀만 손에 들어오면 이쪽의 승리다. 연구가 지연된다는 둥, 실패했다는 둥 하는 이유를 달아서 성과를 올리지 않으면 될 뿐이다.

버드는 막힘없이 말하기 시작했다.

"우리 캠퍼스펠로우의 대장장이들은 실로 우수합니다. 그들이 두드린 검의 완성도에는 영주인 나조차도 언제나 놀랍니다. 그런 그들이 지금 착수한 무기가 바로…… '마법의 검'."

거짓말이다.

"시작품은 몇 가지 나왔습니다만…… 아무래도 마력이 안정되지 않아서."

이것도 거짓말.

"기술자들의 말로는 실제로 마력을 사용하는 자를 해부하고 그 구조를 해명할 수밖에 없다고……. 하지만 큰일이군요. 아멜리아 왕국의 마술사들을 억지로 잡아올 수도 없는 노릇이죠? 그럴 때 귀국의 비극이 귀에 들어왔군요."

"흠. 이 타이밍은 운명이라고 볼 수밖에 없겠군요……."

"예. 그야말로 운명이겠죠. 우리 대장장이가 만들고 당신들 기사가 쓴다. '마법의 검'은 틀림없이 뢰베와 캠퍼스펠로우를 잇는 가교가 될 겁니다."

"훌륭합니다. 협력하지요!"

오무라는 활짝 웃으면서 다시금 버드와 굳은 악수를 나누었다. 하지만 버드가 "그럼 얼른 마녀를……."이라며 양도 단계에 들어가려는 순간, 갑자기 말이 늘어지기 시작했다.

"저기, 실은 그 양도를…… 조금만 기다려 주시겠습니까."

"기다려 달라?"

"예……. '거울의 마녀'는 사자왕을 죽인 대죄인이잖습니까? 아무리 이익이 된다고 해도 타국에 팔아넘겨선 안 된다는 목소리가 계속 나오고 있군요. 아니, 나는 말이죠? 팔아서 뢰베의 이익이 된다면 형님도——아, 아니, 사자왕도 허락해 주실 거라고 생각합니다만."

오무라는 괴로운 얼굴을 하며 머리 뒤를 벅벅 긁었다.

"아무래도 기사들이 말이죠……. 어떻게든 벌하고 싶다고. 그래서 내일 마침 이 〈왕좌의 방〉에서 마녀재판을 열게 되었습니다."

"마녀재판……?"

오무라의 입에서 나온 의외의 말에 버드는 미간을 찌푸렸다.

마녀재판이란 것은 루시 교의 문화다. 용의자가 마녀인지 아닌지를 심의하는 것이니까, 일반인이 판단하기란 어렵다. 보통은 마술사가 그 재판관을 맡는 법이다. 하지만 뢰베는 루시 교의 영역 밖이다. 마술사는 없을 터.

"마녀재판이라니 이런 기이한 일이. 뢰베는 언제부터 루시 교에 귀의했습니까?"

"아뇨, 아닙니다, 오해하지 마시길. 재판이라고 해도 형식적인 것이라서 말이죠?"

오무라는 얼굴 앞에서 손을 흔들며 변명했다.

"애초에 재판에 걸 것도 없이 '거울의 마녀'가 진짜 마녀라는 사실은 명백. 내일 재판은 마녀인지 아닌지 심의하는 것이라기보다는 '사자왕 살해'의 죄인을 심판한다는 의미가 강합니다."

"죄인을 심판한다……."

"예. 그러니까 재판은 형식적인 것이고, 준비되는 재판관도 마술사가 아닙니다. 즉, 이것은 사적인 마녀재판에 불과합니다. 사자왕 살해에 유죄를 언도하고, 이웃나라의 공족이나 민중 대표에게 본보기를 안 보이면 뢰베는 앞으로 나아갈 수 없다──라는 것이 기사들의 뜻이라서 말이죠?"

"그러하다면──."

버드는 눈에 힘을 주고 오무라를 바라본다. 그 말에 거짓은 없을까──그 표정에서 읽어낼 수 있는 정보를 놓치지 않으려고 자세히 관찰하면서 말을 이었다.

"마녀는 재판 후에 화형에 처해집니까? 불태울 때까지가 마녀재판이죠. 유죄를 언도한 마녀가 불타는 것을 보지 않으면 기사들은 납득하지 않는 것 아닙니까?"

"그 점은 안심하시길."

오무라는 불온한 분위기를 무마하듯이 활짝 웃었다.

"물론 그레이스 공과의 교섭은 살아 있습니다! 편지에도 적었지만, 내일 밤, 그러니까 재판 후입니다만, 캠퍼스펠로우와 뢰베와의 친목을 다지는 대규모 파티가 준비되어 있습니다. 마녀는 그 자리에서 양도할 겁니다. 마녀의 양도라는 이벤트는 두 나라를 묶는 상징이 되겠죠!"

"흠……."

버드는 납득하지 않은 기색으로 팔짱을 꼈다.

오무라의 말이 빨라졌다.

"기사들 문제라면 내일 밤까지 설득하겠습니다. '마법의 검'을 사용하는 것은 그들이죠. 그 대단함을 어필하면 분명 탐낼 게 틀림없으니까요."

거기서 두 사람의 대화에 끼어드는 목소리가 있었다.

"죄송합니다만."

불쑥 끼어든 것은 오무라의 뒤에 서 있던 남자였다. 거기 있는 병사들 중에서 유일하게 금색 갑옷을 장비한 〈금사자 기사단〉 근위병이었다.

"왕제 전하가 무슨 말씀을 하시든 뢰베를 모시는 저희 기사들의 마음은 변함없습니다."

장신에 금색의 단발. 각지고 자신감 넘치는 얼굴. 검을 휘두르기에 적합하게 단련된 육체를 가졌다는 것은 판금갑옷 위로도 뚜렷하게 보였다.

"마녀에게 돌아가신 사자왕님은 저희 기사들의 단장이기도 합니다. 아니, 살해된 것은 단장만이 아니지요——."

남자는 앞으로 나서서 오무라의 곁에 섰다.

"결혼식에 참석했던 부단장과 참모, 각 부대장들 또한 마녀에게 살해되었습니다. 그런 여자를 처형하지 않고 타국에 팔아넘기다니…… 충성스러운 기사는 결코 그것을 허락하지 않습니다. 그러니까 부디 그레이스 님께서는 왕제 전하에게 이상한 거래 같은 것을 제안하지 마셨으면 합니다."

버드는 표정을 바꾸지 않고 오무라에게 시선을 돌렸다.

"뢰베 공. 이 사람은?"

기사는 오무라가 입을 열기도 전에 "실례했습니다."라고 고개를 숙였다.

"인사가 늦었습니다. 저는 〈금사자 기사단〉 근위대장 피가로 킴벌리라고 합니다."

"킴벌리. 자네는 내가 하는 이야기를 '이상한 거래'라고 생각하나?"

"삼가 말씀드리자면."

피가로는 똑바로 버드를 바라보았다.

"'마법의 검'이란…… 황당무계한 물건으로, 이 눈으로 보지 않으면 도저히 신용할 수 없습니다. 애초에 진짜로 '마력을 띤 검'이란 것을 만들 수 있다고 해도 기사들이 그걸 쓸 거라고는 생각할 수 없고요."

"흐음. 흥미롭군. 말해 보게나. 그 이유는?"

"그런 수상한 검을 쓰지 않더라도 저희 기사는 충분히 강하기 때문입니다."

"그렇다고 해도 말이지."

버드는 팔짱을 끼고 턱을 쓸었다.

"'피의 혼례'에는 기사들도 많이 참석했다지 않나. 이건 조금 말하기 그렇다만, 마법을 쓰는 마녀에게는 당해내지 못했지. 그러니까 많은 희생자를 냈지 않나?"

"혼례식 석상이어서 기사들은 검을 갖고 있지 않았습니다. 그 탓입니다."

피가로는 시선을 내리고 대단히 아쉽다는 듯이 고개를 내저었다.

"하지만 마녀는 예배당에 달려온 저희 근위병들에게 붙잡혔습니다. 물론 저희가 쓴 것은 일반적인 양손검입니다. 마력을 띠진 않았습니다."

"흠……."

"방금 왕제 전하께서 말씀하셨습니다. 검이나 무구 등은 캠퍼스펠로우산이라는 이름만으로도 잘 팔린다고……. 다만 그것은 올바른 검이나 무구에 한한 이야기. 기사들은 오히려 캠퍼스펠로우산 무기를 권하면 몸을 사리며 경계합니다. '그건 변형하는 물건이 아니겠지?'——라면서."

캠퍼스펠로우 사람들의 표정이 살짝 딱딱해졌다.

"이봐, 피가로."라고 오무라가 다급히 끼어들었지만, 버드가 그것을 제지했다.

"아니, 괜찮습니다. 귀중한 사용자의 말이니, 기탄없는 의견을 듣고 싶군요. 자네들은 그렇게 싫은가? 우리가 만든 '변형무기' 가."

"싫습니다."

화제는 '마법의 검'에서 캠퍼스펠로우의 '변형무기'로 넘어갔다.

피가로는 캠퍼스펠로우가 선물한 나무상자 안에서 적당한 검을 손에 들었다. 언뜻 봐선 평범한 한손검이다. 그것을 요리조리 관찰하면서 버드의 질문에 대답했다.

"저희 기사는 피나는 노력 끝에 검을 휘두르는 기술을 익힙니다. 저희가 무기에 바라는 것은 그렇게 기른 기술을 유감없이 발휘할 수 있는가 하는 점——이런."

실수로 검의 장치를 발동시켰는지, 검신이 무수한 가지로 분열하여 마치 용수철처럼 튀어나갔다. 끝부분이 뾰옹 하고 바닥으로 늘어졌다.

검신이 채찍처럼 휘어지며 사용할 수 있는 변형무기다. 칼끝이 늘어진 모습이 우스워서 주위에서 웃음소리가 흘러나왔다. 회색 판금갑옷을 입은 병사들의 소리였다.

"실례." 피가로는 검을 도로 상자에 내려놓았다.

"주군을 지키기 위해서, 나라를 지키기 위해서 저희는 진지하게 싸우고 있습니다. 무슨 장난감처럼 변형하는 무기는 오히려 방해됩니다. 저희 '진짜' 기사가 원하는 것은 실용적인 검입니다. 이런 장난감 같은 게 아니라——."

그때였다──콰앙 하고 방에 타격음이 울렸다.

사람들의 시선을 한 몸에 모은 것은 버드의 뒤에 서 있던 〈철화 기사단〉 단장 하틀랜드였다.

"흘려 넘길 수 없다!!"

창대 끝을 바닥에 후려친 하틀랜드는 시뻘건 얼굴을 하며 격노하였다.

"'진짜' 기사는 변형무기를 피한다고?! 네 녀석은 변형무기를 쓰는 우리를 가짜라고 비웃는 건가? 그럼 시험해 봐라! 네 녀석이 장난감이라며 비웃은 그 무기가 얼마나 강한지를. 실제로 아픈 맛을 보면 알겠지!!"

버드는 훗 하고 웃으며 오무라에게 시선을 보냈다.

"죄송합니다. 이 녀석은 혈기가 왕성해서."

"아뇨, 사과할 것은 이쪽입니다. 피가로, 사과해라."

하지만 피가로는 오무라를 무시하고 하틀랜드에게 목청을 높였다.

"좋습니다. 그럼 연습 경기를 해 볼까요. 대전 상대는 제가 골라도 되겠습니까?"

"흠! 바라는 바다. 그 한없는 오만, 남김없이 불태워주마! 하지만 고른다니 무슨 소리지? 고를 것도 없이 네 녀석의 상대는 〈철화 기사단〉 단장인 나, 하틀랜드다!"

"아니, 미안한데."

피가로는 하틀랜드에게서 시선을 떼었다. 늘어선 캠퍼스펠로우 사람들 앞으로 발을 옮기더니 한 명 한 명의 얼굴을 음미하듯이 바라보았다. 그리고 갑자기 중얼거렸다.

"내가 관심이 있는 건 네가 아니야."

"……?"

"그레이스 님." 피가로는 버드를 돌아보았다.

"예의가 부족해서 죄송합니다만, 알려주시겠습니까? 이중에 '검둥개'는 있습니까?"

"검둥개?"

"예. '캠퍼스펠로우의 사냥개' 말입니다. 첩보, 암살, 배신자 처단…… 검둥개는 주군을 위해서라면 그 어떤 극악무도한 짓도 처리한다. 잔인하고 무시무시하게 강한 암살자──. 사수전쟁 때는 우리 뢰베도 꽤나 고생했다고 들었습니다."

"하핫."

버드는 웃음을 터뜨렸다.

"이거 실례. 그레이스 가문에서는 '검둥개'라는 암살자를 데리고 있지만…… 사수전쟁은 50년도 더 지난 전쟁이지. 내가 태어나기도 전에 활약한 암살자가 지금도 나를 섬긴다면 아주 쭈글쭈글한 영감이겠어."

"그렇군요……. 지금도 현역으로 활약하고 있다면 노인이겠습니다만──."

피가로는 일행 중에서 가장 연로한 인물, 학장 시메이의 앞에 섰지만, 그 주름살 많은 얼굴을 보더니 아쉽다는 듯이 고개를 내저었다.──"당신은 아니야."

"있어도 이상하지 않다고 생각합니다만. 그 암살 기법이나 '검둥개' 라는 이름을 이어받은 후계자가——."

"흐음. 킴벌리는 꽤나 상상력이 풍부하군."

버드는 쓴웃음을 지었다.

"그럼 적당히 고르도록 하겠습니다."

피가로는 캠퍼스펠로우 사람들 사이를 누비듯이 걸으며 한 명한 명의 얼굴을 보았다.

"좋아. 나를 상대하는 건 너다."

피가로가 가리킨 것은 뒤쪽에 서 있던 롤로였다.

"어……. 나 말입니까?"

곧바로 하틀랜드가 성큼성큼 피가로에게 다가갔다.

"무슨 소릴! 겁먹었나, 금사자! 이 녀석은 기사도 아니다!"

"상관없겠지? 변형무기의 성능을 볼 뿐이다. 상대는 딱히 기사가 아니어도 된다. ——전하!"

그렇게 말하며 오무라를 돌아보았다.

"허가해 주십시오. 이자와 한 판 붙고 싶습니다."

"으음. 난처하게 됐군……. 어떻습니까, 그레이스 공. 나로서도 변형무기의 실전은 보고 싶습니다만……?"

"허어. 뢰베 공이 그렇게 말씀하신다면……."

당혹스러워하는 롤로와 시선이 마주쳐서 버드는 어깨를 으쓱였다.

4

일동은 〈왕좌의 방〉을 뒤로하고 〈왕의 모형정원〉으로 이동했다.

아까 지나쳤던 떡갈나무 곁의 연병장에 모였다. 연병장 중앙에는 줄이 그어져서 시합을 벌이기 위한 필드를 만들어 놓았다. 캠퍼스펠로우와 뢰베. 각각의 진영이 필드를 사이에 두고 시합 준비를 시작하였다.

〈왕좌의 방〉에 있던 병사들도 중앙정원을 에워싼 회랑으로 이동하였다. 늘어선 기둥에 등을 기대거나 담소하면서 시합이 시작되기를 기다리고 있었다. 또한 소동을 들은 금사자 기사들이나 성에서 일하는 급사들까지도 회랑에 모여들었다.

방어구가 없는 롤로를 위해서 뢰베 쪽에서 판금갑옷을 준비해 주었다. 여기저기 파인 자국이 있는, 연습용으로 오래 쓴 가슴 보호대였다.

방어구를 장비할 때 롤로는 버드와 대화할 기회를 얻었다.

"……왜 저를 고른 걸까요?"

롤로는 두 팔을 들고 하틀랜드의 도움을 받아 가슴 보호대를 장비하면서, 곁에 선 버드에게 의문을 던졌다.

"짚이는 구석은 없나? 상대가 변형무기를 비웃어서 살기를 날렸다든가."

"설마요. 그 정도로는 화내지 않습니다."

"화를 좀 내, 이 바보."

캠퍼스펠로우의 공주 델리리움은 허리에 손을 짚고 툴툴 화내고 있었다.

"우리를 비웃었잖아?! 무기도, 기술자들도, 기사단도! 그런데 화내지 않으면 캠퍼스펠로우 사람이라고 할 수 없어!"

델리리움은 파란 눈을 크게 뜨고 롤로의 코앞까지 얼굴을 들이댔다.

"지면 가만히 안 둘 거니까. 녀석을 죽여버려!"

"여기서 죽이면 외교문제가 발발합니다……."

"아니, 공주님 말씀이 옳다!"

가슴 보호대 장비를 끝내고 하틀랜드가 롤로의 등을 탕 하고 때렸다.

롤로는 비틀거리며 고꾸라졌다.

"알겠나! 내 대리로 나가는 거니까 절대로 져선 안 된다?! 잊지 마라, 이 싸움에 캠퍼스펠로우의 명예가 걸렸다는 것을!"

"거창한 말씀을……. 뭐, 되는 데까지는 해보겠습니다만."

"그 마음 없는 대답은 뭐냐! 반드시 이기고 와라!"

억지로 손에 쥐여주다시피 받은 것은 방금 피가로가 내버린 변형무기. 검신이 늘어나는 한손검이다. 롤로는 사이즈가 안 맞아서 헐렁거리는 장갑을 낀 모습으로 그걸 받았다.

저쪽 진영은 준비가 끝난 모양인지, 투구부터 다리 보호대까지 온몸이 금색으로 빛나는 피가로가 필드 중앙으로 나왔다. 롤로도 투구를 쓰고 나섰다.

"롤로."

롤로가 버드의 부름에 돌아보았다.

"솔직히 나도 녀석을 두들겨 패고 싶지만, 우리가 싸울 곳은 여기가 아니다. 알고 있겠지?"

"⋯⋯예."

──키이이이이잉!

피가로의 검에 튕겨난 롤로는 한심하게 엉덩방아를 찧었다.

"죄송합니다. 항복입니다!"

추격을 위해 검을 쳐드는 모습에 롤로는 다급히 손을 내밀었다.

"항복? 농담은 적당히 해라."

그 한심한 모습을 보고 피가로는 안면 가리개를 올리고 퉁명스러운 얼굴을 내비쳤다.

"나한테 그 무기의 대단함을 가르쳐 주는 것 아닌가? 한 번 정도는 변형시켜 봐라. 아니면 그건 역시 장난감이라고 해도 되나?"

"참아주세요. 나는 기사는 고사하고 일반 병사도 아닙니다. 그냥 종자일 뿐인 내가 기사님을 상대할 수는⋯⋯."

피가로는 짜증난 듯이 쯧 하고 혀를 찼다.

"시합을 빨리 끝내고 싶거든 나한테 일격이라도 넣어봐라."

"일격⋯⋯."

롤로가 비틀비틀 일어서서 자세를 잡은 순간 피가로의 공격이 재개되었다.

매섭게 휘둘린 피가로의 검을, 롤로는 후퇴하면서 가까스로 튕겼다.

"도망치지 마라!" "죽여!"

뒤에서는 캠퍼스펠로우 사람들의 성원이 들려왔다.

한편 정원을 둘러싼 회랑에서는 일방적인 시합에 실망한 분위기가 흐르기 시작했다.

피가로가 휘두른 일격을 롤로는 검신을 눕혀서 받아내었다.

정원에 날카로운 금속음이 울렸다.

"네가 '검둥개'의 후계자라고 생각했는데, 내 착각이었나? 응?"

"……."

"어이, 말해 봐라. 사수전쟁에서 '검둥개'가 했다던 그 유명한 '300명 살인'은 사실인가? 어떻게 하룻밤에 300명을 죽일 수 있지?"

롤로는 안면 가리개 너머로 피가로의 얼굴을 맞받아 바라보았다.

"기사님은 왜 내가 검둥개라고 생각하신 겁니까?"

"뭐, 단순한 감이지."

피가로는 검을 세게 밀어서 롤로를 밀쳤다.

"구태여 말하자면 네가 제일 화내지 않았다."

"……?"

"그 변형무기는 너희 캠퍼스펠로우의 자랑거리지? 그걸 비웃었는데 너만이 무표정했다. 화내지도 않고, 슬퍼하지도 않고. 암살자란 건 함부로 감정을 드러내지 않겠지?"

"헤에……."

분하지만 납득하였다. 감정을 드러내선 안 된다. 항상 냉정하도록 할아버지에게 교육받았는데, 설마 그게 정체를 들키는 계기가 되다니.

롤로가 필드 중앙으로 돌아오는 것을 기다려서 피가로는 시합을 재개시켰다.

두 번, 세 번 검이 부딪치는 소리가 울리고 롤로의 목에 칼끝이 와 닿았다.

"어때, 슬슬 실력을 보이겠나?"

턱을 쳐든 채로 롤로는 고개를 내저었다.

"아뇨……. 항복입니다. 못 당하겠습니다."

"슬슬 그 한심한 태도를 그만두지 않으면——."

——까아앙.

"으……."

갑자기 피가로는 복부에 충격을 받아서 뒷걸음질 쳤다. 대체 무슨 일이 일어났지——내려다보니 롤로의 검신이 무수한 가지로 나뉘어서 쳐져 있었다. 용수철처럼 발사된 검의 끝부분이 피가로의 판금갑옷에 맞은 것이다.

"오오……. 튼튼하군요. 역시 금색의 가슴 보호대."

"하찮긴……."

피가로는 곧바로 자세를 가다듬고 검을 들었다.

"가르쳐 줄까? 진짜 기사가 검을 쓰는 법을."

"아뇨, 됐습니다."

"그렇게 말하지 마라. 이렇게 쓰는 거다."

피가로는 두 손으로 강하게 쥔 검을 힘껏 휘둘렀다.

——키이이잉!

검을 맞은 롤로의 몸이 하늘을 날고, 주위에서 환성이 일었다.

5

눈앞에 파란색 보석 두 개가 떠 있는 게 흐릿하게 보였다.

아쿠아마린일까. 눈부시다…… 그런 탐미적인 감상에 젖어 있자, 두 보석이 깜빡였다.

"롤로. 눈을 떴구나!"

흐릿하던 시야가 제대로 보이기 시작했다. 롤로의 눈앞에 있던 것은 이쪽을 들여다보는 델리리움의 얼굴이었다. 두 개의 파란 보석은 젖은 파란 눈동자였다.

상반신을 일으키자, 델리리움이 목에 매달리고 들었다.

"우와아아앙, 다행이야! 그렇게 세게 날아갔으니까 죽었나 싶었잖아. 델리는 죽이라고 했잖아! 죽으라고 하지 않았어! 이 바보 강아지, 바보!"

"아픕니다, 델리리움 님. 가슴이 아파요."

몸이 삐걱대고 숨이 막혔다. 갈비뼈에 금이 간 게 아닐까.

롤로는 주위를 둘러보고 상황을 확인했다. 아무래도 델리리움의 무릎을 베개 삼아서 자고 있었던 모양이다. 신하로서 있을 수 없는 모습이다. 할아버지가 알면 죽이려고 들지도 모른다.

롤로는 벽 쪽의 소파에 누워 있었던 모양이다.

방 중앙에는 테이블을 둘러싼 소파가 있고, 버드와 외무대신 에델바이스가 앉아 있었다. 하틀랜드는 창을 들고 그들의 곁에 서 있었다.

롤로가 눈을 뜬 것을 알아차린 버드가 돌아보았다.

"여, 일어났나."

"죄송합니다. 제가 얼마나 잠들어 있었습니까?"

"그렇게 오래 되진 않았어. 마음 두지 마라."

롤로가 올려다본 천장에는 양초를 밝힌 샹들리에가 매달려 있었다.

바닥에는 정말 고급스러워 보이는 융단이 깔려있고, 벽에는 멋진 뿔을 가진 사슴 박제가 장식되어 있었다. 이 방은 버드에게 주어진 일등객실이었다.

천장도 벽도 모두 번쩍번쩍 금색으로 빛나는 방이었다.

하틀랜드가 성큼성큼 롤로의 곁으로 다가왔다.

"롤로, 너 이놈 부끄럽지도 않나? 변형무기의 성능을 보여주기는커녕 반대로 얻어맞고 날아가다니. 그 꼬락서니를 캠퍼스펠로우의 대장장이들이 보면 어떻게 생각할지……!"

델리리움이 롤로의 머리를 껴안았다.

"이제 됐잖아. 반성하는 거지, 롤로?"

"반성합니다."

"반성 안 하고 있지, 이놈!"

"아니, 하틀랜드, 그렇게 흥분하지 마라."

버드 또한 롤로를 편들어주었다.

"일부러 맞은 거지?"

"안 맞으면 끝날 것 같지 않았기에……."

미처 낙법도 못 칠 정도로 강렬한 일격이 올 줄은 몰랐지만.

정체를 들킬 뻔한 자기 자신을 벌할 의미도 담아서 맞은 거지만, 굳이 말할 필요는 없겠지. 주군에게 한심한 모습을 보였다. 롤로는 그저 고개를 숙였다.

버드는 다박수염을 쓸면서 테이블 쪽으로 다시금 몸을 돌렸다.

"하지만…… 피가로 킴벌리라. 성가신 남자가 튀어나왔군."

"기사단의 실권은 거의 그자가 쥔 모양입니다."

에델바이스가 컵에 차를 따르면서 말했다.

"그자가 마녀의 양도에 반대한다면…… 이 교섭은 어려울지도 모릅니다. 뢰베 공은 기사들을 설득하겠다고 했지만, 그 모습을 보면 오히려 설득당할 것 같습니다."

"그래. 그 남자가 오무라의 말을 들을 것 같진 않으니. 그건 뭐든지 자기가 제일이라고 생각하는 얼굴이야. 자존심도 무진장 세겠어. 뭐, 잘생기긴 했지만."

그렇게 말하며 버드는 에델바이스에게 턱짓하였다.

"너, 그런 녀석이 타입이지?"

"저는……. 누군가가 소중히 여기는 것을 비웃는 사람은 좋아하지 않습니다."

에델바이스는 입술을 비죽이고 벌레 씹은 얼굴을 하였다. 중년 남자이지만, 하는 행동은 소녀.

에델바이스는 허브티를 따른 찻잔 하나를 버드 앞에 놓았다.

수증기와 함께 시큼한 과일 향기가 피어올랐다.

버드는 "고마워."라고 중얼거리고 컵을 들어올렸다.

"하지만 어떻게 하실 겁니까? 마녀재판이라니……. 뢰베 공은 정말로 재판이 끝난 뒤에 마녀를 넘겨줄까요? 저는 도무지 그렇게 여길 수 없습니다만."

"어렵겠지. 내일 마녀재판도 마녀를 죽이고 싶은 피가로 킴벌리가 오무라를 꼬드겨서 여는 걸지도 몰라. 보아하니 오무라는 다음 '사자왕'을 노리고 있는 모양이니까."

"선왕의 원수를 갚는 무대가 되는 마녀재판은 차기 사자왕이 되기 위한 발판으로서 절호의 무대겠지요."

에델바이스는 팔짱을 꼈다.

"그래. 이웃나라들의 동족이나 도시의 요인들 앞에서 '사자왕 살해'의 범인을 쾌도난마로 베듯이 단죄한다── 그건 차기 사자왕이 되기 위해 효과적인 발판이 되겠지. 피가로가 그렇게 구워삶은 걸지도. 마녀를 팔 게 아니라 당신이 사자왕이 되기 위해 이용해야 한다고……."

사자왕의 딸 스노우화이트는 아직 행방불명 중. 오무라로서는 이참에 차기 사자왕의 기반을 만들고 싶겠지. 그렇게 생각하면 마녀재판은 오무라가 주위의 평판을 얻기에 절호의 기회라 할 수 있다.

"역시 마녀는 사람들 앞에서 화형당한다고 생각하는 편이 좋지 않을까요?"

에델바이스가 씁쓸한 얼굴로 고개를 내저었다.

"민중이 가장 들끓는 것은 악인이 괴롭게 죽는 순간입니다. 마녀를 화형에 처해야 뢰베 공의 복수극이 완성될 줄 압니다."

"흠……. 그것도 있지만."

버드는 찻잔을 쥔 채로 소파에 등을 맡기고 다리를 꼬았다.

"하나 더, 내가 우려하는 것은 마술사가 나타나지 않을까 하는 점이야."

"마술사 말씀입니까?"

에델바이스는 눈을 동그랗게 떴다.

"내일 재판은 관계없지 않습니까? 재판관은 마술사가 아닌 자를 쓴다지 않습니까? 애초에 뢰베는 루시 교의 영역 밖입니다. 마술사가 있을 리 없습니다."

"그래. 하지만 마녀재해가 발생했다는 정보는 아마 아멜리아에도 전해졌겠지. 뢰베가 멋대로 마녀재판을 열고 마녀를 처벌한다고 하면, 놈들이 가만히 있을 것 같나?"

"설마, 재판을 습격한다든가."

"글쎄. 너라면 어떨까? 자기들을 흉내낸다면 열 받지 않나?"

"그건…… 가능하군요."

에델바이스는 불안한 표정으로 입술에 손가락을 댔다.

"루시 교는 마녀재판을 신성한 것으로 만들었습니다. 흉내라고는 해도 그것을 하는 거니까 그들로서는 용서할 수 없는 '이단' ……이 되겠습니다만."

"아멜리아와 적대할 예정인 우리로서는 이런 타이밍에 마술사와 마주치고 싶지 않아. '거짓말을 폭로하는 마법' 같은 게 있는

지는 모르지만, 몰래 전쟁 준비를 하고 있다고 들통나선 안 되지. 마술사 같은 건 대면하지 않는 게 제일이야."

"예를 들어서……."

에델바이스는 꿀꺽 하고 침을 삼켰다.

"'아홉 사도'가 오는 것도…… 가능하겠군요?"

"최악이지."

"……."

두 사람 사이에 긴장 섞인 침묵이 깔렸다.

"저기, 롤로."

그 대화를 듣고 있던 델리리움이 고개를 돌렸다.

"아홉 사도라는 게 뭐야? 마술사랑 달라?"

"아홉 사도도 넓은 의미로는 마술사입니다. 마술사의 상위 랭크에 위치하는 칭호입니다."

수도원에서 수행 중인 수습 마술사는 '수도사^{몽 크}'로 불린다. 여성이라면 '수도녀^{시 스 터}'다. 그들이 세례를 받고 수도원을 나가서 '마술사'가 되고, 한정된 자만이 '아홉 사도'가 될 수 있다.

"아홉 사도는 그 이름처럼 아홉 명밖에 존재하지 않습니다. 그들은 마술사면서 각각 고유의 직업을 가졌다나요."

"헤에. 어떤 직업?"

롤로는 "분명히……."라고 말하며 손가락을 꼽았다.

"추기경^{카 디 널}, 성기사^{팰러 딘}, 정령마술사^{엘리멘터러}, 치유마술사^{힐 러}, 사령마술사^{네 크 로 맨 서}, 연금술사^{알 케 미 스 트}——."

수행 중에 할아버지에게 배웠던 직업을 떠올렸다.

"——소환사, 점술사, 광대……로 아홉 명이군요."

할아버지에게서는 되도록 마술사와 싸우지 말라고 들었다. 혹시 꼭 싸워야 하는 상황에 처하거든 일단 상대가 쓰는 마법의 법칙이나 성질을 간파해야만 한다.

마술사와는 그래야 비로소 대등하게 싸울 수 있다.

그렇다면 '아홉 사도'와 대치할 때는 어쩌면 좋을까. 할아버지의 대답은 '온 힘을 다해 도망쳐라'였다.

"흐응……. 강해?"

"그런 모양입니다. 예를 들어서 수도사 한 명이 일반적인 병사 열 명의 전력이라고 합니다. 마술사 한 명은 병사 50명……. 그럼 아홉 사도 한 명은 몇 인분의 전력일 것 같습니까?"

"마술사보다 높으니까 100명 정도겠지?"

"아뇨. 아홉 사도 한 명으로 성 하나 정도의 전력이라고 합니다."

"단위가 다르잖아. 사기야!"

"그만큼 위협적이라는 소리입니다. 실제로 혼자서 성을 함락시켰다는 이야기도 있고요."

"허풍으로 떠드는 것 아니야?"

의심스럽게 눈썹을 찌푸리는 델리리움. 그때 문이 열리고 학장 시메이가 들어왔다.

"버드 님. 마녀가 구속된 장소를 알아왔습니다."

시메이는 버드의 대각선 맞은편 소파에 앉았다.

"마녀는 현재 도시 외곽의 감옥에 있다고 합니다. 인적 없고 아무도 접근하지 않는 건물. 그 이름도——〈철의 감옥〉."

"꽤나 견고하겠군요."

에델바이스가 그 이름의 인상에서 씁쓸한 얼굴을 하며 말했다. 포트에서 시메이 몫의 허브티를 찻잔에 따랐다.

"음. 하지만 마녀는 오늘밤 이송된다는 모양이야. 내일 열리는 마녀재판을 위해서."

"헤에. 어디로 말입니까?"

"그건 여기, 성의 부지 안에 있는 〈유폐탑〉이지."

그렇게 말하며 시메이는 테이블 위로 내미는 찻잔의 손잡이에 손가락을 걸었다.

"어라, 레몬밤인가? 향기가 좋군."

버드는 턱수염을 쓸고 흐음 소리를 내었다.

그리고 뒤를 돌아보았다.

"롤로. 빼앗을 수 있겠나."

시메이는 그 말에 놀라서 쿨럭거렸다.

"빼앗다니, 마녀를 말씀입니까? 진심으로 말씀하시는 겁니까, 주군!"

"그렇습니다! 지금 마녀가 강탈당하면 제일 먼저 우리가 의심받습니다."

에델바이스도 놀란 목소리였다.

하지만 버드는 느긋하게 팔짱을 꼈다.

"증거만 안 남기면 되지. 애초에 상대가 먼저 약속을 깬 거야."

머리를 소파 등받이 위에 올리며 버드는 다시금 확인했다.

"할 수 있겠나, 롤로?"

"주군이 빼앗아 오라고 하시면 개는 명령에 따를 뿐입니다."

"그럼 저도 가지요!"

가슴을 편 것은 하틀랜드였다.

"전투가 벌어지면 반드시 제 실력이 필요할 겁니다."

항상 지니고 다니는 애창을 두 손으로 쳐들었지만, 롤로는 고개를 내저었다.

"아뇨, 필요 없습니다. 은밀 행동에서 하틀랜드 씨의 큰 덩치는 방해가 됩니다."

"바……방해된다고 하지 마라, 이놈. 이런 작전은 말이지, 혼자보다 둘인 쪽이……."

다이어울프 토벌도 그렇고, 피가로와의 연습 경기도 그렇고, 활약할 자리를 족족 롤로에게 빼앗긴 하틀랜드로서는 여기서 명예를 만회하고 싶은 참이지만——.

"너는 안 가도 된다. 여기서 우리를 지켜."

"버드 님……. 아니, 하지만."

"그럼 안 되죠, 하틀랜드 씨? 주군의 말씀에는 따라야죠."

롤로가 의기양양하게 슬며시 웃었다.

"기사님은 여기서 가만히 계세요. 대신해서 주인의 손과 발이 되어서 충성을 다하는 것이 암살자의 일. 아아, 바쁘다, 바빠."

"으으으음!"

하틀랜드는 분한 마음에 거세게 콧김을 내뿜으며 창대 끝으로 바닥을 두들겼다.

"롤로. 너는 마녀를 빼앗아서 오늘 밤에 이 나라를 떠나. 마녀가 협력적일지에 달렸지만…… 가능하다면 캠퍼스펠로우로 먼저 돌아가도 좋다."

"알겠습니다."

롤로의 대답을 확인하고 버드는 손뼉을 쳤다.

"자, 이야기는 끝이다. 얼른 마녀를 손에 넣어서 돌아간다."

그리고 금색으로 빛나는 천장이나 벽을 올려다보았다.

"여기고 저기고 번쩍대서…… 이 나라는 불편하단 말이지."

6

저녁노을로 물든 오렌지색 하늘에 까마귀 울음소리가 울려퍼졌다.

뢰베의 메인스트리트인 〈개선로〉에서 멀리 떨어진 잡목림. 그 안쪽에 〈철의 감옥〉이 떡하니 있다. 53년 전에 발발한 사수전쟁에서는 많은 적병을 가두고 고문하고 처형한 역사가 있는, 견고한 감옥이다. 지금은 중죄인을 구속하는 데 쓰이고 있었다.

감옥의 벽은 옛날 방식으로 건축되었고, 오래된 외관은 그야말로 고성 같다. 잔혹하게 죽은 죄인들의 원념이 들려올 듯 으스스한 분위기가 넘쳐났다.

정면 입구에서 계단을 내려간 곳의 광장에는 두 마리 말이 끄는 짐마차가 한 대 서 있었다.

짐칸의 지붕은 아치형으로 휘었고, 포장을 쳐놓았다. 그 안에 직사각형의 감옥──이동형 감옥을 넣으려는 것이다.

현재 감옥 안에는 아무 것도 없지만, 그래도 충분히 무겁다. 열 명 정도의 작업원들은 이마에 땀을 흘리고 소리를 맞춰가면서 감옥을 짐칸에 싣고 있었다.

그 바로 옆에서는 금색 갑옷을 입은 기사 두 명이 작업을 감독하고 있었다.

머리에 쓴 투구에는 새하얀 깃이 달렸고, 등에는 망토를 두르고 있었다. 피가로 킴벌리 휘하의 엘리트 집단, 근위병이라는 증거다.

기사의 숫자는 다해서 다섯 명. 나머지 세 명은 떨어진 곳에 모여서 잡담을 나누고 있었다. 모두 근위병이다. 옆에는 금색 마갑을 입힌 군마가 여섯 마리 묶여 있었다.

작업을 감독하는 기사 중 한 명——매부리코인 중년기사가 작업원 한 명을 불러 세웠다. 로프를 작업원에게 내밀고 "이걸로 감옥을 고정해라." 라고 지시하였다.

"짐칸에서 떨어지지 않게 겹겹으로 붙들어 매라."

"예이."

젊은 작업원은 김빠진 대답을 하며 기사에게 손을 내밀었다. 그 태도가 뭔가 마음에 들지 않았는지, 기사는 로프를 도로 거둬들였다.

"뭐냐, 그 기운 없는 대답은? 너는 돈을 덜 받을 줄 알아라."

"아, 죄송합니다, 봐주십시오……."

호리호리한 체격의 젊은이는 등을 굽히고 손을 모으며 용서를 구했지만, 매부리코 기사는 고개를 내저었다.

"안 돼. 너는 감봉. 더 줄어드는 걸 보기 싫거든 감옥을 단단히 고정해라."

그렇게 말하며 로프를 작업원에게 던졌다. 다급히 로프를 줍는 작업원에게 삿대질을 하면서 "나중에 확인할 것이다." 라고 거듭 당부하였다.

"칼 맞고 싶지 않거든 똑바로 일해라. 뛰어!"

"예입!"

작업원이 짐칸으로 달려가는 걸 지켜보고 매부리코 기사는 다른 기사에게 웃어 주었다.

"참 나, 처음부터 그러란 말이야. 아랫것들은 기사님에 대한 태도가 되어먹질 않았어."

"말은 잘 하는군. 용돈벌이나 해놓고선."

붉은 수염의 중년기사는 매부리코 기사의 말을 듣고 얼굴을 찌푸렸다.

젊은 작업원의 감봉액은 매부리코 기사의 호주머니에 들어가겠지.

"시끄러워. 일을 끝내고 한잔할 돈이야. 그 정도 특별수당이 있어도 좋잖아? 우리가 이송하는 건 '사자왕 살해' 의 마녀니까."

매부리코는 가슴을 펴고 그렇게 말했지만, 붉은 수염의 표정에서는 긴장한 빛이 엿보였다.

"하지만 정말로 괜찮을까? 마녀가 날뛰기라도 하면……."

"쫄 거 없어. 멍청하긴. 지금 마녀는 마법을 못 쓰니까——."

그때 〈철의 감옥〉의 정면 문이 열리고 두 사람은 입을 다물었다.

잡담하던 다른 기사들도 몸을 돌리고, 작업원들은 손을 멈추었다.

기사들의 선도에 따라 한 여성이 문 앞의 계단을 내려왔다.

다갈색 로브를 입었고 후드를 깊게 눌러쓴 채로 고개 숙이고 있었다. 그렇기 때문에 표정은 엿보이지 않았다. 두 손목은 하얀 돌 차꼬로 고정되어 있었다. 차꼬에서는 사슬이 이어졌고, 그 끄트머리는 앞장선 기사가 쥐고 있었다.

마녀의 대각선 뒤로는 창을 든 기사 두 명이 따라서 계단을 내려오고 있었다.

앞장선 기사가 주위에 대고 소리쳤다.

"아무도 이 여자를 건드리지 마라! 말도 걸지 마라! 마녀는 재해다. 저주가 옮는다!"

그는 근위병 부대장이었다. 피가로의 심복이다. 그가 투옥 중인 마녀를 직접 돌보았고, 다른 자는 얼씬도 못 하게 했다. 매부리코 기사와 붉은 수염 기사가 마녀의 모습을 본 것도 이번이 처음이다.

부대장을 따라서 마녀는 맨발로 광장으로 내려왔다.

기사들의 시선을 한몸에 받으면서 짐마차로 걸어간다.

마녀가 지면에서 짐칸으로 올라가는 널빤지에 발을 올렸을 때, 매부리코 기사는 짐칸 위에 아직 그 젊은 작업원이 있는 것을 깨달았다.

멍하니 서서 마녀를 바라보는 그 작업원에게 다급히 "이 꼬맹이가." 라고 말하였다.

"작업이 끝났으면 얼른 내려와!"

"예이……."

작업원은 또 마음 없는 대답을 하고 짐칸에서 뛰어내리려고 했다. 그때 완만한 커브를 그리는 검은 앞머리 사이에서 진녹색 눈동자가 엿보였다.

작업원 사이에 섞인 롤로는 마녀의 얼굴을 곁눈질로 보았다.

후드에 숨겨진 마녀의 얼굴에는 은가면이 씌워져 있었다. 미소 짓는 여성의 얼굴을 본뜬 가면에는 두 눈이 보이는 구멍이 없었다. 두 귀도 꽉 압박하여서 바깥 세계와 차단되도록 만들어졌다. '성녀의 가면'이라 불리는 구속구의 일종이다.

마녀는 부대장의 손길을 따라서 감옥 안으로 들어갔다. 부대장은 마녀의 돌차꼬에서 이어진 사슬을 철창에 묶었다. 마녀는 감옥 안에 선 상태로 감옥 문이 닫혔다.

그 모습을 지켜본 뒤에 매부리코 기사는 숨을 훅 내뱉었다. 허세를 부리긴 했지만, 실제로 마녀의 모습을 목격하고 다소 긴장했던 모양이다.

"손목에 차고 있던 돌차꼬, 하얀 색이었지? 거기에 붉은 줄이 들어가 있었잖아."

매부리코는 붉은 수염 기사에게 작은 목소리로 말했다.

"그게 마법을 봉인하는 마도구야. 마법을 못 쓰는 마녀는 평범한 여자일 뿐이야."

"저게 어디가 평범한 여자야. 기분 나쁘게스리……."

붉은 수염 기사는 인상을 쓰고 대꾸했다.

두 사람은 이송 중에 짐칸에 실린 감옥을 감시하는 역할을 맡았다. 뢰벤슈타인 성까지의 짧은 길이라고 해도, 마녀와 같은 공간에 있어야만 한다는 것은 마음 무거운 일이다.

두 기사는 작업원들에게 은화를 나누어주고 그 자리에서 해산시켰다.

잡담하던 세 사람과 창을 잡은 두 사람, 부대장. 이렇게 여섯 명의 기사가 군마에 올라탄다.

〈철의 감옥〉을 뒤로 하고 마차가 달리기 시작했을 무렵에는, 산자락이 붉게 물들기 시작하고 있었다.

막을 씌운 짐칸 천장에는 랜턴이 매달려 있어서 출입구를 닫아도 희미하게 밝았다. 짐칸 앞—— 마부석 바로 뒤에 감옥이 로프로 고정되어 있고, 매부리코 기사와 붉은 수염 기사는 짐칸 뒤쪽에서 지붕 가장자리를 붙잡고 서 있었다.

그렇게 용솟음치는 듯한 진동에 버틴다.

감옥 안에 서 있던 마녀는 흔들림이 심해지자 얌전히 그 자리에 앉았다.

밖에서는 숲길을 달리는 바퀴소리와 지면을 달리는 말발굽소리가 들려왔다. 랜턴이 철컥철컥 소리를 내며 크게 흔들렸다.

경비를 맡은 두 사람은 처음에는 감옥을 정면으로 바라보며 마녀를 감시했지만, 가면을 쓴 마녀를 계속 지켜보는 것도 김이 새서 이윽고 등을 돌렸다.

매부리코 기사가 속삭이듯이 말했다.

"어이, 너 들었어? 킴벌리 대장이 캠퍼스펠로우 병사랑 한판

붙었다는 이야기."

"그래, 〈왕의 모형정원〉에서 말이지? 압승했다던데."

"그 대장이 압승한 상대가 누군지 너 들었어? '검둥개'의 후계 자라는 모양이야."

"뭐어? 거짓말이겠지? 그 '300명 살인'의 그 녀석?"

사수전쟁에서 암약한 '검둥개'에게는 뢰베 왕국 측도 무척 애를 먹었다.

그 일화는 50년의 세월을 거쳐 전설처럼 전해지고 있다. 특히나 300명의 적병을 혼자서 하룻밤 만에 몰살시킨 이야기는 검둥개의 정체 모를 두려움을 상징하는 전설로 기사들 사이에서도 화젯거리다.

정말로 그런 암살자가 존재할까—— 반신반의하는 두 사람도 그 뒤에 화제의 '검둥개'의 후계자가 지금 소리도 없이 착지한 것을 알아차리지 못했다.

"하지만 말이지."

붉은 수염 기사가 얼굴을 찌푸렸다.

"대장의 압승이란 소리는…… 대장은 검둥개보다 강하다는 소리야? 진짜로?"

"아니, 애초에 '300명 살인'이 거짓말일지도 모르잖아? 소문에 살이 붙어서 과장된 것이라든가. 실제로는 별로 대단할 것 없었다는 이야기는 어디든지……."

말하면서 돌아본 매부리코 기사는 말을 삼켰다.

그 이변을 깨달은 붉은 수염 기사도 돌아보았다.

짐칸 중앙에 낯선 남자가 서 있었다.

검은 투구에 검은 갑옷에 검은 다리 보호대. 가슴 보호대는 없었지만, 검은색 옷을 입은 가슴과 배가 보였다. 그 탓인지 아주 늘씬한 인상이었다. 키도 그리 크지 않고 박력이나 대단한 느낌은 없었지만, 투구로 얼굴을 가린 탓인지 생기나 기척이 전혀 느껴지지 않았다. 마치 유령과 대면한 듯한 으스스함을 느꼈다.

"뭐지…… 이 녀석은? 대체 어디서——."

매부리코 기사는 한 걸음 발을 내디뎠다.

다음 순간 장갑으로 턱을 얻어맞아 정신을 잃었다. 롤로는 힘이 빠져서 쓰러지는 그의 판금갑옷 끝자락을 붙잡아서 가만히 짐칸 바닥에 눕혔다.

붉은 수염 기사가 눈을 치떴다.

"무엇이. 도적이냐?!"

붉은 수염 기사는 몸을 낮추고 전투태세를 취했다. 허리에 찬검을 뽑으려 했다. 하지만 순식간에 거리를 좁힌 롤로가 손바닥으로 칼자루를 도로 밀어 넣었다.

치잉——하고 작고 맑은 소리가 울렸다.

"큭……! 누구 없나, 적……?!"

목을 붙잡혀서 소리를 낼 수 없었다.

롤로는 가볍게 그의 뒤로 돌아가서 그 목에 팔을 둘렀다. 정확하게 경동맥을 압박하여 졸랐다. 얼굴이 시뻘게진 기사가 흰자위를 까뒤집고 기절하기까지는 그리 시간이 걸리지 않았다.

의식을 잃은 기사의 몸을, 롤로는 다시금 소리도 없이 바닥에 눕혔다.

순식간에 기사 둘이 정신을 잃고, 짐칸은 정적을 되찾았다.

"……."

변함없이 계속 달리는 마차 짐칸에서 롤로는 감옥 앞에 한쪽 무릎을 꿇었다.

투구의 가리개를 올려서 얼굴을 드러냈다.

"실례하겠습니다."

'성녀의 가면'을 하고 있는 마녀는 롤로의 말에 반응을 보이지 않았다.

롤로는 철창 안에 손을 집어넣었다. 마녀의 후드를 벗기고, 장갑에 있는 칼날로 가면의 벨트를 끊었다.

과연 혼례식 날에 은색 낫을 휘두르며 사자왕을 포함한 50명 이상의 하객을 참살한 '거울의 마녀'란 대체 어떤 얼굴을 하고 있을까. 드디어 대면의 때가 되어서 롤로는 살짝 숨을 삼켰다.

'성녀의 가면'을 벗기자 찌를 듯한 시선이 롤로에게 날아든다.

열흘 이상에 걸친 투옥 생활 때문일까, 얼굴은 여위고, 피부는 창백하고, 머릿결은 상했다. 하지만 그 붉은 눈동자에는 고난에 저항하는 강한 의지가 깃들어 있었다.

마치 그 자체가 마력을 띤 것처럼 신비로운 눈을 가지고 있었다. 랜턴 불빛을 받아서 붉은 홍채가 빛났다. 롤로를 경계하는 것인지 그 눈동자가 살짝 흔들렸다.

"누구?"

마녀는 물었다. 작지만 맑은 목소리였다.

"검둥개라고 합니다. 〈불과 쇠의 나라 캠퍼스펠로우〉를 섬기는 자입니다."

"검둥개……?"

마녀는 살짝 고개를 갸웃거렸다. 검둥개의 이름을 모르는 걸까, 아니면 알지만 의심하는 걸까. 롤로는 마녀의 표정을 바라보면서 말했다.

"당신은 뢰베 왕국의 왕비이자 '거울의 마녀' ──테레사리사 뢰베라고 보았습니다. 틀림없습니까?"

크게 치뜬 눈동자는 롤로의 얼굴을 비추고 있었다. 표정을 읽을 수 없는 사람이라고 롤로는 생각했다.

"마녀……."

테레사리사는 천천히 한 번 눈을 껌뻑였다.

"내가 마녀로 보여?"

테레사리사가 드리우고 있던 어둠이 순간 없어진 것처럼 느껴졌다. 경계심을 푼 걸까. 다음에 그 눈동자에서 느껴진 감정은 슬픔이었다.

테레사리사는 눈을 내리깔았다. 긴 속눈썹이 떨리고 있었다.

"타국 사람이 나한테 무슨 일이야?"

"당신을 도우러 왔습니다."

"모르겠어. 캠퍼스펠로우가 나를 도울 이유는──."

그때였다. 갑자기 짐칸 앞쪽의 막이 걷히고 돌풍이 들어왔다.

롤로는 반사적으로 뒤로 뛰고 안면 보호대를 내려서 얼굴을 숨겼다.

내걸렸던 랜턴이 바람에 흔들리다가 철컹 소리와 함께 떨어지면서 불이 꺼졌다.

포장이 쳐진 짐칸 안은 순식간에 어둠으로 휩싸였다.

"기다리고 있었다. '검둥개'."

마부석에서 모습을 보인 남자의 얼굴은 그림자로 덧칠되어서 보이지 않았다.

하지만 오만불손한 그 목소리를 들으면——나타난 남자가 근위대장 피가로 킴벌리라는 사실은 바로 알 수 있었다. 밤하늘을 배경으로 하얀 망토를 나부끼며 어깨에 검을 짊어지고 있었다.

"'거울의 마녀'를 빼앗으러 왔나?"

"……."

롤로는 대답하지 않았다. 싸울 생각은 없다. 대화할 생각도 없다. 상대의 말처럼 여기에는 마녀를 빼앗으러 왔다. 들켰으면 물러나야 할까.

"무슨 일 있습니까, 킴벌리 님!"

마부가 돌아보며 목청을 높였다.

"아무것도 아니다. 너는 예정대로 성까지 마차를 몰아라."

마부에게 그렇게 지시를 내리고 피가로는 시꺼먼 색으로 차려입은 롤로를 관찰했다. 손가락 끝부터 팔꿈치까지 감싸는 장갑을 했지만, 그 손에 무기는 없다. '검둥개'는 무기를 갖지 않는다. 이야기로 전해지는 특징 중 하나다.

"너는 맨손으로도 괜찮나?"

"……."

"그럼 이제 시작해도 되겠군!"

다짜고짜 검을 쳐든 피가로가 짐칸으로 들어왔다.

롤로는 그 검을 장갑으로 튕기며 흘렸다. 튕겨난 피가로의 검이 포장을 크게 찢었다. 어둠 속에서 피가로는 계속 검을 휘둘렀다. 롤로는 뒤로 뛰어서 피하고, 혹은 검을 쳐내며 맹공을 버텼다. 쇠가 맞부딪치는 금속음이 짐칸 안에서 울려 퍼졌다.

롤로는 교차한 장갑으로 피가로의 검을 받아 옆으로 눕혔다.

피가로는 아랑곳하지 않고 힘으로 밀어붙였다. 그 칼끝이 막을 가로로 길게 베어버렸다.

갈라진 막이 바람을 받아서 크게 부풀었다. 그리고 그 기세를 타고 찢어지고 걸쇠가 차례로 뜯어졌다. 찌지지직——좌악!

다음 순간에는 짐칸을 뒤덮고 있던 막이 밤하늘로 날아오르고, 머리 위에 달이 나타났다.

밤하늘을 녹이는 둥그런 달이었다. 산길 좌우의 나무들이 빠른 속도로 후방으로 흘러갔다.

짐마차 주위에는 여섯 마리의 기마가 나란히 달리고 있었다. 창을 든 기사 둘과 활을 든 기사 넷. 적습은 미리 예상했는지 각자의 무기를 들고 있었다.

"대장님! 기마 여섯 기, 언제든지 싸울 수 있습니다!"

"준비하고 있어라. 신호는 내가 내리마."

이동 감옥에 갇힌 마녀 앞에서 기사와 암살자가 대치했다.

"자, 이제부터가 진짜다."

피가로는 뚜둑뚜둑 소리 내어 목을 풀고 어깨를 돌렸다.

"너는 이송 중인 마녀를 습격한 도적이다. 죽어도 불만은 없겠지?"

"……"

"……아니, 그 전에. 시험 삼아 써봤지만, 역시 이런 가벼운 검으로는 안 되는군."

피가로가 바닥에 내버린 것은 여태껏 휘두르던 한손검. 롤로가 낮에 연습 경기에서 보였던 캠퍼스펠로우산 변형무기다.

피가로는 다시금 자기 허리에 차고 있던 양손검을 뽑았다. 상대를 날카롭게 베기 위해서가 아니라 후려쳐서 동강내기 위해 만들어진 검이다. 묵직한 것이 피가로의 두 손에 착 붙었다.

"역시 기사의 검이란 것은 이래야지……. 안 그래?"

"……"

롤로는 발치에 버려진 검을 줍고, 처음으로 입을 열었다.

"먼 옛날. 트란스마레의 선단을 거대한 괴물이 덮쳤다——."

"아앙……?"

피가로는 검을 든 채로 한쪽 눈썹을 쳐들었다.

"눈에도 보이지 않는 속도로, 날듯이 바다를 뛰어다니는 괴물이다. 용감한 모험가들은 밤새 싸웠지만, 반이 넘는 선원이 잡아먹히고, 선단은 괴멸 상태에 빠졌다——."

말하면서 롤로는 한손검의 자루에 두 손을 댔다.

"이윽고 날이 밝고 갑판에 끌어올린 괴물을 보고 모험가들은 창백해졌다. 자기들이 무엇과 싸웠는가. 바다 한가운데서 무엇과 만났는가. 그것은 마치 고래처럼 거대한 지네였다. 모험가들은 그것을 신의 사도로 여겨 두려워하고, 외경의 뜻을 담아서 이렇게 불렀다——."

철컥 하고 칼자루를 돌리자, 양 칼날에서 가시들이 튀어나왔다. 하나하나가 톱니 모양을 한 가시. 깔쭉깔쭉한 돌기가 양 칼날에 늘어선 모습은 그야말로 지네처럼 흉흉했다.

"'지네고래' ^{스콜로펜드라}—— 이 검의 이름의 유래다."

"'지네고래' —— 이 검의 이름의 유래다."

"어이, 그런 식이 된다는 이야기는 못 들었는데?"

"그렇게 알고 싶으면 보여주지. 이 녀석의 진짜 사용법을."

말과 함께 검을 쳐들며 롤로는 발을 내디뎠다.

7

한편, 뢰벤슈타인 성의 버드 일행은 만찬회에 불려갔다.

일행이 안내받은 곳은 방의 중앙에 롱테이블이 놓인 다이닝룸, 〈영빈실〉이었다. 장작이 타오르는 난로 위에는 사슴 목이 걸려 있었다. 벽에는 사자를 그린 깃발이 걸렸고, 이야깃거리로 삼으려는 것인지 앤티크 잡화가 장식된 선반도 줄줄이 있었다.

벽이나 천장은 역시 금색으로 빛나고 있었다.

요리들이 놓인 롱테이블을 사이에 두고 뢰베와 캠퍼스펠로우의 주요인물들이 마주 보고 앉았다. 상석에 앉은 버드의 맞은편에는 오무라가 있었다.

"흠흠."

오무라는 미안하다는 듯이 눈꼬리를 축 늘어뜨렸다.

"이렇게 먼 길을 와주셨는데 기대에 못 미쳐서 미안하군요. 사실은 당장에라도 마녀를 내드리고 싶지만…… 기사들을 설득하지 못한 내 책임입니다."

비둘기살이 채워진 파이에 나이프를 대면서 버드는 고개를 내저었다.

"무슨 말씀. 뢰베의 기사는 충의가 두텁다고 들었습니다. 그럼 그 마음도 이해할 수 있지요."

말하면서 손을 멈추고 고개를 들었다. 똑바로 오무라를 바라보았다.

"하지만 뢰베 공은 약속해 주셨지요. 마녀는 재판 후의 친선 파티에서 반드시 양도해 주겠다고. 나는 아무런 걱정도 하지 않습니다. 뢰베를 신용하고 있으니까요."

버드는 나이프를 내려놓고 포도주를 따른 잔을 들었다.

"뢰베와 캠퍼스펠로우의 우정에."

오무라도 건배에 응하여 잔을 들고 말하였다.

"그리고 막대한 부를 낳는 '마법의 검'에."

두 사람은 활짝 웃음을 나누면서 포도주에 입을 댔다.

버드의 옆에는 델리리움이 착석하였다. 그 옆에는 학장 시메이, 외무대신 에델바이스 등의 문관들이 이어지고, 제일 말석에는 기사단장 하틀랜드가 앉았다. 창을 껴안고 식사하는 건 아무래도 예의에 어긋나기 때문에, 애창은 금색 벽에 기대어 세워놓았다.

다들 묵묵히 비둘기살 파이를 썰고 있었다.

극단적으로 말수가 적은 것은 맞은편 자리에 앉은 뢰베 사람들도 마찬가지였다.

오무라의 소개에 따르면 그들은 '피의 혼례'에서 사망한 사자왕의 중신들을 대신해서 임시로 정치를 맡은 이들이라고 했다. 행정이 정지하는 것을 우려하여 오무라가 직접 모았다는 말을 들었다.

스노우화이트를 제치고 차기 사자왕이 되기 위한 지반 다지기는 순조롭게 진행되는 모양이다.

파이를 가르는 각각의 나이프가 접시에 닿아서 찰각 소리를 내었다. 찰각, 찰각——대화 없는 〈영빈실〉은 무거운 정적으로 휩싸였다.

오무라는 델리리움이 포도 주스가 담긴 잔을 기울이는 것을 가만히 바라보았다.

"입에 맞으십니까, 델리리움 양?"

델리리움은 가만히 미소 지었다.

"예, 아주 고급스러운 맛이네요."

"그거 다행이군요! 델리리움 양이 드시는 음료는 엘더플라워의 시럽을 살짝 섞은 것이지요. 새콤달콤하니 맛있죠?"

"어머, 시럽을? 고맙습니다."

'왜 델리만? 징그럽게…….'라는 말을 꺼내지 않고, 델리리움은 다시금 미소 지었다. 아까부터 대각선 쪽에 앉은 오무라에게서 끈적한 시선을 느꼈다. 일거수일투족을 엿보는 듯해서 마음이 불편했다.

슬쩍 시선을 내린 테이블 위에서 카멜레온을 발견하고 깜짝 놀랐다. 느긋하게 요리 사이를 누비며 걷는 그것은 오무라가 장식품으로 어깨에 올리고 있던 녀석이었다.

델리리움은 식욕이 달아나는 걸 느끼고, 우엑 이란 느낌으로 몰래 혀를 내밀었다.

"그런데 그레이스 공. 방에 준비된 허브티는 드셨습니까?"

"예, 마셨습니다. 그 새콤한 향기는…… 레몬밤입니까?"

"오호. 역시나 아시는군요. 그 차는 엘더 지방에서 들여온 수입품이라서 말이죠? 내가 좋아하는 겁니다. 거기에 뢰베의 벌꿀을 녹이면 단맛이 더해져서 정말 좋지요. 대령하지요."

"하나부터 열까지 죄송합니다."

버드는 살짝 고개를 숙였다.

"하지만 다시 봐도 멋진 나라로군요. 어디를 봐도 반짝반짝 황금색으로 빛나고."

"전부 내 형님을 포함한 역대 사자왕이 이뤄낸 위업입니다."

오무라는 난로 위에 장식된 사슴 머리를 올려다보았다.

"저건 형님이 사냥한 사슴이지요."

"호오. 정말 멋진 뿔이로군요. 내 방에 장식된 것보다도 훨씬 큽니다."

"뢰베의 기사는 스스로를 사자로 비유하니까 사자 박제는 장식하지 않습니다. 대신 사슴 머리를 장식하지요. 그 뿔의 크기로 자신의 강대함을 보이는 겁니다."

"그렇군요……. 저렇게 뿔이 큰 사슴을 해치웠다니, 돌아가신 사자왕님은 정말로 용감한 분이셨겠지요. 꼭 한번 뵙고 싶었습니다……."

버드는 아주 아쉬운 듯이 고개를 내저었다.

오무라 또한 애통하다는 듯이 목소리를 낮추었다.

"위대했던 형님은 이제 없고……. 이 나라는 어떻게 될지……. 나는 걱정하고 있습니다. 귀여운 조카 스노우화이트도 행방불명이고. 이런 상태로는 '사자왕'의 이름이 사라지겠지요……."

"어라? 나는 분명히 귀공이 다음 사자왕을 물려받을 거라고 생각했습니다만."

"아뇨, 나 같은 건 형님을 대신할 수 없습니다."

"하지만 실제로 귀공은 나라를 걱정하며 정치를 할 수 있는 이를 이만큼 모았지요. 인덕 아니겠습니까? 백성도 귀공이 사자왕 자리를 물려받는 것을 바라지 않습니까?"

"백성들이 바란다면 사양하지는 않겠습니다만, 한 가지 문제가……."

"호오, 문제……. 그것은?"

"역대 사자와 비교해서 나는 다소 뚱뚱해서."

"아하하하하."

"아하하하하."

〈영빈실〉에 웃음소리가 퍼졌다. 물론 웃은 사람은 둘밖에 없다.

"그런데 근위대장의 모습이 보이지 않습니다만?"

"아, 그는 마녀 이송의 호위 임무를 맡았습니다. 최근 아무래도 도적이 늘어나서."

"어라, 도적이? 그거 좋지 못한 이야기로군요."

"아뇨, 대단한 문제는 아닙니다. 킴벌리는 〈금사자 기사단〉 중에서도 손꼽히는 검사니까요. 어떤 도적이라도 베어버리겠지요. 뭐, 그런 녀석이 나타난다면의 이야기지만요. 그보다도."

거기서 오무라는 화제를 바꾸었다.

"이쪽으로서는 꼭 검둥개가 출석해 주셨으면 했습니다. 혹시 킴벌리에게 얻어맞아 날아가서 다치기라도 했습니까……? 그거 참으로 미안한 짓을 했군요."

"아니, 뢰베 공, 오해는 말아주시죠. 녀석은 검둥개가 아니거든요? 전혀 관계없는 짐꾼이 운 나쁘게도 찍혀서 일방적으로 맞았을 뿐입니다."

하지만 가령……. 버드는 그렇게 덧붙였다.

"가령 우리 진영에 지금도 '검둥개'가 있다고 하고……. 킴벌리와 검둥개가 진심으로 싸운다면 어떻게 될까요? 아무리 킴벌리라도 즉사하지 않을까요?"

"아니, 진심으로 붙는다면 즉사는 검둥개 쪽 아닐까요? 낮의 결투를 보면, 그렇죠? 아…… 실례했습니다. 그는 그냥 짐꾼이라고 하셨죠?"

"예, 그는 짐꾼. 이건 어디까지나 예상을 말한 거니까요."

"아하하하하."

"아하하하하."

스콜로펜드라를 휘두르는 롤로의 자세는 어느 검술과도 같지 않았다.

특색 있는 검의 형태 때문이다. 톱니 칼날이 달린 한손검이면서 어느 순간에는 채찍처럼 휘며 상하좌우의 어디서든지 칼날이 튀어나온다.

피가로는 방어에만 집중하고 있었다.

──이 녀석, 뭐지? 검세를 읽을 수 없어.

롤로는 그 검을 오른손과 왼손, 어느 쪽으로든 쓴다.

머리 위에서 떨어지는 칼날을 튕겨낸 다음 순간, 아래쪽에서 칼날이 후비듯이 뻗어온다. 그 모든 공격이 너무 빠르니까 고생이다.

"크억……!"

드디어 그 칼날은 피가로의 살을 갈랐다. 허벅지를 베인 피가로가 넘어졌다.

그 틈에 롤로는 발길을 돌려서 감옥 앞으로 달려갔다.

"마녀님. 이 감옥에서 꺼내드리고 싶습니다만, 나한테는 열쇠가 없습니다. 짐마차째로 빼앗도록 하겠습니다."

"잠깐 기다려!"

두 팔이 구속된 채로 테레사리사는 일어섰다.

"도와달라고 하지 않았어. 당신은 착각하고 있어. 나는 마녀가 아니야."

"당신은 테레사리사 뢰베 님이 아닙니까?"

"그건 맞아."

"그럼 은색의 낫을 휘두르는 '거울의 마녀' 아닙니까?"

"아니야. 나는 그런 혐의를 썼을 뿐인, 단순한—— 뒤!"

롤로의 목을 향해 피가로의 검이 가로로 날아들었다.

롤로는 웅크려서 그걸 피했다. 허공을 가른 검이 이동감옥의 창살을 때렸다.

"꺄악."

금속음이 울리고 감옥 안의 테레사리사는 주저앉았다.

"끈질기군, 똥개 새끼가."

피가로는 공격을 멈추지 않았다. 거리를 벌리려고 물러나는 롤로를 향해 연속해서 검을 휘둘렀다. 그 칼끝이 감옥을 짐칸에 고정한 로프를 베었다.

거친 숲길에 차체가 크게 흔들렸다. 고정 로프가 하나 끊어진 감옥은 흔들림에 맞추어서 바닥을 미끄러졌다. 마부석 바로 뒤에 있던 감옥이 짐칸 중앙 근처까지 미끄러졌다.

롤로는 감옥의 창살을 붙잡고 피가로의 공격을 피하며 그 위로 기어 올라갔다.

"개새끼라기보다는 원숭이 같군?"

"너는 사자라기보다는 멧돼지 같다. 콧김이 너무 가빠."

"흥. 활을 겨눠라!"

피가로의 호령에 네 명의 기병이 장궁을 겨누었다.

화살이 노리는 것은 물론 감옥 위에 웅크린 롤로다.

"발사!"

화살이 발사되는 동시에 롤로는 펄쩍 뛰어서 공중제비를 돌았다. 아슬아슬하게 네 대의 화살을 피하고 짐칸 바닥에 착지했다.

곧바로 짐마차에 다가온 기병에게서 창이 날아들었다.

"야아아아압!!"

그 끝이 롤로의 옆구리를 스치고, 움츠러든 순간을 피가로가 노렸다.

머리 위에서 떨어지는 일격을 스콜로펜드라의 검신으로 받아내었다. 금속음이 밤하늘에 흩어졌다.

얼굴을 맞댄 피가로에게 롤로가 말했다.

"명예로운 사자의 기사는 일대일 대결을 선호할 줄 알았는데."

"흥. '확실히 이기도록 해서 이겨라.'――그것이 킴벌리 가문의 기사도다. 전법에는 집착하지 않아. 지지만 않는다면."

"그래, 오만하군."

롤로는 피가로의 검을 튕겨내더니 좌우에서 공격하였다.

이번에는 그것을 피가로가 받아내었다. 힘은 서로 팽팽했다.

"물어도 되겠나? 저 왕비님은 정말로 마녀? 본인이 부정하고 있는데."

"마녀다. 필요하지? 화형당하는 걸 보기 싫으면 빼앗아봐라!"

검을 밀어내고 튕기는 피가로.

재빨리 롤로의 머리를 향해 검을 휘둘렀다.

롤로는 피가로의 옆을 빠져나가며 그 판금갑옷의 목덜미에 손을 댔다. 물구나무서는 요령으로 몸을 하늘로 띄우더니 두 다리로 피가로의 머리를 붙들었다. 앞뒤가 반대로 된 목말 같았다.

롤로는 피가로를 다리로 붙잡은 채로 기세를 타고 앞으로 굴렀

다. 그렇게 피가로의 몸을 던졌다.

"우옷……!"

짐칸 뒤쪽 가장자리를 부수며 하반신이 짐마차 밖으로 날아간 피가로. 하지만 가까스로 짐칸을 붙잡고 있었다. 의외로 끈질기다. 피가로의 양손검은 지면을 굴러서 저 뒤쪽으로 사라졌다.

이 틈에 롤로는 다시 테레사리사의 앞에 섰다.

"테레사리사 님. 7년 전에 함께 저택에서 일했던 길리 부인을 아십니까?"

"길리……? 모르는 사람인데."

"그렇다면 '피기'는?"

길리 부인의 별명을 말한 순간 테레사리사의 표정이 잠시 딱딱해졌다.

그 변화를, 롤로는 놓치지 않았다.

"아시는 거군요?"

"잠깐──."

테레사리사의 목소리에 피가로의 호령이 겹쳤다.

"쏴라!"

차례로 화살이 날아오고, 롤로는 짐칸을 뛰어다녔다. 탁, 탁 하고 바닥이나 가장자리에 화살이 꽂혔다.

창을 든 기마병이 다시금 짐마차와의 거리를 좁혀왔다.

"우오오오옷!!"

"짜증 나는군……. 참 나."

──그렇게까지 놀고 싶다면.

말 위에서 창을 내뻗은 기사를 향해 롤로는 뛰었다. 달리는 기세를 죽이지 않고 창대 위를 달려갔다. 그 모습은 순식간에 말 위의 기사 뒤로——.

"헉……?!"

돌아본 기사의 목에 스콜로펜드라의 검신이 휘감겼다.

기사는 몸을 붙들려서 낙마. 지면에 크게 부딪쳤다.

달리는 말의 안장 위에 선 롤로는 숨 돌릴 틈도 없이 스콜로펜드라를 휘둘렀다. 지네처럼 굼실거리는 검신은 종횡무진으로 허공을 날았다.

근처를 달리던 궁병의 판금갑옷을 때리자 심벌즈를 울린 듯한 소리가 잡목림에 울렸다. 궁병이 비명을 지르며 낙마한다. 순식간에 두 기가 사라졌다.

"공격해라, 공격! 저놈을 절대로 놓치지 마라!"

짐칸 위에서 피가로는 기사들에게 고함을 내질렀다.

롤로에게 창을 든 기병이 또 하나 다가왔다. 기합과 함께 뒤에서 날아오는 후리기. 그 칼날은 롤로의 등에 맞는다——고 보였다. 하지만 안장 위에는 롤로가 없었다.

쳐든 창끝에 스콜로펜드라를 휘감고 매달려 있었다.

"히익……!"

기병은 무심코 창을 내던졌지만, 롤로는 이미 그 머리 위로 뛰어오르고, 굼실거리는 스콜로펜드라가 기병의 몸을 날려버렸다. 세 번째 낙마자가 뒤로 사라졌다.

"놓치지 마라! 놓치면 근위대의 수치라고 생각해라! 제대로 겨

뉘라!"

"킴벌리 님, 숲길을 빠져나갑니다!"

짐칸을 돌아본 마부가 소리쳤다.

그 앞쪽에 드문드문 랜턴 불빛이 보였다. 짐마차는 번화가로 다가가고 있었다.

8

"어이, 하틀랜드. 이쪽으로 와서 한번 봐라. 엄청나게 높다고!"

"버드 님, 부디 잊지 마십시오. 거기가 변소라는 사실을."

하틀랜드는 화장실에 가는 버드를 따라와 있었다.

버드가 엿보고 있는 것은 돌벽에 뚫린 구멍이었다. 그 화장실은 성에서 튀어나온 부분에 있고, 구멍은 야외를 향해 나 있었다. 바로 밑의 어둠에 있는 것은 저수지였다.

"일국의 영주가 변소를 엿보는 모습은 도무지 남들에게 보일 수 없습니다……."

"누가 볼 일은 없겠지. 너 말고는 아무도 없으니까."

버드는 린넨 속옷을 벗고 뻥 뚫린 구멍에 엉덩이를 댔다.

하틀랜드는 그 바로 앞에. 어두운 화장실에서 촛대를 들고 서 있었다.

화장실에 문은 없다. 그러니까 일단 등을 돌리고 있었다.

"우우……. 엉덩이가 차가워."

"떨어질 것 같거든 소리쳐서 알려주십시오."

휘잉 하고 어딘가에서 외풍이 들어왔다. 돌로 지은 화장실은 정말 추웠다.

"그런데 너는 좀 어떠냐. 만찬회는 재미있었나?"

"나름대로."

"거짓말이나 하고. 하나도 재미없어 보이던데, 너희들."

"버드 님은 좋아하셔서서 다행입니다."

"나는 무슨 일이든 재미있게 여길 수 있지."

하틀랜드는 고개를 숙여서 흔들리는 촛불을 바라보았다.

"사실…… 이러고 있을 상황인가, 하고 자문하고 있습니다."

"만찬회 말이냐?"

"아……. 아뇨, 버드 님과 정치를 맡는 이들은 괜찮습니다. 외교 자리인 만찬회는 정치를 하는 분들에게 전장이나 마찬가지겠지요. 하지만 제 전장은…… 기사의 전장은 거기가 아닙니다."

"흠……."

"저쪽의 기사 피가로 킴벌리는 마녀 이송의 경호를 하고 있다고 했지요. 혹시 지금 이 순간에도 롤로는 킴벌리와 검을 맞대고 있을지도 모른다……. 그럴 때 나는 대체 뭘 하고 있는 걸까 싶어서……. 버드 님, 저는——."

하틀랜드는 화장실을 돌아보았다.

"저는 버드 님의 기대에 부응하고 있습니까?"

버드는 변소에 앉아 무릎에 팔을 올려서 턱을 괴고 있었다.

"부응하고 있지. 말해두겠는데, 내가 속으로 구렁이를 키우고 있는 오무라란 놈과 담소할 수 있는 건 네가 곁에서 지켜주고 있기 때문이다. 이런 말 하게 하지 마라, 창피하니까."

"죄송합니다……."

"그렇긴 해도, 한바탕 날뛰고 싶어서 좀이 쑤시는 네 마음도 이해는 하지만."

버드는 무릎을 쓸면서 큭큭 하고 웃었다.

"솔직히 롤로가 부럽습니다. 저도 잘 싸울 수 있는데……."

"적재적소란 거다. 정말이지 기사와 암살자란 건…… 서로 어우러질 수 없나? 너희 파블로 가문과 롤로의 듀벨 가문도 이전부터 사이가 나빴지. 너희는 빛과 어둠이다. 내가 보기엔 둘이서 힘을 합친다면 어떤 적이든 해치울 수 있을 것 같은데."

"저희 같은 기사들은 대대로 캠퍼스펠로우를 지켰다는 긍지가 있으니까요……. 애초에 그 집안은 정체를 알 수 없습니다. 고향은 같아도, 전혀 다르게 자랐죠. 그들에게는 개를 죽이는 관습이 있다지요?"

"있지. 자기랑 똑같은 이름, 똑같은 나이의 개를 열 살 때 죽인다는 거 말이겠지."

"예. 아기 때부터 형제처럼 지내온 애견을 말이죠. 저로서는 도저히 그런 짓을 할 수 없습니다. 소름이 다 끼칩니다."

"뭐, 그렇지."

"사수전쟁에서 활약했다는, 녀석의 할아버지도 그랬겠지요? 대단히 잔혹하고, 마음이 없는 암살자였다나요. 기사란 강한 마음을 단련하고, 자기 의지로 그렇게 되는 존재입니다. 하지만 암살자는 다르죠. 그건 어렸을 적부터 만들어지는 겁니다."

불어오는 외풍이 촛대의 불을 흔들고, 벽에 드리워진 두 사람의 그림자가 흔들렸다.

하틀랜드는 말을 이었다.

"녀석은…… 롤로는, 언뜻 봐서 비실비실한 남자지만, 칼을 맞대는 상대나 마음에 안 드는 상대를 철저하게 밟는 구석이 있습니다. 이 녀석, 머리가 이상한 거 아닌가? 싶을 정도로 말이죠. 때로는…… 잔혹하게 느껴질 때가 있습니다."

하틀랜드는 중얼거렸다.

"저는 어쩌면── 녀석이 두려운 걸지도 모릅니다."

짐마차는 숲길을 빠져나가서 뢰베의 메인스트리트 〈개선로〉를 내달리고 있었다.

뢰베 시는 밤에도 떠들썩하다.

〈개선로〉의 양옆에서는 식당이나 술집이 랜턴을 밝히고 있다. 주위에서 들려오는 따뜻한 음악이나 웃음소리. 꽃팔이 소녀가 길 가는 사람들에게 꽃을 내밀고, 거지가 동정을 구걸하려고 울고 있다. 골목길에 서 있는 것은 창녀들이다. 코르셋을 꽉 졸라매고 가슴을 강조하며 주정뱅이를 상대로 손짓하고 있었다.

거기에 짐마차가 기마 세 기를 데리고 빠른 속도로 달려왔다.

노상에 있는 이들은 거미 새끼가 흩어지듯이 옆으로 도망쳤다.

안장 위에 선 롤로는 낮에 〈왕의 모형정원〉에서 연습 시합을 하기 직전에 델리리움에게 들었던 말을 떠올렸다. 아마도 '저 녀석, 죽여버려.'──였던가.

"알겠습니다."

"이거나 받아라!"

세 기 남은 기마대의 고함소리는 어느 틈에 비명에 가까운 것으로 변해 있었다.

날아오는 화살은 롤로에게 맞지 않는다. 그런데 롤로가 휘두르는 지네의 다리는 확실히 이쪽의 살을 찢는다. 어깨에서 피를 뿜으며 기사는 장궁을 떨어뜨렸다.

"잠깐, 기다려 줘……!"

빈손이 된 기사가 소리쳤지만, 지네가 휘감긴 팔이 주욱 끌려가서 낙마. 돌바닥 위에 요란스러운 타격음을 울리며 뒤로 사라졌다.

남은 기병은 앞으로 두 기——. 롤로는 빼앗은 말의 고삐를 쥐고 스피드를 올렸다. 피가로가 타고 있는 짐마차를 추월하고, 표적은 선두를 달리는 활을 든 기병이다.

"장궁을 이리 내놔!"

짐칸의 피가로는 바로 옆을 달리는 기마에게 외쳤다.

말 위에서 던져준 장궁을 받아서 롤로를 조준하였다.

롤로는 선두의 기사를 쫓고 있다. 뒤를 달리는 짐마차에서는 그 뒷모습이 훤히 보였다.

롤로가 안장 위에 서서 앞쪽의 기병을 향해 뛰었다. 스콜로펜드라를 휘둘러서 기병을 공격하는 그 순간을 노려서——피가로는 짐칸 위에서 활을 쏘았다.

화살은 똑바로 바람을 가르고 롤로의 어깨에 꽂혔다.

"크······!"

공중에서 자세가 무너진 롤로는 돌바닥에 몸을 부딪쳤다.

──해치웠다!

짐마차보다 뒤로 흘러가는 롤로를 보고 피가로는 그렇게 확신했다.

하지만 돌바닥을 튕긴 롤로는 공중에서 빙그르 몸을 틀었다. 길게 뻗은 스콜로펜드라의 끝이 돌바닥을 때렸다. 그걸 용수철처럼 써서 롤로의 몸은 더욱 높게 뛰어올랐다.

"아니······."

달밤을 배경으로 롤로는 다시 한 바퀴를 회전한다. 스콜로펜드라의 검신이 늘어나서 이번에는 돌바닥이 아니라──짐마차를, 그 칼끝은 피가로가 선 짐칸의 바닥을 꿰뚫고 꽂혔다.

신축하는 힘을 이용해서 롤로가 짐칸으로 다가왔다.

──으으, 제길.

롤로가 펼친 손바닥에 피가로는 얼굴을 붙잡혔다.

그 몸은 뒤로 밀려 쓰러졌다.

롤로가 짐칸 바닥에 발을 딛는 동시에 피가로의 등은 바닥에 처박혔다.

부서진 짐칸의 나무토막이 날아올랐다. 금색 갑옷을 장비했어도 그 충격에 숨이 막혔다.

어느 틈에 피가로의 목에는 스콜로펜드라의 흉흉한 칼날이 와닿아 있었다.

──죽는 건가.

피가로는 직감적으로 그렇게 생각했다.

눈앞에 있는 이 남자는 정말로 '검둥개'였다. 스콜로펜드라에 뒤지지 않게 흉흉한 분위기를 띠고 있었다. '확실히 이기도록 해서 이겨라.'——피가로의 뇌리에 킴벌리 가문의 신조가 스쳤다. 바꿔 말하자면 지는 싸움에는 도전하지 말라는 소리다.

검둥개에는 도전하는 게 아니었을지도 모른다.

칼날이 목에 와 닿아서 피가로는 질끈 눈을 감았다.

"——하틀랜드. 너는 한 가지 착각하고 있어."

버드는 린넨 속옷을 입고서 말했다.

"착각……입니까?"

"분명히 듀벨 가문에는 개를 죽이는 관습이 있지. 선조 대대로 끊이지 않고 이어진 풍습이야. 선대 검둥개에게 들은 바에 따르면, 그건 암살자로서 '자신을 죽인다'라는 의미를 가진, 아주 중요한 통과의례라고 하더군."

거기서 버드는 고개를 내저었다.

"하지만 롤로는 개를 죽이지 않았다."

"죽이지 않았다……? 그래도 되는 겁니까?"

하틀랜드의 파블로 가문 또한 오래 전부터 이어져온 기사 일족이다. 그렇기에 안다. 집안의 규칙을 깨뜨리는 것은 집안이나 조상을 욕되게 하는 짓. 결코 있어선 안 되는 행위다.

"물론 곱게 넘어갈 수 없었지. 듀벨 가문 사람들은 격노했다. 그래도 롤로는 저항했다. 자기 할아버지의 소중한 것을 인질로

잡고."

"소중한 것을……. 검둥개에게도 그런 것이……?"

"있었단 말이지, 그게. 의외로."

버드는 당시 스물다섯 살이었다. 아직 그레이스 가문의 당주가 아니었지만, 듀벨 가문이 모시는 주군 가문의 일원으로 롤로에게 주어진 첫 일을 지켜보고 있었다.

워우우, 워우우, 개들이 짖어대는 우리 앞에서. 칼집에 담긴 단검을 쥔 롤로는 펑펑 눈물을 흘리고 이를 맞부딪치고 있었다. 단검을 세게 움켜쥐었다. 하지만 롤로는 개를 죽일 수 없었다.

할아버지는 보다 못해서 롤로의 앞으로 다가갔다.

"네가 죽일 수 없다면 내가 죽이지."

할아버지가 팔을 휘두르자. 장착하고 있던 검은 장갑에서 칼날이 튀어나왔다.

"네게는 정말로 실망했다. 암살자에는 안 맞아."

감정이 담기지 않은 냉혹한 시선이 롤로를 향하였다.

롤로는 개 롤로를 껴안고 "괜찮아."라고 속삭였다. 일어서서 할아버지와 대치했다. 수많은 사람들을 사정없이 매장한 현역 '검둥개'와.

"비켜라. 그 개는 살처분이다."

"싫어……! 나는 안 죽여. 죽이는 기술을 이런 데 쓰기 싫어."

괴롭지 않게 죽이는 방법이라면 알고 있다. 롤로는 죽음의 공포를 느낄 틈도 없이 순식간에 목숨을 앗아가는 방법을 여태까지 배웠으니까. 하지만 롤로는 그걸 쓰라는 강요를 거부했다.

"내가 배운 기술은 내 것이야. 내가 쓰고 싶을 때 써……!"

한 걸음 내디딘 할아버지에게 롤로는 목청을 높였다.

"나는 이 기술을 죽이기 위해서가 아니라 살리기 위해서 쓰고 싶어. 소중한 사람을 지키기 위해 쓰고 싶어. 그래도 지금의 나는 할아버지를 이길 수 없어. 하지만."

롤로는 떨리는 이를 악다물고 단검을 칼집에서 뽑았다.

"하지만 나라면 죽일 수 있어."

그렇게 말하며 자기 목덜미에 단검 칼날을 가져다 대었다.

롤로는 자신의 소중한 것을 지키기 위해서, 할아버지의 소중한 것을──자기 자신을 인질로 잡은 것이다. 어중간한 협박이 통할 상대가 아니다. 목숨을 건 교섭이었다.

의식을 지켜보던 이들이 동요하면서 주위가 시끌시끌해졌다.

그저 할아버지만이 미동도 하지 않았다.

"너는 듀벨 가문을 욕보일 생각이냐?"

"이상하다는 생각 안 들어?"

롤로는 얼굴을 찌푸렸다.

"가족을 죽이지 않으면 살아갈 수 없는 세계라니──."

할아버지가 거리를 좁히려고 지면을 박찬 그 다음 순간, 롤로는 칼날을 움직였다.

"──엿이나 먹으라지."

아슬아슬한 거리, 할아버지의 손은 닿지 않았다.

갈라진 목에서 선혈이 솟구치고 롤로는 쓰러졌다.

"녀석의 턱 밑에는 지금도 그때의 흉터가 남아있다."

롤로는 생사의 고비를 헤맸다. 하지만 사실은 자살한 게 아니었다.

이 기술을 죽이기 위해서가 아니라 살리기 위해 쓰고 싶다──그 말처럼 롤로는 치명상을 피해서 목을 그었다. 죽이는 기술에 능한 자는 죽이지 않는 기술에도 능하다. 다만 출혈로 죽을 가능성은 다분했지만.

그로부터 꼬박 나흘 동안 잠들고 눈을 뜬 롤로가 한 말을 버드는 그의 할아버지에게 들었다.

──⋯⋯롤로는 살아도 돼?

그것은 어느 쪽의 '롤로'를 가리킨 말이었을까.

손자가 살아도 되냐고 묻는데 안 된다고 말할 수 있는 할아버지는 없을 것이다.

"그걸 계기로 녀석의 할아버지는 현역에서 물러나서 '검둥개'를 그만두었다. 뭐, 전쟁은 한동안 없었으니까 은퇴하기에는 딱 좋은 기회였을지도 모르지. 개 롤로는 천수를 다해서 열일곱 살에 죽었다. 꽤 오래 살았지?"

"하지만 롤로는 첫 일을 내버린 것 아닙니까⋯⋯?"

"그래. 그러니까 녀석은 암살자가 아니야. 그걸 착각하지 말라는 말이야. 살인 의뢰를 내버린 녀석은 엄밀히 말하면 어중간해. '수습 암살자'지."

"수습⋯⋯."

"대단하잖아. 열 살짜리 소년에게 집안이란 세계나 마찬가지지. 분명히 녀석은 무슨 생각을 하는 건지 모를 구석이 있지만,

그래도 나는 녀석이 소중한 것을 지키려고 조그만 나이프와 조그만 몸으로 세계를 상대로 싸운 모습을 보았으니까."

버드는 복도로 향하면서 껄껄 웃었다.

"그러니까 녀석이 마음에 들어."

바닥이 부서진 짐칸에, 피가로는 쓰러져 있었다. 그 몸 위에 롤로가 올라타 있었다. 올려다본 검은 투구 너머로 가쁜 숨소리가 들려왔다.

"후우……후우……."

피가로의 목에는 스콜로펜드라의 칼날이 닿아있었지만, 그대로 움직이지 않았다.

"……?"

롤로의 살기가 밤바람에 지워지는 것을 느꼈다. 소름 끼치던 기세가 수그러들었다. 안면 보호대 틈새로 진녹색 눈동자가 흔들리는 것을 보았다. 죽일지 말지 망설이고 있나?

──아니.

"너, 설마……."

피가로는 믿기지 않는다는 듯이 눈썹을 찌푸렸다.

"사람을 죽여 본 적이 없냐?"

"……."

짐마차는 이미 한계 상태로 달린 것이리라. 갑자기 바퀴 한쪽이 떨어져나가고, 기울어진 짐칸 바닥이 길바닥을 긁었다. 마부는 다급히 고삐를 당겨서 말을 세웠다.

말의 투레질 소리가 밤거리에 울렸다.

짐칸이 기우는 충격으로 피가로와 짐칸에서 기절했던 다른 두 명의 기사들은 길바닥으로 내던져졌다. 롤로는 스콜로펜드라를 짐칸에 꽂아서 버티고 섰다.

짐마차는 〈개선로〉 옆에 정지했다.

파괴된 짐칸에 로프 하나로 이어져 있던 이동감옥은 짐칸에 기대듯이 서 있었다. 그 안에서는 테레사리사가 철창에 등을 기대고 축 늘어져 있었다. 충격으로 머리라도 부딪쳤는지, 의식이 몽롱해진 모습이었다.

"으……으음……."

롤로는 감옥 앞에 웅크려 앉았다.

"실례하겠습니다."

철창 틈새로 팔을 넣어서 테레사리사의 입을 벌렸다.

테레사리사의 두 손목을 구속한 돌차꼬는 마력을 봉인하는 마도구다. 그녀는 지금 마법을 쓸 수 없는 상태. 즉 마법으로 혀의 색깔을 바꾸는 것은 불가능하다——하지만.

롤로가 확인한 테레사리사의 혀는 보통 인간과 마찬가지로 적색. '거울의 마녀'의 특징이라는 자홍색이 아니었다.

——어떻게 된 거지?

테레사리사는 마녀가 아니다? 그럼 마녀를 넘긴다는 거래 자체가 허풍이었나?

"……."

그렇게 궁리하던 한순간——롤로는 주위에 대한 경계가 느슨해졌다.

휙 하고 바람 가르는 소리를 듣고 반사적으로 경계했다. 회전하며 날아온 손도끼는 롤로가 아니라 롤로의 뒤에서 다가오던 이에게 맞았다.

"끄아아아아……!!"

돌아본 곳에서는 피가로가 손에 쥔 검을 떨어뜨리고 길바닥에 쓰러졌다. 그 오른쪽 어깨에는 손도끼가 꽂혀 있었다. 롤로는 바로 깨달았다. 그가 뒤에서 검을 휘두르려는 참에 누군가가 구해준 것이다.──하지만 대체 누가?

손도끼가 날아온 방향을 확인하였지만, 벽돌집들이 줄줄이 있을 뿐이지 기척도 느껴지지 않았다. 그저 아주 조금. 밤바람 사이에서 독특한 냄새를 느꼈다.

──짐승 냄새……?

남은 기병 한 기가 돌아왔다. 하지만 테레사리사가 마녀가 아닌 이상, 롤로에게는 더 싸울 이유가 없다. 손도끼의 주인이 누군지 궁금하지만, 여기에 머무를 이유도 없어졌다.

마차 주위에는 사람들이 모여들고 있었다.

롤로는 스콜로펜드라를 휘둘렀다. 뻗어난 검신이 〈개선로〉 주위에 늘어선 집들의 발코니에 휘감겼다. 그 신축성을 이용하여 롤로는 크게 날아올랐다.

2층 발코니에 올라가서 같은 요령으로 또 위층으로.

빨간 벽돌로 된 지붕 위까지 도착하여 아래의 〈개선로〉를 확인했다.

부서진 짐마차와 이동감옥 주위에 시민들이 모여 있었다. 말에 탄 기사가 '물러나라!' 라고 외치며 구경꾼을 쫓아내고 있다.

고개를 들자, 달 아래에 솟은 뾰족 지붕이, 뢰벤슈타인 성이 보였다.

롤로는 빨간 벽돌 위에 웅크리고 스콜로펜드라의 손잡이를 돌려서 양날의 가시를 집어넣었다. 그리고 어깨에 꽂힌 화살을 장갑에 달린 칼날로 잘라냈다.

이렇게 일을 크게 벌여놓고서도 마녀를 빼앗을 수 없었다. 임무는 실패했다.

"그나저나 저 사람은 마녀가 아니라고⋯⋯?"

이런 결과를 부군에게 보고하는 건 마음이 무겁다.

"하아, 힘들군⋯⋯."

롤로는 크게 한숨을 내쉬고 벌렁 드러누웠다.

붉은 벽돌의 지붕 위를 차가운 밤바람이 지나갔다.

9

그 뒤에 테레사리사는 새로운 짐마차에 실려서 예정대로 뢰벤슈타인 성으로 이송되었다. 그녀가 옮겨진 곳은 〈유폐탑〉. 50년 전의 사수전쟁이 끝난 뒤로는 별로 많지도 않은 정치범을 수감하는 데 쓰인 탑이다.

그 최상층에 테레사리사의 모습이 있었다.

피가로가 쳐든 횃불에 철창 너머로 '성녀의 가면' 이 드러났다.

롤로가 잘라낸 벨트를 새것으로 교체한 것이다. 테레사리사의 손목은 아직 돌차꼬로 구속되어 있고, 가면으로 두 눈과 두 귀, 그리고 입도 막혀 있었다.

피가로는 쳐들고 있던 횃불을 감옥 입구에 있는 조명대에 꽂았다. 오른팔은 날아온 손도끼에 다쳐서 응급처리를 받고 삼각두건을 하고 있었다.

왼손만 사용하여 감옥 문을 열고 무릎 꿇은 상태의 테레사리사의 가면을 벗겼다.

테레사리사의 시야에 철창과 그 너머에 있는 오무라의 모습이 비쳤다.

드러낸 테레사리사의 얼굴을 보고 오무라는 '오호' 소리를 내며 손을 모았다.

"역시나 형님을 홀린 여자. 열흘 이상 감옥 생활이 계속되었는데도, 으음, 그 아름다움에는 흠이 가지 않는군요? 〈철의 감옥〉 생활은 쾌적했습니까?"

"사자왕님은 무사하십니까?"

오무라를 비추는 테레사리사의 붉은 눈동자는 끝없는 증오로 타오르고 있었다.

"그를 만나게 해 주세요. 여기에 유폐되어 있습니까?"

"글쎄요, 그건 어떨까요."

오무라는 어깨를 으쓱였다. 히죽거리는 그 웃음은 저속했다.

"웃지 마!"

테레사리사는 무릎을 세우고 오무라에게 달려들었다.

철창 너머라고는 해도 그 박력에 오무라는 살짝 비명을 흘리며 몸을 뒤로 뺐다.

"얌전히 있어라."

피가로가 다급히 테레사리사의 어깨를 붙잡고 다시 무릎을 꿇렸다.

"부탁이야. 왕을 만나게 해 줘."

고개 숙인 테레사리사를 내려다보며 오무라는 가학적인 웃음을 흘렸다.

"오오, 가엾게도……. 결혼할 참이었는데 그 직전에 찢어져서……. 나도 그럴 수만 있다면야 만나게 해 주고 싶지요. 하지만 잊지 말기를. 당신에게는 마녀의 혐의가 있고, 형님이 마녀와 결혼하려고 한 죄로 구속된 것을——."

사자왕이 자기 때문에 구속되었다——테레사리사는 그 사실을 들을 때마다 가슴이 찢어질 것만 같았다. 분한 마음에 흐르려는 눈물을 아랫입술을 깨물며 삼켰다.

"알고 있겠지요? 형님을 구할 방법은 단 하나. 내일 마녀재판에서 당신이 마녀임을 자백하고 형님을 마법으로 홀렸다고 증언하는 것. 그러는 것으로 형님은 '공범자'에서 '피해자'가 되고, 실추된 사자왕의 위엄을 되찾을 수 있습니다."

"저도 압니다."

테레사리사는 고개 숙인 채로 가녀린 목소리로 대답했다.

"저는 아무래도 좋습니다. 마녀로 화형당하는 것도 받아들이겠습니다. 하지만 그 사람만큼은 구해줘요. 그 사람에게는 아무

죄도 없으니까——."

"음, 음, 알고 있습니다. 사랑이로군요?"

오무라는 만족스러운 듯이 끄덕였다.

"나도 사랑하는 형님이 저지르지도 않은 죄로 투옥된 것을 보기 괴롭지요. 얼른 꺼내 주고 싶어요. 그러니까 부디 잊지 마시길. 나는 당신들의 편이란 사실을."

"……."

오무라의 신호에 피가로는 테레사리사가 있는 감옥을 나왔다. 그리고 문을 잠그고 감옥을 뒤로한다.

탑의 나선계단을 내려오면서 오무라는 빙그레 웃었다.

"으음, 정말로 가여운 여자로군. 형님이 아직 살아 있다고 믿고 있어."

피가로는 횃불을 쳐들고 오무라의 뒤를 따라 계단을 내려갔다.

"〈철의 감옥〉에서는 주변인을 한정하여 철저히 정보가 들어가지 않도록 했으니까요."

"좋아. 주어지는 정보를 통제한다—— 중요한 건 이거지. 피가로. 사람을 움직이려면 뭐가 필요한지 알고 있나?"

"돈……입니까?"

"아니. '희망'이다. 돈은 희망 중 하나에 불과해. 인간이란 희망이 있으니까 뭐든지 하려고 한다. 그 여자에게 희망은 '사랑하는 사자왕이 아직 살아 있다'는 것——."

뚜벅뚜벅 발소리를 내면서 두 사람은 계단을 내려갔다.

"그러니까 그 여자에게 마녀라고 증언시키려면 형님이 아직 살아 있다고 믿게 해야 하지. 그 여자는 확실히 '마녀'가 되어 주어야만 한다. 안 그러면 이 오무라 뢰베가 마녀를 쓰러뜨린다는 구도를 만들 수 없어."

"알고 있습니다. 역시나 지략에 능한 왕제 전하. 캠퍼스펠로우 놈들도 우리의 계획을 눈치 채지 못했습니다."

"음, 만사가 순조롭군. 피가로, 네가 검둥개를 처리하지 못한 것 외에는."

"……죄송합니다."

"거참, 연습 경기까지 준비해서 검둥개를 부추겼는데 그 위험도 가늠하지 못하고. 이번에는 도적이 되어서 제발로 나타나 줬는데도 해치우지도 못하다니. 너를 과신한 걸까?"

"하지만 안심하시길, 전하. '300명 살해'라고 두려움을 사던 선대 검둥개라면 몰라도, 지금 검둥개는 사람을 못 죽이는 겁쟁이. 우리에게 위협은──."

"닥쳐라. 그 겁쟁이에게 진 주제에."

"……."

피가로는 말을 삼켰다.

"그래, 됐다. 위협이 안 된다는 그 말, 믿어 주마. 계획에 변경은 없다."

1층에 도달한 두 사람은 정면의 문을 통해 밖으로 나왔다.

"자, 내일은 마녀재판이다. 바빠지겠군. 크흐흐."

오무라는 두 손을 비비며 가벼운 발걸음으로 〈유폐탑〉을 뒤로 하였다.

마녀와 사냥개

Witch and Hound
− Mirror, mirror −

제2장

마녀재판

1

캠퍼스펠로우의 공주 델리리움 그레이스는 긴 금발을 정수리 쪽에서 모아 묶었다.

유백색 목덜미를 드러내고, 평소에는 코르셋으로 꼭 졸라매고 있는 의외로 큰 가슴을 해방하였다. 물방울이 가슴의 곡선을 따라 흘러 무릎 위로 떨어졌다.

델리리움은 몸을 씻는 곳에 앉아 있다.

시녀인 카푸치노가 눈앞에 앉아 있고, 그 등을 린넨 타월로 낸 거품으로 덮고 있었다.

"잠깐만, 카푸! 움직이지 마!"

"아앗, 아……! 그만해 주세요. 히힛."

대리석으로 만들어진 목욕탕에 아침부터 두 사람의 목소리가 울렸다.

델리리움의 집요한 손길에 카푸치노는 몸을 비틀면서 저항하였다.

카푸치노는 델리리움보다 나이가 한 살 많지만, 조숙한 델리리움과 비교하면 체격이 다소 작고 가녀리다. 자신은 아직 성장 도중이라고 주장하는 작은 가슴은 얕고 완만한 곡선을 그리고 있었다.

가지런히 자른 흑발 보브컷의 끝이 물에 젖었다. 몸은 거품투성이다.

"아아, 간지러워요! 히힛."

몸을 틀면서 말하는 카푸치노는 눈에 눈물마저 글썽였다. 델리리움의 손가락이 카푸치노의 옆구리를 미끄러지자 "히익!"하는 작은 비명이 일었다.

"얌전히 있어. 씻길 수가 없잖아!"

"이제 됐어요! 공주님 손길이 너무 이상해요."

"그야 그렇지. 일부러 그러는 거니까!"

"뭐요?! 그건 참 고맙네요!"

카푸치노는 몸의 거품을 모으더니 델리리움을 향해 손가락을 꼬물거렸다.

"공주님이 씻겨주시기만 해선 미안하니까요. 이번에는 제게 시켜 주세요. 그 부드러운 가슴, 만끽하도록 하겠습니다!"

"꺄아, 만지지 마! 나는 됐으니까. 나는 안 더러우니까!"

델리리움은 가슴 앞에 팔을 모으고 욕조 쪽으로 도망쳤다.

"아니, 뭔가요, 제가 더럽다는 말인가요! 저도 더럽지 않고요. 예쁘고요!"

카푸치노도 재빨리 일어섰다.

욕조에 뛰어든 델리리움을 쫓아가서 텀벙 하고 커다란 물기둥을 만들었다.

한편으로 바로 옆 남탕에서는 널찍한 욕조 안에 다섯 명의 남자가 모여 있었다.

알몸으로 여기 모인 것은 캠퍼스펠로우 사람들이다. 영주 버드와 학장 시메이, 그리고 외무대신 에델바이스. 거기에 〈철화 기사단〉 단장 하틀랜드와 롤로가 있었다.

반질반질 다듬은 대리석 벽에 수증기가 피어오르는 대욕장.

세련된 석상들이 곳곳을 장식하고 있다. 뢰베의 시민들이 자주 들르는 이 사교의 장소는 지금 캠퍼스펠로우가 전세 냈기 때문에 다섯 명 이외에 아무도 없었다.

욕조 가장자리에 사자 석상이 앉아 있고, 벌어진 그 입이 토해내는 뜨거운 물이 욕조의 수면을 때렸다.

"하아. 이거 좋구만."

버드는 욕조 가장자리에 두 팔을 얹고 감탄의 한숨을 쉬었다.

"뢰베 사람들은 아침마다 이렇게 호강하는 건가?"

버드의 알몸에서는 오래된 상처가 몇몇 보이기도 했다. 검을 휘두르던 젊은 시절의 흔적이었다. 과거에 기사처럼 단련되었던 근육도 지금은 시들었고, 즐겨 마신 맥주 때문에 뱃살이 늘었다.

"뢰베 사람들 중에서도 상업으로 성공한 일부 상급시민에게 한정된 사치겠지요. 시내가 윤택할수록 빈부의 차이는 커지는 법입니다."

학장 시메이가 대답했다. 어깨까지 욕조 물에 몸을 담그고, 머리 위에는 착착 접은 타월을 올려둔 모습이었다.

"하지만 저 석상만큼은 마음에 안 들어."

버드는 물을 계속 토해내는 사자상을 가리켰다.

"저걸 보고 있으면 사자의 토사물에 몸을 담그는 기분이 든단 말이지. 구조가 어떻길래 저기서 계속 물을 토해내는 거지?"

"이 대욕장 옆에 망루가 있었지요. 안을 들여다보니 노예들이 수차를 계속 돌리고 있었습니다. 아마 그걸 동력으로 삼아서 물을 흘려보내는 것이겠지요."

"노예? 여기 노예가 허가된 곳이었나?"

"아뇨, 주군. 2대 전 사자왕이 금하였습니다. 하지만 빠져나갈 구멍이 있는 모양입니다."

"하하. 못된 놈들은 어디든 있군."

에델바이스가 어흠 소리 내어 헛기침을 하여 두 사람의 잡담을 멈추었다. 대머리가 벗겨진 그는 평범한 체격의 몸에 가슴까지 타월을 두르고 욕조에 들어가 있었다.

"그런 것보다도. 왜 이런 곳에서 회의하는 겁니까? 성에서는 안 됩니까?"

"그렇지."

버드는 수긍하였다.

어젯밤부터 숙박하던 뢰벤슈타인 성안에도 목욕탕은 있다. 하지만 버드는 일부러 시내로 내려와서 상인들이 이용하는 대욕장을 빌렸다. 물론 그만한 이유가 있었다.

그것은 롤로의 보고에서 기인한다. 어젯밤, 마녀를 빼앗고자 짐마차를 습격한 롤로의 앞에 나타난 것은 피가로였다. 그는 스콜로펜드라까지 준비하고, 검둥개의 습격을 예견한 것처럼 '기다리고 있었다.'라는 말까지 하였다.

이송 중인 마녀를 빼앗는다는 생각은 말하자면 버드의 기책. 마녀 매매의 교섭은 아직 살아 있으니까, 뢰베 측에서 습격을 예측하기는 어려울 터이다. 그런데 기다리고 있었다.

즉, 이쪽의 정보가 뢰베 측에게 유출되었을 가능성이 있다.

"설마."

시메이는 얼굴을 찌푸렸다.

"적어도 서기관을 시작으로 제가 데려온 문관들은 어젯밤의 작전을 모릅니다."

"물론 제 밑의 외교관도 어젯밤의 습격을 아는 자는 아무도 없습니다."

에델바이스가 뒤이어서 말했다.

"마녀를 빼앗는 작전은 그 방에서만 오간 이야기였지요. ……그렇다면 수상한 건 방 앞에서 경비를 서던 기사들일까요?"

"말도 안 됩니다!"

하틀랜드가 목청을 높였다.

"버드 님에게는 말씀드렸습니다만, 나는 단원들 모두의 부모형제나 아내, 아이들의 얼굴까지 다 아는 사이입니다. 그들은 모두 충성스러운 자들입니다. 그 누구도 배신하거나 등을 돌릴 자가 없다고 단언할 수 있습니다."

"그래. 나도 캠퍼스펠로우 안에 배신자가 있다고는 생각하고 싶지 않아."

버드는 크게 고개를 끄덕였다.

"그렇다면 말이지. 오무라가 준비해 준 그 객실에 무슨 수작을 부렸을지도 모르지. 그러니까 일단 만일을 위해서 성을 벗어난 거다."

당연히 대욕장 밖에는 철화 기사단의 기사들을 배치하였다. 이 목욕탕은 들어오기 전에 롤로와 하틀랜드가 묘한 곳이 없는지 미리 구석구석까지 조사했다.

"롤로. 어젯밤의 짐마차 습격에 대해 다시금 보고해 주겠나."

"예⋯⋯."

롤로는 어젯밤 버드에게 보고한 일의 전말을 여기에 모인 모두에게도 말했다.

달리는 짐마차 위에서 피가로 킴벌리와 전투가 벌어진 것. 왕비 테레사리사는 자신이 마녀라는 것을 부정하고, 도망칠 의사도 없었던 것. 그리고 그 헛바닥 색깔은 자홍색이 아니었던 것.

"그럼 '왕비 테레사리사는 마녀가 아니다' 라고──그렇게 결론을 내려도 될까요?"

에델바이스는 등을 쭉 펴고 똑바로 롤로에게 시선을 보냈다.

"대면한 인상으로는⋯⋯."

롤로는 흔들리는 수면으로 시선을 내리고 대답했다.

"그녀는 있지도 않은 혐의를 쓰고 근심할 뿐인, 평범한 여자로 보였습니다. 그 사람이 50명이 넘는 사람을 잔혹하게 학살하는 모습은⋯⋯ 상상할 수 없습니다. 길리 부인의 이름을 아는 듯했습니다만⋯⋯ 제 착각이었을지도."

"그러니까 데려오지 않았다?"

"뭐, 그것도⋯⋯ 있지만요."

롤로는 시선을 돌렸다. 임무에 실패한 죄책감으로 그 입은 무거웠다.

가냘프면서도 잘 단련한 롤로의 몸은 만신창이 상태였다. 어젯밤에 돌바닥에 부딪친 등은 움직일 때마다 쑤셨고, 오른쪽 어깨에는 화살을 맞은 상처가 적나라하게 남아 있었다.

"실패를 신경 쓸 것 없다, 롤로."

강철 근육을 자랑하는 덩치 큰 남자, 하틀랜드가 껄껄 웃으며 롤로의 어깨를 끌어당겼다.

롤로는 아파서 표정을 찌푸리며, 어깨를 돌려서 그 굵은 팔을 떨쳤다. 롤로의 실패가 기쁜 걸까, 아니면 적이라도 기사가 암살자에게 이긴 게 자랑스러운 걸까. 어찌 되었든 오늘 아침의 하틀랜드는 참 서글서글하게 굴었다.

"기사는 강하다……. 이번 일로 너도 알았겠지? 다음에 녀석과 대치할 때가 되거든 망설이지 말고 나를 불러라. 힘이 되어 주지."

"싫습니다."

"싫다고 하지 마라. 너는 참 귀여운 맛이 없어."

버드가 이야기를 본론으로 되돌렸다.

"자, 여기서 문제가 생기는군. 왕비 테레사리사가 마녀가 아니라면 '피의 혼례'를 일으킨 범인이 아니라는 소리지. ……그럼 사자왕을 죽인 건 누구지?"

"사자왕이 죽어서 제일 득을 보는 건…… 왕의 동생인 오무라 뢰베일까요."

에델바이스가 뺨을 손을 대고 고개를 갸웃거렸다.

"혹시 그가 사자왕의 자리를 노리고 있었다면…… 형인 사자왕은 거슬리겠군요. 형을 죽이고 왕비를 마녀로 몰아세워서 '사자왕 살해'의 죄를 뒤집어씌웠다……? 가능한 일일까요?"

"충분히 가능하지. 실제로 녀석은 차기 사자왕으로 가는 길을 착실히 걷고 있어. 오늘밤에 있을 마녀재판은 그야말로 그걸 위해 준비된 무대라고 봐도 되겠지. 오무라는 어쩌면 모여든 공족이나 민중들 앞에서 '사자왕'을 이어받겠다고 선언할 생각일지도 몰라."

버드는 팔짱을 꼈다.

"또 다른 후계자인 스노우화이트는 이미 이 세상에 없을지도 모르겠군."

사자왕의 딸 스노우화이트 뢰베는 '피의 혼례' 이후로 행방불명. 오무라에게 사자왕 다음으로 거슬리는 존재니까 남들 몰래 말살했더라도 이상하지 않다.

"저도 한 가지 보고하지요."

시메이가 욕조 안에서 손을 들고 버드 이외의 세 명에게 몸을 돌렸다.

"버드 님에게는 이미 전달하였지만…… 기억하고 있을까, 너희들. 어젯밤 〈왕좌의 방〉에 있던 병사들 말인데. 그들은 금색 갑옷을 장비하지 않았다. 조사해 보았더니 항구의 조합을 거점으로 하는 용병들인 모양이다. 〈해골과 전갈단〉 놈들이라고 하더군."

"해골? 기분 나쁜 이름이군요. 용병입니까……."

에델바이스가 눈썹을 찌푸렸다.

"말하자면 돈으로 고용된 오무라의 사병이야. 흥미로운 것은 '피의 혼례' 날, 날뛴 마녀를 구속한 게 그들 같다는 점이다."

하틀랜드가 놀라서 외쳤다.

"마녀는 달려온 근위병이 붙잡은 게 아니었습니까?"

피가로는 어제 분명히 그렇게 말했다. 자신들이 '마법의 검'이 아니라 일반적인 기사의 검으로 마녀를 생포했다고.

"그녀를 붙잡은 건 용병이야. 성의 급사들이 그렇게 증언했다는 모양이다. 틀림없어. 혼례에 출석한 오무라의 호위라는 명목으로 몇몇 용병이 성을 드나들었다고 한다. 반대로 근위병들은 식에 방해된다면서 경호 임무가 해제되었다."

"너무나도 부자연스러운 배치로군요."

혼례 당일, 근위병들이 소동을 듣고 식장인 예배당에 나타났을 때 마녀는 이미 붙잡힌 뒤였다. 예배당에는 사자왕을 위시하여 참석자들의 참담한 사체가 굴러다니고 있었다고 한다.

에델바이스는 아랫입술을 손으로 붙잡고 생각했다.

"피가로 킴벌리 씨는 거짓말을 했군요……. 그도 모반자 중 한 명일까요?"

"그렇겠지."라고 대답하는 버드.

"녀석이 아무것도 모른다는 건 말이 안 돼."

'피의 혼례'에서는 〈금사자 기사단〉 간부들도 나란히 사망하였다. 피가로가 근위대장이라는 지위에 만족하지 않고 기사단의 부단장이나 참모까지 올라가려는 야심가라면 오무라의 모반에 협력하는 이득은 있을 터이다.

시메이가 신음하면서 의문을 말하였다.

"하지만 묘하군요. 왜 오무라 뢰베 공은 우리에게 왕비 테레사리사를 팔려고 했을까요? 왕비가 죄를 뒤집어썼다면 한시라도 빨리 처형하여 입을 막고 싶을 텐데."

"그건 오무라 뢰베 공이 장사꾼이기 때문이 아닐까요……."

에델바이스는 추측했다.

"그는 돈에 눈이 먼 자라고 합니다. 쓸모가 없어진 왕비를 타국에 팔고, 그것으로 '마법의 검'의 이익을 얻을 수 있다면——이라는 생각은?"

"하지만 피가로가 그 일에 반대했다. 모처럼 '사자왕 살해'의 죄를 씌운 죄인이다. 함부로 다른 곳에 넘기느니 화형에 처해서 기사단이나 민중의 마음을 붙잡는 데 이용하는 편이 좋지. 나라면 그렇게 하겠어. 피가로는 오무라가 괜한 교섭을 시작했다고 생각하겠지."

버드는 크게 한숨을 내쉬었다.

"왕비 테레사리사가 마녀가 아니라면 우리가 여기까지 온 것은 헛걸음이었다는 소리다. 속이려고 했는데, 오히려 속은 건 이쪽이었나."

"……."

아무도 입을 열지 않고 무거운 침묵이 생겼다.

사자의 입에서 흘러나오는 물소리가 이상하게 크게 울려서 들렸다.

"좋아. 돌아가자."

버드는 결단을 내렸다.

"마녀재판의 결과는 일단 틀림없이 유죄다. 왕비 테레사리사는 화형에 처해지겠지. 일이 어떻게 잘 풀려서 오무라가 피가로의 설득에 성공하고 왕비가 우리 손에 넘어온다고 해도, 거금을 주고 산 그 녀석은 마녀가 아니다. 그렇다면 우리가 여기 온 의미가 없다."

버드는 욕조에서 일어섰다.

"전혀 이익이 안 되는 원정이었군. 뭐, 속기 전에 알아차려서 다행이라고 할까."

"뢰베에는 뭐라고 말하고 이야기를 거두시겠습니까?"

버드에 이어서 에델바이스도 일어섰다. 가슴에 타월을 대고서.

"뭐라고 할 필요는 없어. 뢰베에서 보자면 우리는 오무라가 멋대로 부른, 초대받지 않은 손님이다. 아무도 막지 않겠지. 다들, 모두에게 출발 준비를 시켜라. 오늘 중에 떠난다."

"옙!"

비밀회의는 끝이다. 하틀랜드, 롤로, 시메이도 대답을 하고 욕조에서 일어섰다. 버드는 벽 하나 너머에 있는 여탕을 향해 외쳤다.

"어이, 델리! 캠퍼스펠로우로 돌아간다. 너희도 준비해라."

"에엣! 벌써 돌아가?!"

벽 너머에서 델리리움의 목소리가 들렸다.

"아직 뢰베의 시장도 안 갔는데?! 아버님이 말했잖아? 델리는 어제 시장에 가고 싶다고 했더니 내일은 괜찮다고 했어! 지금부터 시장에 가는 걸 기대했는데! 델리와 한 약속을 깨는 거야?!"

"아니, 사정이 변해서——."

"델리는 이전에 아버님에게 이렇게 배웠어! '약속을 깨도 되는 건 두 번 다시 말을 섞지 않기로 결정한 상대에 한한다.' 라고. 즉 아버님은 델리와 두 번 다시 말하지 않겠다는 거네!"

"분명히 그렇게 가르쳤지만, 사정이 변했어. 이해해다오."

"……."

"델리?"

대답이 없었다. '약속을 깨는 사람과는 말을 섞지 않아도 된다' 는 버드의 가르침에 따라서 벌써부터 항의가 시작된 거겠지.

버드는 힘없이 고개 숙이고 롤로에게 물었다.

"롤로. 너 몸은 좀 어떠냐? 움직일 수 있거든 델리의 경호를 부탁하고 싶은데."

"다친 데라면 걱정하실 것 없습니다. 오른쪽 어깨는 아직 움직일 수 없습니다만, 듀벨 가문 사람은 양손잡이니까요."

"그럼 뢰벤슈타인 성으로 돌아가기 전에 델리를 데리고 시장에 들러라."

"예."

"하틀랜드, 일단 너한테도 부탁하지. 따라가다오."

"옙! 알겠습니다."

"델리. 정오가 되기 전까지다? 끝나거든 성에 돌아와서 돌아갈 준비다."

"꺄아아아! 고마워, 아버님, 사랑해."

벽 너머에서 물줄기가 튀는 소리가 들렸다.

"공주님은 교섭을 잘하시는군요."

시메이가 웃고, 버드는 고개를 내저으며 어깨를 으쓱였다.

"정말이지 장래가 기대돼."

2

"꺄아아! 이거 봐. 황금색으로 빛나고 있어."

어제는 마차 안에서만 본 시장 〈옐로우 마켓〉을 델리리움은 기분 좋게 걷고 있었다. 벌꿀을 듬뿍 뿌린 호밀빵 조각을 들고, 뜀뛰는 듯한 발걸음으로 뒤를 돌아보았다.

아침 해를 받아 반짝반짝 빛나는 벌꿀은 마치 보석 같지 않은가.

빵을 입에 가득 베어 문 델리리움은 홍조를 띤 뺨에 손을 댔다.

"으음~, 행복해."

뒷걸음질 치는 델리리움. 그 뒤를 롤로와 카푸치노가 나란히 걸었다.

"벌써 드시는 건가요, 공주님."

카푸치노가 눈을 가느다랗게 뜨고 나무라듯이 말했다.

"길을 걸으면서 먹는 건 버릇없습니다."

롤로가 말을 보탰다.

가장 뒤에서 걷는 하틀랜드가 두 사람의 머리 위에서 델리리움에게 주의를 주었다.

"공주님, 앞을 보고 걸어주세요. 넘어집니다."

델리리움은 얌전히 "예~." 하고 몸을 돌려서 계속 걸었다.

그 가슴에는 벌꿀이 가득 든 병을 품고 있었다. 조금 전에 시장에서 산 벌꿀이다. 성에 돌아갈 때까지를 참지 못하고 벌써 열어버린 모양이다.

불필요한 말썽을 피하기 위해서 델리리움은 마을 처녀 같은 차림을 하였다.

옷자락에 덩굴무늬가 들어간 롱스커트. 사람들의 눈길을 끄는 아름다운 금발은 두건으로 가렸다. 그래도 그 매력을 숨기기는 어려운지, 벌꿀을 뺨에 묻힌 천진난만한 미소에 엇갈리는 남자들이 많이들 돌아보았다. 그때마다 하틀랜드가 눈을 부라려서 쫓아냈다.

시장의 중앙대로에서는 많은 사람들이 오가고 있었다.

자잘한 길에 늘어선 노점에는 화려한 색깔의 과일이나 기묘한 형태의 생선 등이 진열되어 있다. 다트나 제비뽑기 같은 게임을 하는 노점도 몇몇 있었다. 주인이 손뼉을 치며 호객을 하고 있다. 시장은 사람들의 고함소리나 잡음으로 시끌시끌하였다.

"아아. 시장을 돌아다닐 거라면 저도 보통 옷을 가져올 걸 그랬어요."

카푸치노는 자신의 메이드복을 내려다보며 입술을 삐죽거렸다. 가지런히 자른 그 흑발은 목욕 후라서 아직 젖어 있었다.

"저만 이런 차림이면 괜히 눈에 띄잖아요."

카푸치노의 옆을 걷는 롤로는 마을 사람으로 분장했다. 색상이 수수한 셔츠에 손에는 삼베주머니. 하틀랜드 또한 창끝에 천을 감아서 어깨에 짊어졌지만, 그래도 역시 얇은 천 옷을 입었다. 힘쓰는 일을 하는 마을 사람의 모습이다.

카푸치노만 평소처럼 프릴이 달린 하얀 앞치마에 긴 스커트의 메이드복을 입고 있었다. 머리에는 화이트 브림을 얹었다.

"딱히 상관없지 않아?"

롤로는 풀 죽은 카푸치노를 위로하듯이 말했다.

"근처 저택에서 일하는 땅딸보 메이드 느낌인데."

"키 작다는 소리 하지 마."

샐쭉해져서 롤로를 곁눈질로 노려보는 카푸치노. 롤로의 걸음에서 약간이지만 평소와 다른 어색함을 느꼈다.

"몸, 아직 아픈가요?"

"어느 정도는. 아마도 갈비뼈에 금이 가지 않았을까……. 실은 걸음을 내디딜 때마다 울고 싶을 정도로 아파."

"바보인가요……. 공주님의 경호 정도는 기사에게 맡기고 누워서 쉬면 될 텐데."

"괜찮아. 주군이 가라고 하면 어디든 가는 게 개야."

롤로는 태연하게 웃음을 보였다.

"게다가 나도 할아버지에게 선물로 드릴 벌꿀을 사고 싶었고."

"벌꿀 정도야…… 말만 하면 제가 대신 사다 줄 텐데."

"오오. 오늘은 기분 나쁠 정도로 자상하네. 왜 그래, 기분 좋은 일이라도 있어?"

"확 찔러버릴 거예요? 저도 다친 사람에게는 잘해 주거든요."

카푸치노는 찌릿 롤로를 노려보았다. 그 손에는 롤로에게 받은 다이어울프의 발톱이 쥐어져 있었다.

"그거 아직도 가지고 있어? 얼른 팔아버리면 될 텐데."

"돈이 필요해지거든 그럴게요. 이거 부적이 된다면서요? 약소한 무기도 될 것 같잖아요. 꽤 마음에 들었어요."

카푸치노는 발톱을 손가락 사이에 끼우고 쉭쉭 휘둘렀다.

"저기 봐, 롤로! 이상한 게 있어!"

델리리움이 돌아보았다. 그녀가 가리킨 것은 커다란 네발 짐승. 등에 혹이 있었다. 고삐를 쥔 행상인은 머리 전체를 천으로 가리고 있었다.

"저건 낙타라는 동물입니다. 행상인은 캐러밴을 꾸리고 상품을 팔러 다니는 '방랑민^{드리프터}' 같군요. 남쪽에서 온 게 아닐까요."

"헤에. 저거 맛있을까?"

"먹지는 않습니다. 기본적으로 사막에서 말처럼 타는 동물이라고 들었습니다."

"헤에!"

델리리움은 신기한 것이나 흥미를 끄는 것을 볼 때마다 롤로를 돌아보았다.

모자나 의상, 머리칼까지 모두 녹색인 부부와 엇갈릴 때는 '와아'라며 감탄사를 올렸다.

"지금 그거 봤어? 발끝까지 녹색으로 물들였어!"

"오즈의 나라에서 온 여행자일지도 모릅니다. 그 나라의 한 도시에서는 온몸을 녹색으로 물들이는 패션이 유행한다나요…….도시 전체가 녹색이라는 모양입니다."

롤로는 델리리움이 돌아볼 때마다 자기가 아는 범위에서 설명했다.

"롤로, 저거 봐! 이상한 사람이 서 있어!"

델리리움은 발을 멈추었다. 가리킨 곳에 있는 것은 가면에 후드를 써서 수상해 보이는 남자. 아주 커다란 로브의 소맷자락을 펄럭거리며 "오세요, 오세요."라고 목청을 높였다.

"저건 인간 공중변소입니다."

"인간 공중변소?! 와오."

"저 사람의 발밑에 통이 두 개 있지요? 저기 앉아서 일을 보는 겁니다. 그러면 저 사람이 저 커다란 로브의 자락으로 둘러싸듯이 감추고——."

롤로는 말을 멈추었다.

"헤에. 델리는 죽어도 쓰기 싫어."

"그렇지요."

롤로는 미소 지으면서 답했다. 한편으로 시야 구석으로 어느 인물의 모습을 포착하고 있었다. 노점 앞에서 호밀빵을 씹으면서 몸을 반쯤 이쪽으로 돌린 덩치 큰 남자다. 시장을 찾아온 이후로 롤로가 그 남자의 모습을 본 것은 세 번째였다. 시장 입구에서. 도로를 걷기 시작해서. 그리고 지금. 잠깐의 시간 동안 우연치고는 많게 느껴졌다. 뒤를 밟고 있을 가능성이 있다.

"그런 것보다 공주님……."

카푸치노가 델리리움에게 알랑대는 목소리로 말했다.

"배 안 고프신가요? 슬슬 점심때 아닙니까?"

"난 전혀 배 안 고픈데."

"공주님은 계속 군것질 하셨으니까 그렇죠!"

툴툴 화내는 카푸치노를 보고 델리리움은 재미있다는 듯이 웃었다.

"어쩔 수 없네. 그럼 어디 레스토랑에 갈까."

"와아, 고기! 저는 고기 먹고 싶어요."

"아까 길모퉁이에 삼각 간판이 있었습니다."

하틀랜드가 두 사람의 대화에 끼어들었다.

"'새빨간 볏'이라는 레스토랑이 이 길을 쭉 다가 보면 나올 겁니다."

"저기……. 죄송합니다."

롤로는 가만히 손을 들었다.

"살 게 좀 있어서 그런데. 하틀랜드 씨, 공주님을 부탁할 수 있겠습니까?"

"살 거? 뭐냐, 같이 가 줄까?"

"아……. 아뇨, 괜찮습니다. 먼저 레스토랑에 가 주세요."

"으음……? 뭘 살 생각이지?"

롤로의 모호한 태도를 의아하게 여기는 하틀랜드.

"이해해 줘, 하틀랜드."

그때 도움을 준 사람은 델리리움이었다.

롤로에게 다가와서 가만히 귓속말을 했다.

"롤로, 화장실 다 쓰거든 바로 돌아와야 한다?"

"하하……."

"자, 먼저 가자."

롤로가 화장실을 가고 싶어 한다고 믿는 모양인 델리리움은 하틀랜드와 카푸치노의 손을 잡고 걷기 시작했다. 멀어지는 세 사람의 뒷모습을 향해 롤로는 살짝 손을 흔들었다.

──어디 보자.

롤로는 시야 구석으로 포착한 덩치 큰 남자가 어떻게 움직일지 상황을 엿보았다.

그 남자는 일행이 멀어지는 것을 눈으로 좇았지만, 추적하려고는 하지 않았다. 그가 미행한다는 것은 롤로의 착각이었을까. 아니면──.

──목표는 나인가……?

롤로는 방향을 바꾸어 노점을 향해 걸었다. 호밀빵을 씹는 덩치 큰 남자와 거리를 좁혔다.

그 남자는 명백하게 동요하는 모습을 보였다. 하틀랜드에게 필적할 덩치. 쩍 벌어진 어깨와 튀어나온 배. 얼굴 아래를 가리는 턱수염 때문에 그 표정은 읽기 어렵지만, 다가오는 롤로를 보고 놀란 모습이었다. 단숨에 빵을 삼키고 노점을 떠나 달려갔다.

"……!"

확신했다. 저 남자는 나를 쫓아온 것이다.

롤로는 크게 숨을 들이마시고, 갈비뼈에 울리는 통증을 견디며 발을 옮겼다.

덩치 큰 남자는 인적 많은 도로를 사람들 사이를 누비듯이 달려갔다. 그 속도는 상당했다. 스텝을 밟고 몸을 옆으로 돌려서 장애

물을 피했다. 커다란 체격과는 달리 가벼운 움직임. 그는 대체 누구일까——.

롤로는 그 큰 뒷모습을 쫓아서 노란색 천막이 늘어선 시장을 달려갔다.

그때 기억에 있는 냄새를 느꼈다. 이건—— 어젯밤 마차를 습격했을 때 맡은 동물 냄새. 피가로에게 손도끼를 던진 자의 냄새——. 덩치 큰 남자의 허리춤에는 손도끼 두 자루가 있었다.

그 남자는 길을 꺾어 들어가서 노점과 노점 사이에 있는 샛길을 달려갔다. 롤로도 그 뒤를 쫓았다. 거리는 점점 줄어들었다. 샛길을 빠져나가자 탁 트인 도로가 나왔다. 뢰베의 메인스트리트 〈개선로〉다. 남자는 마차가 오가는 길을 건너기 시작했다.

롤로도 그 뒤를 따라 도로로 나갔다. 팔을 뻗으면 남자의 커다란 등을 붙잡을 수 있을 만한 순간—— 덩치 큰 남자는 바로 옆을 지나가는 마차 꽁무니를 붙들고 뛰어올랐다.

롤로의 손은 허공을 갈랐다.

남자는 마차에 달라붙는 형태로 〈개선로〉를 똑바로 달려갔다. 도저히 사람이 뛰어서 따라잡을 수 없는 속도였다. 〈개선로〉 한가운데 선 롤로는 마차를 멀뚱멀뚱 지켜보는 꼴이다.

"……."

하지만 여기서 포기하는 것은 부아가 치민다. 롤로는 가지고 있던 삼베자루를 재빨리 허리에 동여맸다. 그리고 오른쪽 어깨나 갈비뼈의 통증을 무시하고 마차를 쫓아 달렸다.

〈개선로〉를 달리는 롤로의 뒤에서 말 한 마리가 달려온다.

말이 옆을 빠져나가는 순간, 롤로는 그 말의 안장을 붙들고 가볍게 위에 올라탔다.

　"아니……?! 뭐야, 너……!"

　말에 탄 사람은 젊은 행상인이었다. 그 뒤에 올라탄 롤로는 "미안해."라면서 행상인의 겨드랑이 밑에 팔을 집어넣어 고삐를 쥐었다. 선량한 시민을 낙마시키는 짓은 하지 않는다. 그를 말에 태운 채로 그의 발 위로 등자를 조절하여 말의 배를 걷어차서 질주시켰다.

　소리 높게 울부짖고 쑥쑥 속도를 올리는 말은 앞을 달리는 마차를 쫓아갔다. "히익!" 하고 행상인이 비명을 질렀다. 도로를 때리는 말발굽의 리듬이 빨라졌다.

　롤로는 맞바람에 눈을 가늘게 떴다. 앞에 보이는 것은 덩치 큰 남자가 매달린 마차──.

　말이 마차를 따라잡자, 롤로는 고삐를 행상인에게 돌려주고 안장 위에 섰다.

　나란히 달리는 마차 창문에서 귀부인들이 무슨 일인가 하고 이쪽을 보았다. 롤로는 그 마차의 천장을 향해 높이 뛰었다.

　경악해서 입을 벌린 것은 마차에 달라붙은 남자였다. 뿌리쳤을 터인 남자가 바로 머리 위까지 쫓아온 것이다. 그는 다급히 마차에서 손을 떼고 〈개선로〉 옆으로 몸을 던졌다.

　데굴데굴 도로를 구르는 남자. 롤로도 그 남자를 쫓아 천장에서 점프했다.

　──그리고 하늘로 뛰어오른 롤로를 향해 덩치 큰 남자가 손도

끼를 던졌다.

　롤로는 공중에서 몸을 비틀어서 아슬아슬하게 손도끼를 피했다.

　그 순간──회전하는 손도끼를 곁눈질로 본 롤로는 그 독특한 자루의 형태를 확인하였다.

　도로에 착지한 롤로는 그 충격에 갈비뼈가 삐걱대어 얼굴을 찌푸렸다.

　하지만 아파할 틈은 없다. 그 손도끼──부자연스럽게 자루가 휜 그것은 나무를 베기 위한 도끼가 아니다. 부메랑처럼 던지는 투척 무기. 즉──.

　──돌아온다.

　롤로는 뒤돌아보고, 회전하며 돌아온 손도끼를 잡았다. 그대로 손도끼의 충격을 흘리기 위해 돌바닥을 구르고, 몸을 일으켜서 남자가 어디 있는지 확인했다.

　그는 이미 〈개선로〉 옆으로 난 뒷골목 쪽으로 달리고 있었다.

　"……."

　도주극은 끝나지 않았다. 롤로는 손도끼를 손에 들고 고개 숙였지만, 곧바로 발을 움직였다.

　3

　델리리움과 카푸치노, 하틀랜드는 레스토랑 '새빨간 볏'에 있었다.

입구에 큼직큼직하게 볏이 빨간 닭이 그려진 가게였다. 백 명도 넘게 들어갈 만큼 널찍한 홀에 사각형 테이블이 드문드문 놓여 있었다. 가게는 많은 손님으로 떠들썩했다.

자리 사이를 오가는 점원들의 아래를 야생개가 자비를 바라며 배회하였다. 바닥에는 살이 붙은 뼈나 빵조각 등이 흩어져 있었다.

델리리움 일행은 홀 중앙 부근 자리를 차지하였다.

테이블 위에 속속 요리가 나왔다.

"와아! 맛있겠네요!"

큼직하게 자른 스페어립에 카푸치노는 감탄사를 올렸다. 테이블에는 그것 외에도 사우어크라우트와 녹진녹진한 야채 수프 등이 나왔다. 델리리움과 하틀랜드 앞에는 대구 살에 달걀을 입힌 오믈렛이 나왔다.

"대중식당에서도 생선을 먹을 수 있다니, 역시나 무역의 나라답네."

"귀한 생선을 시장에서도 많이 팔고 있었지요."

상하기 쉬운 생선은 바다에서 먼 나라로 갈수록 고급품이 된다. 캠퍼스펠로우에서는 좀처럼 먹을 수 없는 요리다.

홀 안쪽에는 스테이지가 있고, 대중극을 상연하고 있었다. 극은 사회정세를 반영한 것인지, 등장인물들 중에는 '사자왕'이나 '왕비' 같은 배역의 자들이 있었다. 그 타이틀은 '백설공주'였다.

"거울아, 거울아! 이 세상에서 가장 아름다운 것은 누구지?"

왕을 속여서 왕비가 된 못된 마녀가 벽에 걸린 거울에게 물었다.

"그것은 눈처럼 하얀 피부와 피처럼 붉은 뺨, 흑단처럼 검고 윤기가 나는 머리칼을 가진 백설공주입니다. 왕비님——."

거울의 대답에 격노한 마녀는 백설공주를 성에서 쫓아낸다.

'피의 혼례' 이후로 행방불명된 스노우화이트를 연상시키는 내용이다.

성에서 쫓겨나서 길을 잃고 숲에 들어간 백설공주는 일곱 명의 광부들과 만났다.

"어허, 저 배우들, 드웨르그군요."

하틀랜드가 스테이지 위에 나온 광부들을 보며 말했다.

곡괭이를 짊어지고 뾰족모자를 쓰고 밝게 노래하는 광부들은 모두 땅딸막하고 똥똥했다. 코가 크고 키가 작은 드웨르그 민족은 특징적이라서 외모를 보면 바로 알 수 있다.

"헤에. 트란스마레의 나라에 드웨르그가 있다니 신기하네."

델리리움은 오믈렛을 가르면서 말했다.

드웨르그 민족은 먼 옛날부터 대륙에 사는 원주민의 일종이다. 그 밖에도 북쪽 나라의 바시아 민족이나 일프 민족 등이 원주민으로 꼽힌다. 반대로 뢰베 왕국이나 캠퍼스펠로우의 사람들은 트란스마레 민족으로, 300년 정도 전에 대륙 밖에서 건너온 인종이었다.

원주민들에게 트란스마레는 침략자. 그러니까 일반적으로 원주민들과 트란스마레는 어우러질 수 없다고 한다. 원주민들은 눈 덮인 산이나 숲의 오지에 주로 살기에, 뢰베처럼 트란스마레 민족이 다스리는 나라에서 찾아보기란 어렵다.

이것도 많은 인종이 오가는 무역의 나라만의 특징일지도 모른다.

"전 드웨르그를 처음 봤어요."

카푸치노가 스페어립을 삼키고 말했다.

"몸이 튼튼하고 장수한다지요?"

"그래. 터프하고 강하다고 하지."

하틀랜드는 포도주 잔을 기울이고 있었다.

"사수전쟁에서도 드웨르그 군인들은 몹시 두려움을 샀다고 하더군."

"어, 드웨르그 사람들이 사수전쟁에도 참가했나요?"

"뭐야. 카푸 너, 그레이스 가문을 모시면서 사수전쟁을 몰라?"

"그 정도는 알고 있어요."

카푸치노가 뚱한 얼굴을 하였다.

"예전에 있었던 커다란 전쟁이지요?"

사수전쟁은 트란스마레인 민족 사이에 발발한 전쟁이었다.

약 300년 전, 원주민들에게서 대륙을 빼앗은 트란스마레 민족은 각지에서 여러 나라를 건국하였다. 그중에서 가장 크고 병력이 많은 나라가 〈시작의 나라 루프스〉다. 이 나라는 어느 왕족이 통치하고 있었다. 늑대의 문장을 내건 〈루프스 가문〉이다.

〈루프스 가문〉은 오랫동안 번영하였다.

이웃나라들을 흡수하며 천천히 영토를 넓혀나갔다.

하지만 지금으로부터 53년 전——.

〈루프스 가문〉에 반기를 든 가신이 있었다. 백룡의 문장을 내건 〈쿠디 가문〉이다.

또한 그 내란에 편승하여 〈기사의 나라 뢰베〉가 영토를 넓히려고 전쟁에 참가했다.

대륙에 사는 트란스마레 민족은 세 진영으로 나뉘어 싸우게 되었다.

"우리 그레이스 가문은 〈루프스 가문〉 진영이었지요. 그 전쟁은 트란스마레의 전쟁 아닌가요? 드웨르그는 없지 않나요?"

"아니, 진영은 하나 더 있었어."

하틀랜드는 카푸치노의 앞에 손가락을 세웠다.

"전쟁의 혼란을 틈타서 원주민들이 조직을 만들고 트란스마레 사람들을 쫓아내려고 참전했지. 〈동드리시아 연합〉이야. 북쪽 나라의 바시아인이 중심인 조직이지만, 여기에 드웨르그인도 포함되지."

"헤에, 그랬던 거군요."

"〈루프스 가문〉은 늑대, 〈쿠디 가문〉은 백룡, 〈뢰베 가문〉은 사자, 그리고 〈동드리시아〉 연합은 범고래의 연합기를 내걸고 있었지. 네 동물이 서로를 노려보고 있었던 거야. 그러니까 네 짐승, 사수(四獸)의 전쟁이지."

53년 전에 시작된 사수전쟁은 12년 동안 이어졌다.

〈루프스 가문〉을 멸하고 그 광대한 영토를 빼앗은 것은 〈쿠디 가문〉이었다.

〈쿠디 가문〉은 전쟁 도중에 옛날부터 트란스마레 민족에게 뿌리내린 신앙을 버리고 용을 신으로 숭상하는 루시 교로 개종했다. 그리고 '마법'이라는 커다란 힘을 손에 넣은 것이 다른 나라를 압도하는 요인이 되었다.

　이 〈쿠디 가문〉이 다스리는 대국이 바로 지금의 아멜리아 왕국이다.

　"생각해 보면 뢰베 왕국과 캠퍼스펠로우는 미묘한 관계네."

　델리리움은 테이블에 한쪽 팔꿈치를 괴고 중얼거렸다. 그 발밑에는 개가 먹이를 바라며 다가왔다. 델리리움은 포크로 대구를 잘라서 바닥에 던졌다. 개는 콧소리를 내며 그걸 먹었다.

　"뢰베도 너무 강대해진 아멜리아 왕국을 위협으로 여기는 거잖아? 그럼 우리는 서로 협력해야 해. 마녀를 빼앗네 속이네……적대할 상황이 아닌 것 같지만."

　"나라와 나라의 관계는 그렇게 쉽게 풀리지 않는 거겠죠."

　"흐응. 나 같으면 친하게 지내겠는데. 그게 서로 좋잖아."

　델리리움은 쓰디쓴 얼굴을 하였다.

　"아, 하지만 오무라랑은 친하게 지낼 수 없을지도. 맞아, 스노우화이트가 다음 '사자왕'이 되면 되겠네. 그러면 여자끼리 친하게 지낼 수 있을 것 같은데."

　"그녀가 살아 있으면 가능할지도 모릅니다."

　하틀랜드는 무겁게 중얼거렸다.

　"뭐야, 이미 죽었다는 식의 그 말은. 아직 모르는 거잖아?"

　"뭐, 그건 그렇습니다만……."

조금 전 대욕장에서 있었던 비밀회의에서 스노우화이트는 이미 죽었을 거란 이야기가 있었다. 하틀랜드 자신도 그 가능성이 크다고 보았다.

"살아 있으면 좋겠네요."

카푸치노는 말하면서 정면의 스테이지를 다시금 바라보았다.

"엄청 미인이라고 하잖아요. 저도 실물을 보고 싶어요."

스테이지 위에서는 노파로 변한 '거울의 마녀'가 숲속에 있는 광부들의 집을 찾아와 있었다. 광부들의 사이즈에 맞춘 키 작은 문을 허리를 굽히고 두드렸다.

그러자 집을 지키던 백설공주가 "누구신가요."라며 얼굴을 내밀었다.

그 피부는 눈처럼 희고, 뺨이나 입술은 피처럼 붉고, 그리고 머리칼은 흑단처럼 매끄러웠다. 순진무구한 백설공주는 노파가 시키는 대로 밖으로 나왔다.

그리고 노파가 내민 붉은 사과를 아무런 의심도 없이 손에 받아들었다.

"어머, 정말 맛있어 보이는 사과네요———."

백설공주는 스테이지의 중앙. 객석을 바라보면서 가만히 독사과를 입으로 가져갔다.

덩치 큰 남자가 도망친 곳은 빨간 벽돌 건물 틈새에 있는 좁은 뒷골목이었다. 중간중간에 세 단짜리 계단이 이어지면서 완만한 오르막을 이루고 있었다.

롤로는 계단을 단숨에 뛰어오르면서 남자를 뒤쫓았다.

머리 위에는 양쪽 건물의 창문과 창문 사이로 빨랫줄이 달렸다. 옷이나 시트가 걸린 빨랫줄은 창문만큼 많이 있어서, 골목길에는 바람에 흔들리는 천의 그림자가 드리워져 있었다.

남자가 달리는 속도는 떨어지지 않았다. 반대로 상처가 완치되지 않은 롤로의 체력은 바닥으로 치닫고 있었다. 달리는 것만으로도 피해가 쌓이는 듯하였다.

롤로는 또다시 남자에게서 독특한 냄새를 감지했다.

"……."

경쾌한 몸놀림과 손도끼라는 투척 무기. 기척을 숨기는 데는 매우 능하지만, 그래도 숨길 수 없는 독특한 냄새. 그는 평소에 그 냄새를 숨길 필요가 없는 것이다. 왜냐면 그의 주전장은 숲이니까. 롤로는 그 남자의 직업을 눈치챘다.

그는 사냥꾼이다. 체력에 자신이 있는 모양이다. 서둘러 결판을 내고 싶다.

롤로는 질주하면서 깊게 숨을 들이마시고 몸의 고통을 견딜 준비를 하였다.

발걸음을 크게 떼어서 더욱 가속. 좁은 골목의 벽을 삼각 점프하고 2층에 걸린 빨랫줄을 잡았다. 줄을 활처럼 잡아당기고 그 탄력을 이용하여 하늘을 날았다. 그리고 앞쪽에 걸린 3층의 빨랫줄을 잡고 같은 요령으로 하늘을 날았다.

빨랫줄을 타고 앞으로 달리며 옆쪽의 벽을 박차서, 달리는 남자의 머리 위를 추월하였다. 그리고 그 앞에 착지했다.

"으흑……?!"

갑자기 눈앞에 내려온 롤로를 보고 남자는 다리를 멈추었다.

남자가 발길을 돌리고, 롤로는 다급히 손도끼를 던졌다.

손도끼는 슝슝슝 회전하여 덩치 큰 남자의 머리 바로 옆을 날아 갔다. 그는 그 기세에 몸이 움츠러들어서 굳었다. 그 한순간의 빈 틈을 찔러서 롤로는 남자의 커다란 손을 붙잡았다.

"잠깐 기다려 주세요."

"……!"

남자가 돌아보았다.

덩치가 큰 그를 눈앞에 두자, 마치 곰과 대치한 듯하였다.

"왜 나를 따라왔습니까? 당신은 누굽니까?"

"……! 말하지 않겠다."

남자는 힘으로 롤로를 밀쳤다. 롤로는 벽에 등을 부딪쳐서 신음소리를 내었다.

남자는 방금 온 길을 따라 도망치려고 몸을 돌렸다── 그리고 그 눈앞에 슝슝슝 회전하면서 돌아온 것은 조금 전에 롤로가 던진 손도끼였다.

"?! 오옷……!!"

손도끼가 남자의 이마에 격돌하고, 그는 벌렁 뒤로 쓰러졌다.

롤로는 몸의 고통을 견디며 허리에 손을 대고 있었다.

"이야기하고 싶을 뿐입니다. 도망치지 마세요."

"믿을 수 없군. 너, 지금 어떻게 한 거지?"

몸을 일으킨 남자는 나뒹구는 손도끼를 바라보며 중얼거렸다.

남자의 이마에 맞은 부위는 손도끼의 날이 아니라 그 반대편. 날이 없는 부분이었다.

손도끼가 얼굴로 날아온 순간, 남자는 자기 머리가 쪼개질 것을 각오했다. 하지만 그렇게 되지 않았다. 그것은 롤로에게 살의가 없었기 때문이다.

사냥감이 죽지 않게 잡는다──그 특수한 투척방법에 남자는 놀라고 있었다. 투척용 손도끼는 사냥감에 칼날을 박기 위해 만들어진 것이다. 휜 손잡이도 그렇게 사용하도록 설계되었다. 그걸 반대로 회전시켜서 부메랑처럼 돌아오게 하는 것은 '뒤던지기' 라는 고등 기술이다. 어중간한 훈련으로는 익힐 수 없다.

"넌…… 사냥꾼인가?"

"아뇨, 사냥개입니다."

"나를 죽이지 않는 거냐?"

"죽일 이유는 없습니다. 어젯밤에 손도끼를 던져서 나를 구해주었죠. 생명의 은인을 죽이는 짓은 하지 않습니다. 나는 그저 이야기를 하고 싶을 뿐입니다."

"……."

남자는 고개를 숙이고 한동안 뭔가 생각했지만, 이윽고 손도끼를 주워서 일어섰다.

"너는 못된 녀석이 아닐지도 모르겠군……. 공주님을 만나 주겠나?"

"공주님?"

고개를 갸웃거리는 롤로. 그는 어떤 인물의 이름을 말하였다.

"그래. 스노우화이트 뢰베다."

4

뢰벤슈타인 성안에 있는 마구간에서 캠퍼스펠로우의 말이 차례차례 나왔다. 짐을 싣고, 돌아갈 채비를 하기 위해서다.

버드는 철화 기사들이 말을 끌어가는 모습을 조금 떨어진 곳에서 지켜보았다. 지붕이 있는 바깥복도에서, 기둥 옆에서 팔짱을 끼고 서 있었다.

올려다본 하늘은 어느새 두꺼운 구름으로 뒤덮여 있었다. 우르릉우르릉 하고 멀리서 들려오는 천둥소리가 정신을 뒤숭숭하게 만들었다. 당장에라도 비가 쏟아질 것 같다.

"버드 님."

갑자기 들려온 목소리에 버드는 돌아보았다. 롤로가 고개를 숙이고 서 있었다.

"오, 돌아왔나. 델리도 돌아왔나?"

"예. 방에서 귀향 준비를 시작하였습니다."

"그래. 녀석은 만족했나?"

"그런 모양입니다. 벌꿀을 많이도 샀습니다."

"그거 다행이군. 녀석이 좋아했다면 이 원정도 헛일은 아니었다고 할 수 있겠지. 너도 돌아갈 채비를 시작해라."

"예. 그전에."

롤로는 고개를 들고 버드에게 한 걸음 다가왔다. 그리고 목소리를 낮추었다.

"만나 보셨으면 하는 사람이 있습니다."

"누구지?"

"여기서는……."

"흠……."

묘하게 조용한 롤로를 바라보고 버드는 턱수염을 쓸었다.

뚝뚝 떨어지는 빗방울이 돌바닥에 얼룩을 만들기 시작했다.

두 마리의 말에 각각 올라타고, 롤로는 앞장서 버드를 안내하였다. 로브를 입고 후드를 깊게 눌러쓴 두 사람은 비가 쏟아지는 시내를 달렸다.

붉은 벽돌집이 이어지는 주택가에서 볕도 들지 않을 만큼 좁은 뒷길로 들어갔다.

버드는 롤로의 뒤를 따르면서 말 위에서 주위를 둘러보았다. 도로 옆의 처마 밑에서는 머리숱이 적고 여윈 얼굴의 아이들이 비를 피하고 있었다. 아무도 말이 없이 가만히 이쪽을 바라보았다.

다른 처마 밑에서는 여자가 고개 숙이고 있었다. 푸석푸석한 머리에 거친 피부. 이쪽에 손을 뻗고 "오빠, 놀다 갈래?"라고 메마른 목소리로 호객을 하였다.

뒷골목에 비좁게 지은 집의 창문에서는 주민들의 방이 엿보았다. 아무것도 없는 간소한 방이었다. 널빤지만 깔아놓은 침대에서 야윈 남자가 자고 있었다.

"여기는 꽤나 황량한 곳이군."

"뢰베의 슬럼가 '잿동네' 입니다." 애쉬 타운

버드의 중얼거림에 롤로가 돌아보고 대답했다.

가느다란 길을 빠져나가자, 탁 트인 공간이 나왔다. 초목이 드문드문 나 있을 뿐인 광장이었다. 그것을 에워싸듯이 소박한 석고집이 마주 보며 서 있었다.

롤로는 그중 한 집 앞에 말을 세웠다.

"여기입니다."

그 집에는 크게 튀어나온 처마가 있고, 밑은 어둑어둑했다. 그 안쪽에 동굴 같은 집의 입구가 있고, 비즈를 연결한 포렴이 걸려 있었다.

두 사람이 말에서 내렸을 때, 기척을 느꼈는지 포렴 안쪽에서 주민이 모습을 보였다.

버드는 그 수염 많은 중년 남자를 보고 놀랐다. 키가 작고 땅딸막한 그가 드웨르그 사람이었기 때문이다.

"둔두그 씨입니다. 시장에 있는 레스토랑의 무대에서 극단의 단장을 맡고 있다고 합니다."

롤로가 버드에게 소개했다.

"원래는 뢰베로 흘러온 떠돌이 곡예꾼으로, 트란스마레의 나라에서 직업도 없이 길바닥을 헤매는 것을 레스토랑에 소개해 준 것이 바로 '사자왕' 이었다나요."

무뚝뚝한 얼굴을 한 드웨르그는 버드의 앞으로 다가오더니 손을 내밀었다.

"둔두그다."

"버드 그레이스입니다."

버드는 등을 쭉 펴고 둔두그의 억센 손을 붙잡았다. 드웨르그인과 악수할 때, 그 눈높이에 맞추어 허리를 굽히거나 무릎을 굽혀선 안 된다. 그것은 그들을 깔아본다는 의사 표시가 된다. 그것을 아는 버드는 어디까지나 대등하게, 등을 펴고 대했다.

"드웨르그는 받은 은혜를 잊지 않는다. 사자왕의 딸이 곤경에 처했으면 반드시 돕는다."

"그렇군……."

"말은 내가 마구간에 넣어놓지. 이리 줘라."

말하면서 둔두그는 롤로와 버드에게서 말고삐를 받았다.

"가시죠."

롤로는 젖은 로브를 벗었다. 집 입구인 비즈 포렴을 걷는다.

"스노우화이트 공주가 기다립니다."

스노우화이트 뢰베는 미소녀로 유명하다.

버드는 테이블 맞은편에 앉은 스노우화이트를 보고 소문은 틀림없었다고 생각했다. 피부는 눈처럼 희고, 뺨은 붉은 빛을 띠었다. 뢰베의 피를 이은 자에게 지극히 드문 흑발은 어깨 위에서 가지런히 잘라서 아름답고 윤기가 있었다.

등을 쭉 펴고 앉은 모습은 고작 여덟 살이라고 생각할 수 없는 자세였다.

회담은 거실에서 치러졌다.

집 자체는 트란스마레 사람이 지은 것인지 천장이 낮지는 않았지만, 테이블은 드웨르그 사람에게 맞춘 것이기 때문에 매우 낮았다. 의자 또한 애들용처럼 작았다. 몸집이 작은 스노우화이트는 문제없이 앉았지만, 버드는 다리를 크게 벌리고 앉았다.

광원이 없기 때문에 방 안은 어둑어둑하고, 밖에서 내리는 빗소리가 울렸다.

버드의 뒤에 롤로가 서 있고, 스노우화이트의 뒤에는 그 사냥꾼이 서 있었다.

체격 좋은 사냥꾼의 이름은 디트헬름이라고 했다. 오래전부터 사냥한 들짐승 고기를 뢰벤슈타인 성에 납품하는 사냥꾼으로, 사자왕이나 스노우화이트와도 면식이 있었다는 모양이다. 그 또한 스노우화이트와 마찬가지로 '피의 혼례' 날의 생존자였다.

롤로는 조금 전에 디트헬름을 따라서 이 집을 찾아왔다. 스노우화이트와 만나고 '피의 혼례'의 진상을 들었다. 그때 어떤 부탁을 받았지만, 롤로의 판단으로 결정할 수 있는 일이 아니었기 때문에 주군인 버드를 데려온 것이었다.

"버드 글레이즈 변경백작님."

스노우화이트는 등을 쭉 편 채로 중얼거리듯이 말했다.

"이번에는 이러한 빗속에 어려운 발걸음을 해 주셔서 진심으로 감사드립니다."

스노우화이트는 공손히 고개를 숙였다. 아름다운 모습이었다. 아몬드 모양의 사랑스러운 눈동자는 약간의 긴장과 재치를 띠고 버드를 꿰뚫듯이 바라보고 있었다.

"스노우화이트 공주님. 이번 일에는 심심한 위로의 말씀을 드립니다."

버드는 상대를 여덟 살짜리 애가 아니라 일국의 공주로 인정하고 답례하였다.

"본래라면 경사스러운 혼례의 날에 아버님을 잃은 그 슬픔은 이루 헤아릴 수 없겠지요. 우리는 그 잔혹한 일을 '마녀'의 짓이라고 들었습니다만, 아무래도 아닌 모양이군요."

"그 말씀이 맞습니다. 테레사리사는 마녀가 아닙니다."

스노우화이트는 잘라 말했다.

"말씀드리겠습니다. 그날 사실 무슨 일이 있었는지를."

5

제18대 사자왕 프리우스 뢰베에게는 수염이 없었다.

부드러운 금발에 커다란 키. 20대 후반인 그는 〈금사자 기사단〉 단장으로서 검도 휘두른다. 다부진 대흉근을 가진 육체파면서도, 그 취미는 시집을 읽는 것이라는, 문무(文武)를 겸비한 왕이었다.

대신이나 기사들만이 아니라 성에서 일하는 급사나 시민들에게까지 차별 없이 대하는 그는 많은 사람에게 사랑받았다. 수염 없는 얼굴에 상큼한 미소를 띠면 귀부인들은 기뻐 비명을 질렀다.

하지만 이 수염이 없다는 특징은 '사자왕'으로서 이례적인 것이었다.

　뢰벤슈타인 성의 어느 복도에는 역대 사자왕의 초상화 열일곱 점이 주르륵 걸려있다. 거기에 그려진 남자들은 모두 멋진 금색 턱수염을 길렀다.

　자신을 사자에 빗대는 뢰베 가문의 사람으로서 금색 갈기는 권위의 상징이다. 역사 속에 존재하는 두 명의 '여자' 사자왕조차도 턱수염 대신 묵직한 목걸이를 몇 겹이나 걸어서 그 권위를 자랑하였다.

　고작 열 살의 나이에 왕의 자리에 오른 프리우스가 나이를 먹어 청년이 되었을 때, 대왕대비인 할머니는 그에게 '턱수염을 길러라.' 라고 명했다. 역대 사자왕을 따라서 왕의 초상화를 그리기 위해서다. 하지만 프리우스는 줄줄이 걸린 선조들의 초상화를 바라보고 우스꽝스럽다고 치부하였다.

　마치 죄다 초대 사자왕의 복제품 같다. 그 풍성한 수염의 실루엣도, 얼굴의 각도도 다 똑같다. 섞어 놓으면 누가 몇 대 사자왕인지 모를 거라고.

　엄격한 할머니는 프리우스의 말에 격노했다.

　"하지만 그렇지 않습니까?"라며 프리우스는 초상화에 팔을 뻗었다. 실제로 할머니는 눈치채지 못했다. 프리우스가 석 달 전에 4대와 7대 사자왕의 초상화를 서로 바꿔놓았다는 것을.

　할머니는 끽소리도 하지 못했다. 그렇게 해서 복도에 걸린 초상화 중 열여덟 번째의 것에는 남자로서 처음으로 수염 없이 상큼하게 웃는 '사자왕' 이 걸리게 되었다.

사자란, 왕이란 모름지기 이래야 한다는 삶을 프리우스는 싫어했다.

그것은 그의 왕비 선정을 봐도 알 수 있다.

전통에 따르면 왕비가 되는 여성은 금발이어야만 했다. 그렇지 않으면 언젠가 태어날 후계자의 수염이 금색이 되지 않기 때문이다. 그렇기 때문에 할머니가 데려온 혼담 상대는 모두 판에 박은 것처럼 금발 미녀였다.

그 모두를 단칼에 거절하고 프리우스가 스스로 찾아온 결혼 상대는 조그만 영토를 다스리는 후작의 딸. 그 윤기 있는 머리칼은 흑발이었다.

이 왕비는 불행하게도 스노우화이트를 낳고 바로 숨졌다.

그로부터 8년 후, 프리우스가 다음 왕비로 고른 것이—— 테레사리사 메이덴. 타국에서 흘러와서 성에서 일하는 메이드였다.

숲의 사냥꾼 디트헬름은 어렸을 적부터 성을 드나들었다.

프리우스는 나이가 가까운 탓도 있어서 이 과묵한 남자를 대단히 마음에 들어 했다.

뢰베 시를 떠나서 사슴 사냥을 갈 때는 반드시 그를 불러서 곁에 두었다. 디트헬름의 손도끼 실력을 높이 사서 '내 기사단에 들어오지 않겠나?'라고 권유한 적도 있었다.

너무나도 신분이 다르기에 디트헬름은 거절했지만, 그래도 왕은 일만 있으면 그를 불렀다. 그때마다 디트헬름은 난처하다는 얼굴을 하며 머리를 긁적였지만, 권위 있는 기사단의 단장이 자신의 실력을 높이 평가한 것에는 남몰래 자긍심을 느꼈다.

그런 왕이 공족이 아니라 성의 메이드를 왕비로 택했다고 들어도 디트헬름은 놀라지 않았다. 성에 드나드는 디트헬름은 왕비가 되는 테레사리사를 성에서 몇 번 보았다. 분명히 눈길을 끌 만한 미인이다. 하지만 왕이 그녀를 고른 이유가 그저 외모만이 아니란 것을 깨달은 것은 혼례식 직전의 일. 스노우화이트에게 이끌려서 테레사리사의 대기실에 갔을 때였다.

화장사나 조향사가 바쁘게 오가는 실내에서 테레사리사는 "긴장되네……."라고 말하며 굳은 표정을 하고 있었다. 스노우화이트나 디트헬름의 앞에서 드레스 자락을 들어올리며 "이상하지 않지……?"라며 걱정스럽게 물었다.

"난…… 안 어울려. 이렇게 화려한 드레스는 입어 본 적이 없는걸."

테레사리사는 잘 익은 사과처럼 붉은 드레스를 입고 있었다.

몇 겹이나 주름이 들어간 스커트는 크게 부풀었고, 발치로 갈수록 퍼졌다. 광택을 띠는 실크에는 섬세한 레이스 자수가 들어가 있었다. 요염한 붉은색이 테레사리사의 하얀 피부와 잘 어울렸다.

어깨를 드러낸 그 목덜미에는 은색 목걸이가 빛나고 있었다. 두 귀에는 마찬가지 디자인의 귀걸이가 흔들렸다. 윤기 있고 아름다운 그 머리칼은 정수리 부근에 모아 묶었다.

디트헬름은 그 아름다운 모습에 말이 나오지 않았다.

대신해서 스노우화이트가 말했다.

"아주, 예뻐요."

평소에는 명랑하게 말하는 스노우화이트가 조심스럽게 말하고 고개 숙였다.

테레사리사는 "왜 그래?"라며 고개를 갸웃거렸다.

"너무 예뻐서…… 왠지 다른 사람 같아요."

"똑같아. 외모가 변해도 나는 변하지 않아."

그렇게 말하고 테레사리사는 드레스 허리춤에 달려있던 리본을 풀었다. 사과색의 그 리본을 스노우화이트의 머리에 달아주었다.

"자, 이러면 나랑 똑같지?"

테레사리사는 미소를 짓고 스노우화이트를 삼면거울 앞에 세웠다.

스노우화이트는 환한 얼굴을 하며 테레사리사에게 안겼다.

"기뻐요."

그걸 옆에서 지켜보는 디트헬름은 테레사리사에게 축복을 보내고 싶다고 생각했다. 하지만 배움이 부족한 자신이 뭐라고 말해야 이 감정을 전할 수 있을지 몰랐다.

"좋은 사냥꾼은 감이 좋아야만 해."

자기 나름대로 필사적으로 말을 찾았다.

테레사리사는 고개를 들고 디트헬름의 말을 기다렸다.

"나는 실력 좋은 사냥꾼이야. 프리우스 님이 그렇게 말씀하셨지. 즉 감이 좋아. 그런 내가 너는 좋은 사람이라고 생각했어. 좋은 사람은 행복해져야 해──."

"……."

"그러니까 행복하게 살아."

디트헬름이 축복을 보내는 거라고 깨닫고 테레사리사는 덧니를 드러내며 웃었다.

"고마워."

그때 디트헬름은 깨달았다. 프리우스는 외모에만 반한 게 아니다. 우리의 왕은 이 순수한 미소에 반한 것이리라.

혼례식은 뢰벤슈타인 성안의 예배당에서 치러졌다.

수용인원이 70명 정도인 예배당은 트란스마레 민족이 오래전부터 믿은 전쟁신 바야리스에게 기도를 올리는 장소다. 뢰베 가문의 신랑신부는 대대로 전쟁신 바야리스의 이름으로 혼례의 서약을 나누게 되어 있다.

예배당 중앙에는 긴 융단이 깔리고, 그 통로 좌우에 긴 의자가 질서정연하게 놓였다.

제단을 정면으로 보며 오른쪽 벽에는 네 개의 커다란 창문이 있었다. 창문에는 각각 스테인드글라스가 끼워져 있었다. 모든 스테인드글라스에 떡갈나무를 하나씩 그렸는데, 봄여름가을겨울을 테마로 태양 아래에 녹색 잎이 드리우거나 눈 속에서 시들거나 하는 모습이다.

어느 떡갈나무에도 옆에는 사자가 있었다. 사자는 계절이 변함에 따라 인간의 왕으로 모습을 바꾸었다. 초대 사자왕을 그린 것이다.

식은 엄숙하게 치러졌다.

스노우화이트와 디트헬름은 제일 앞줄에 앉아 있었다.

제단 앞에 선 프리우스와 테레사리사는 손을 잡고 전쟁신 바야리스에게 혼례의 맹세를 읊었다. 참석자들은 조용히 그 말을 들었다.

그들은 왕과 가까운 이들이다. 대왕대비나 재상이나 대신 같은 중신들. 그리고 뢰베 가문과 관련 있는 공족들. 〈금사자 기사단〉의 부단장, 참모 같은 무관들도 자리에 있었다.

그중에는 근위대장인 피가로 킴벌리의 모습도 있었다.

두 사람의 맹세가 끝나가려는 순간이었다. 정적을 깨뜨리고 정면의 문이 열렸다.

"그 혼례, 멈춰 주십시오!"

참석자들이 일제히 돌아보았다.

나타난 것은 금색 정장을 입은 오무라 뢰베였다.

뢰베 가문 태생이면서 정치에는 전혀 흥미를 보이지 않고 성 밖에서 무역에만 정신을 쏟는 왕제다. 식에는 초대받았지만 모습을 보이지 않던 왕제가 갑자기 이 순간에 나타나나 싶더니 묘한 소리를 외쳤다.

"형님은 속고 있소. 당신이 결혼하려는 그 여자는 마녀입니다!"

참석자들 사이에 술렁거림이 일었다.

오무라는 옆에 허리 굽은 노파를 데리고 있었다. 후드를 깊이 눌러쓰고 더러운 로브를 두른 모습, 지팡이를 짚어서 걸인 같은 모습의 여자였다.

"이 노파가 용기를 내어 내게 증언해 주었소."

오무라는 노파의 두 어깨를 붙잡고 자기 앞에 세웠다.

"그녀는 그 여자가 일으킨 마녀재해의 생존자. 자, 여러분에게 그때의 상처를 보여주시오!"

오무라의 재촉에 노파는 후드를 벗고 얼굴을 보였다.

그 얼굴을 보고 참석자들은 숨을 삼켰다. 노파의 얼굴에는 보기에도 끔찍한 흉터가 있었다. 이마부터 입 옆까지 크게 찢어진 상처는 왼쪽 눈을 지나는 모습이었고, 그 눈은 뭉개져서 하얗게 변해 있었다.

한 걸음, 두 걸음, 미덥지 않은 발걸음으로 노파는 앞으로 나섰다.

"그 마녀는."

메마른 나뭇가지 같은 손가락으로 가리킨 것은 제단 앞의 테레사리사였다.

"은색 낫으로 내 남편을 베고, 떠날 때 이 얼굴을 찢어 놓았습니다."

테레사리사는 경악에 눈을 치떴다.

노파는 그 옆에 서서 사자왕 프리우스에게 호소했다.

"부디 눈을 뜨십시오, 사자왕님! 그 여자는 메이드로 저택에 들어와서 집안 사람들을 죽이고 재산을 빼앗는 마녀입니다. 이번에는 이 성을 빼앗으려는 겁니다……!"

마녀──. 그 끔찍한 존재는 루시 교의 영역 밖에 있는 뢰베 사람들의 귀에도 닿았다. 마법을 쓰며 성이나 나라를 멸한다는 항간의 소문도 들었다. 사자왕이 택한 왕비가 그렇다면 나라를 뒤흔드는 큰 사건이다.

"적당히 하지 못하겠느냐!"

소리친 것은 오무라의 할머니이기도 한 대왕대비였다.

"너는 혼례식을 망칠 셈이냐? 네가 지금 가리킨 여자는 공족이 아니라고 해도 뢰베 가문에 들어올 여자다. 모욕은 결코 허락되지 않는다. 그 더러운 노파를 데리고 썩 나가라!"

"아뇨, 할머님. 나가는 건 마녀 쪽입니다."

노파를 물러나게 한 오무라는 두 차례 손뼉을 쳤다.

그러자 그의 뒤——활짝 열린 정면 문에서 무장한 남자들이 밀려들었다. 도끼를 손에 쥔 자나 허리에 검을 찬 자들. 다들 판금 갑옷을 입었다. 오무라가 항구에서 고용한 〈해골과 전갈단〉의 용병들이다.

예배당에 들어온 것은 서른 명 정도. 그중 네 명이 제단으로 이어지는 융단을 내달렸다. 테레사리사를 데려가려는 것이다. 그걸 막으려고 참석했던 기사들이 앞으로 나섰다. 동시에 용병들이 차례로 검을 뽑았다.

기사 중 누군가가 외쳤다——"위병은 뭣들 하고 있나!"

예배당을 지킬 터인 근위병들이 오지 않는다. 그리고 식에 참가했던 기사들은 아무도 검을 가지고 있지 않았다. 단 한 명, 근위대장 피가로를 제외하고.

그 피가로는 직무에 따라 프리우스와 테레사리사를 지키려고, 제단으로 향하는 네 용병의 앞을 가로막았다. 그 손은 허리에 차고 있던 검 자루를 잡고 있었다.

피가로의 뒤에서 프리우스가 외쳤다.

"오무라! 너 이놈, 자기가 무슨 짓을 하는지 알고 있나?"

"형님이야말로. 나는 뢰베의 앞날을 생각해서 이러는 겁니다. 그 여자가 마녀일 가능성이 있는 이상, 무시할 수는 없겠지요? 마녀재판에 회부해야 합니다!"

"마녀재판이라고……?"

"예. 그것 외에 증명할 길이 있습니까? 형님이 그 여자를 생각하는 마음이 마녀의 마법에 의한 것이 아니라는 것을."

"……무슨 소릴. 나는 마법에 걸리지 않았다."

"그럼 설마 마녀라고 알면서 혼례를? 그건 그거대로 묵과할 수 없는 문제로군요?"

"듣자듣자 하니까……."

"프리우스 님."

분노하는 프리우스를 제지한 것은 그 옆에 선 테레사리사였다.

"제가 가겠습니다. 재판을 받겠습니다. 그걸로 의혹이 풀린다면."

"테레사리사."

테레사리사는 스스로 나서서 앞으로 나아갔다. 그 주위를 네 명의 용병들이 에워쌌다.

"그러니까 부디…… 재판에서 증명해 주세요."

테레사리사는 한 차례 돌아보았다. 애써서 당차게 웃음을 보였다.

"당신의 마음이 마법 때문이 아니란 것을."

"물론이다."

테레사리사는 참석자들의 시선을 받으면서 당당히 정면 문으로 걸어갔다. 두려워할 것 없다. 반드시 프리우스가 구해 줄 거라고 믿고 있었다.

"각오해라, 오무라."

제단 앞의 프리우스는 정면에 선 오무라를 노려보았다.

"테레사리사가 마녀가 아니라고 증명되었을 때, 뢰베에 네가 있을 곳은 없음을——."

"오무라!!"

프리우스의 목소리를 가로막으며 소리친 것은 대왕대비였다. 옆에 있던 기사의 제지를 뿌리치고, 노여움을 드러내며 성큼성큼 중앙의 융단을 걸어갔다. 정면 문 앞에 있는 오무라에게 다가갔다.

그리고 그의 앞에 서서 그 살찐 뺨을 후려갈겼다.

"이 뢰베의 수치가! 차기 왕비가 마녀재판에 걸린다니, 그 자체가 이미 불명예스러운 일이다! 재판이 끝나는 것을 기다릴 것도 없다. 지금 당장 이 나라를 떠나거라!"

오무라는 붉게 부어오른 뺨을 문지르고, 찢어진 입술을 핥았다.

"항상…… 나한테만 차갑네요, 할머님은."

그리고 옆에 서 있던 용병에게서 단검을 빼앗아서 할머니의 배에 꽂았다.

"아⋯⋯?"

오무라는 단검을 뽑더니 다시금 찔렀다. 몇 번이고, 몇 번이고. 선혈이 융단에 튀었다.

너무나도 믿기지 않는 광경에 주위 사람들은 상황을 받아들이지 못하였다.

"내가 뭘 하든 비판만 하고⋯⋯! 이 할망구, 죽어. 죽으라고, 할망구⋯⋯!!"

다음에 움직인 것은 근위대장 피가로였다. 그는 허리에 차고 있던 양손검이 아니라 단검을 뽑았다. 그리고 그것을 뒤에 있던 프리우스의 복부에 꽂았다.

"아닛⋯⋯?!"

프리우스는 피가로의 어깨를 움켜쥐었다.

"배신한 거냐, 피가로⋯⋯!"

"이 나라를 배신한 건 오히려 너겠지."

프리우스의 귓가에 속삭인 피가로는 단검을 옆으로 그었다.

배가 찢어진 프리우스는 피가로에게 기대듯이 쓰러졌다.

제일 앞줄에 있던 디트헬름이 그 광경을 보았다.

"프리우스 님⋯⋯!!"

그것을 시작으로 용병들이 차례로 참석자들을 공격했다. 참모를 맡은 노기사의 목이 찢어지고, 드레스 차림의 귀부인이 가슴에 칼을 맞았다. 비명과 절규가 예배당에 울렸다.

오무라는 발밑에 쓰러진 할머니의 등에 단검을 내던졌다.

"하아⋯⋯!! 속이 다 후련하군!!"

오무라는 정면 문에서 복도로 나가서 쌍바라지 문에 손을 댔다. 닫히기 전에 살육이 행해지는 예배당을 둘러보았다. 제단 앞에는 프리우스가 엎드린 자세로 쓰러져있었다. 제단으로 이어지는 얕은 계단은 프리우스의 몸에서 흐른 선혈로 젖어 있었다.

"잘 가시오, 형님! 뢰베는 나에게 맡기고!"

오무라는 웃으며 작별인사를 하고 문을 닫았다.

스노우화이트는 아버지가 죽는 것을 눈앞에서 목격하고 혼란에 빠진 상태였다.

그 작은 몸을 디트헬름이 안아 들었다. 정면의 문은 닫혔다. 그것 외에 밖으로 나가는 문을 찾았다. 눈에 들어온 것은 예배당 벽에 있는 네 개의 창문. 네 장의 스테인드글라스였다.

"잠깐만 기다려라……!"

디트헬름은 한 차례 스노우화이트를 내려놓고 참석자들이 앉아 있던 긴 의자를 들어올렸다. 그리고 그것을 힘껏 스테인드글라스에 후려쳤다.

요란스러운 파괴음이 울리고 색색의 유리조각이 튀었다.

창밖에는 해자가 있어서 의뢰로 높낮이가 크다. 두려워하는 디트헬름의 귀에 피가로의 목소리가 들렸다.

"스노우화이트는 어디 있나!!"

망설일 틈은 없었다. 디트헬름은 넋 놓은 스노우화이트를 다시금 안고서 창밖으로 몸을 던졌다.

성벽을 미끄러져 내려가서 등부터 더러운 물에 빠졌다. 충격으로 숨이 막혔다.

"괜찮니, 스노우화이트······? 다친 데는 없고?"

스노우화이트는 품 안에서 몸을 굳히고 입술을 떨고 있었다.

"누가 도망쳤다!" "놓치지 마라!" 그런 목소리가 머리 위에서 들려서 디트헬름은 올려다보았다.

용병들이 깨친 창문을 통해 내려다보고 있었다. 수염 많고 험악한 남자들 사이에 피가로의 모습도 있었다.

몇 명이 창틀을 뛰어넘으려고 몸을 내밀기 시작하여서, 디트헬름은 물보라를 일으키며 달렸다. 해자를 나가서 마구간에서 말을 빼앗고 무턱대고 거리를 내달렸다. 몇 번이나 뒤를 돌아보며 추적자가 없는지 확인했다. 품 안에는 스노우화이트가 있다. 몸을 웅크리고 떨고 있었다.

그 손에 쥔 사과색 리본은 테레사리사에게 받은 것이다. 너무 세게 움켜쥐어서 엉망으로 일그러져 있었다.

6

'피의 혼례'에서 사실 무슨 일이 있었는가──일의 진상을 스노우화이트는 담담히 말했다.

논리정연하게 하는 말에 버드는 가만히 귀를 기울였다.

빗발이 거세졌다. 빗소리에 지지 않게 스노우화이트는 목청을 높였다.

"──그러니까 테레사리사는 마녀가 아닙니다. 오무라 뢰베의 책략에 이용당한, 가여운 왕비입니다. 그러니까."

스노우화이트는 깊이 고개를 숙였다.

"부탁합니다. 우리에게 힘을 빌려주세요. 테레사리사를 구해
주세요."

뒤에 선 디트헬름도 뒤따르듯이 고개를 숙였다.

버드는 팔짱을 꼈다. 너무나도 작은 의자 등받이에 몸을 맡기
고 턱수염을 쓸었다.

"구한다는 말은 감옥을 깨뜨리고 데려오라는 의미입니까?"

"그렇습니다."

스노우화이트는 고개를 들고 다시금 버드를 바라보았다.

"여기에 있는 디트헬름은 계속 테레사리사를 감옥에서 꺼낼 기
회를 찾았습니다. 어제도 〈철의 감옥〉에서 성으로 이송된다는
이야기에 구해낼 기회가 있을지도 모른다고 보았습니다."

어젯밤, 디트헬름 또한 말을 타고 짐마차를 뒤쫓았던 것이다.

"하지만 테레사리사가 탄 마차에서는 이미 누군가가 싸우고 있
었다. 그 도적은 누구였을까. 디트헬름이 사고처리를 위해 모인
기사들의 대화를 엿들었더니, 아무래도 캠퍼스펠로우의 '검둥
개'라는 모양이라고."

스노우화이트는 뜸을 들었다.

"〈유폐탑〉에 들어간 테레사리사를 구하는 것은 간단하지 않습
니다. 디트헬름 혼자서는 어려울지도 모릅니다. 하지만 검둥개
씨가 도와준다면 분명……."

"스노우화이트 공주님."

버드는 조용히 물었다.

"어젯밤에 우리가 왜 왕비 테레사리사를 빼앗으려고 했는지 아십니까?"

"캠퍼스펠로우 분들은 마녀를 사러 왔다고 들었습니다."

"예, 그렇습니다. 그녀를 마녀로 보고 빼앗으려고 했습니다."

그런데 그녀는 마녀가 아닌 모양이다──버드는 그렇게 말을 이었다.

"그럼 우리가 여기에 있을 의미가 없지요. 실은 이미 돌아가려고 하던 참입니다."

"기다려주세요."

스노우화이트는 매달리듯이 말했다.

"분명히 테레사리사는 마녀가 아닙니다. 하지만 왕비입니다."

그러면서 테이블 위로 시선을 내렸다. 그 눈동자가 흔들리고 있었다.

생각하는 거겠지. 어떻게 말해야 버드를 붙잡을 수 있을지──.

"왕비를 구해주시는 거니까 사례는 하겠습니다. 많이. 그러니까──."

"하지만 지금 당신이 그 사례를 얼마나 준비할 수 있을까요?"

그 질문은 냉혹함을 띠고 스노우화이트를 꿰뚫었다.

"우리의 메리트는 무엇입니까, 공주님? 성을 잃고 쫓기는 몸이 된 당신에게 은혜를 베풀어서 캠퍼스펠로우에 어떤 이득이 있을까요?"

"하지만 약속하겠습니다. 내가 다음 사자왕이 된다면 반드시──."

"아쉽지만 그건 어렵죠."

버드는 고개를 내저었다.

"오무라 뢰베 공이 왜 마녀재판 같은 광대극을 시작하려 하는
가── 틀림없이 다음 사자왕의 자리를 노리고 있기 때문입니
다. 재판에서 '사자왕 살해'의 죄를 왕비 테레사리사에게 씌우
고, 자신은 형을 잃은 비극적인 동생을 연기하려는 겁니다."

버드는 천천히 설명했다.

어조는 부드럽지만, 그가 보여주는 현실은 스노우화이트에게
힘든 것이다.

"그리고 그 계획은 지금 순조롭게 진행 중입니다."

"……."

"진실이 어찌 되었든 세간에서 보면. 왕비 테레사리사에게 유
죄를 언도하는 오무라는 슬픔을 뛰어넘어서 형의 복수를 하는
비극의 주인공이 되겠지요. 다음 '사자왕'으로 어울리는 것은
그라고 여겨질 겁니다. 반대하는 자는 없습니다. 왕의 측근은
'피의 혼례'에서 모두 죽었고, 또 한 명의 후계자인 당신은 그 생
사조차 알 수 없는 상태니까요."

"하지만 나는……."

스노우화이트는 목소리를 쥐어짜지만, 말이 이어지지 않았다.
똑바로 버드를 바라보던 눈동자가 촉촉해지고, 입술을 꾹 다문
스노우화이트는 다급히 고개를 숙였다.

숨길 수 없는 눈물방울이 뚝 하고 테이블에 떨어졌다.

"……."

방에 빗소리가 가득했다.

잠깐의 침묵 뒤, 스노우화이트는 떨리는 목소리로 말했다.

"부탁드립니다. 언젠가 반드시…… 사례하겠습니다. 그러니까……."

"이야기 도중입니다만."

버드는 일어섰다.

"잠깐 휴식하도록 하겠습니다. 롤로, 따라와라."

"예."

뒤따르는 롤로를 데리고 버드는 방을 나섰다.

비즈가 이어진 포렴을 헤치고 밖에 나왔다. 싸늘한 바깥공기에 몸이 움츠러들었다.

어둑어둑한 처마 밑에서 팔짱을 낀 버드는 입을 열자마자 롤로에게 물었다.

"아주 듬직한 아이로군. 저게 정말로 여덟 살인가?"

"사자왕이 죽지 않았으면 언젠가 델리리움 님과 필적하는 공주님으로 자랐을지도 모릅니다."

"어쩌면 델리를 능가할지도 모르겠군. 여덟 살 때의 나는 콧물이나 흘리면서 뛰어다녔는데. 눈앞에서 아버지가 살해당하는 일을 겪으면 다시 일어설 생각도 안 들 거야."

하지만 스노우화이트는 당차게 행동하고 있다. 그것만이 아니라 떠올리고 싶지도 않을 '피의 혼례'의 자세한 내용을 꼼꼼히 말해 주었다.

"대단한 수로군……."

버드는 턱수염을 쓸며 끄덕였다.

"우리와 교섭하려면 사건의 진상은 저 아이의 입으로 말해야만 해. 그 뒤에 선 사냥꾼으로는 안 되지. 보다 비극적인 저 아이가 당차게 행동하면서 눈물을 견디며 도움을 청하지 않으면, 보통은 위험을 감수하면서 남을 도우려고 하지 않지."

"동정을 끌기 위해서입니까?"

"동정을 끌어서 우리를 이용하기 위해서."

버드는 큭큭 소리 내어 웃었다.

"정말 대단해. 우리를 움직이기 위해 자기를 어떻게 쓰는 게 효과적인지 아주 잘 알고 있잖아. 저 아이는 자기 자신의 가치를 재어서 교섭하고 있다. 하지만 마무리가 부족하군."

버드는 중얼거렸다.

"내가 아무것도 짊어진 게 없는 아저씨라면 저런 애가 울며 부탁하면 뭐든지 들어주고 싶어지겠지만, 애석하게도 일은 그렇게 돌아가지 않아. 영주를 상대로 정에 호소하다니 어리석은 생각이야. 국가 간의 교섭이라면 일단 상대의 이익을 제시해야 하지."

"캠퍼스펠로우의 이익……입니까."

"그래. 우리가 마녀를 사러 온 것까지 알고 있다면 '왕비 테레사리사는 틀림없는 마녀입니다. 빼앗아야 합니다.'라고 꼬드기면 돼. 그렇게 우리가 왕비를 빼앗아서 화형을 회피했을 때 우리를 배신하고 왕비를 데려간다……라든가."

"하지만 우리는 왕비가 마녀가 아니라는 것을 이미 알고 있습니다."

"그래. 그러니까 혹시 저 공주가 그런 교섭을 꺼내거든 당장이라도 자리를 뜰 생각이었는데."

"못되셨군요."

"멍청아. 안 그래선 나라를 지킬 수 없다."

버드는 흥 하고 콧방귀를 뀌었다.

집 앞의 광장에서는 빼빼 마른 아이들이 빗속에서 웅덩이의 물을 튀기며 놀고 있었다. 버드는 아이들을 멍하니 바라보았다.

"나는 말이다. 처음부터 누군가의 힘에 기대려는 인간이 싫다. 남을 교묘히 꼬드겨서 자기는 위험을 감수하지 않고, 남의 힘을 이용해서 일을 해내려는 녀석은 반드시 실패한다. 각오가 부족하니까."

"……."

"하지만 저 공주에게는 각오가 있었다. 우리 힘을 이용하는 게 저 어린 공주가 지금 할 수 있는 최선의 싸움이겠지. 아비를 잃은 자신의 처지를 이용하여, 떠올리고 싶지 않은 것까지 이야기하고, 최선을 다해 동정을 유발했다. 그 눈물은 연기가 아닐 거다."

마지막에 스노우화이트가 흘린 눈물은 정에 호소하기 위한 수단이 아니라 버드를 설득할 수 없는 스스로의 한심함을 한탄한 것이었다.

잠시 침묵하던 버드는 자신 없게 롤로에게 물었다.

"연기는, 아니었지?"

"그게 연기였다면 소름 끼치겠군요."

"연기였다면 난 홀라당 넘어간 걸 테니까. 완패야."

올려다본 하늘에는 어둑어둑한 구름이 깔려 있었다.

"어차피 이렇게 비가 오면 바로 뢰베를 뜰 수는 없겠군. 비가 와서 유일하게 다행인 거라면 재판 후에 바로 화형을 치를 수는 없다는 점이야."

버드는 크게 한숨을 쉬었다.

"재판이 끝난 뒤, 왕비의 처지는 어제와 달라진다. 다음 사자왕이 될 터인 오무라가 직접 판결을 내린 죄인을 빼앗는다면, 으음……. 뢰베와의 관계 악화는 피할 수 없군."

아마도 스노우화이트의 신병도 캠퍼스펠로우에서 보호하게 되겠지. 메리트는 없는데 리스크만 크다.

"시메이가 들으면 졸도하겠지?"

"'제정신이십니까?! 주군!'"

"오오. 너 제법 비슷하잖아."

잠시 둘이서 나란히 빗소리를 들었다.

빗소리에 슬쩍 숨기듯이 버드는 명령을 내렸다.

"빼앗을 수 있겠나, 롤로."

"알겠습니다."

롤로는 시선을 내리고 답했다. 그 모습에 버드는 평소와 다른 것을 느꼈다.

"너…… 기쁜 모양이군."

"아뇨, 개는 의견을 말하지 않습니다."

"거짓말하긴. 넌 이렇게 될 줄 알고 나를 여기로 데려온 거지?"

"글쎄요."

롤로는 시선을 돌렸다.

그 살짝 말린 흑발을 버드가 거칠게 헝클었다.

"주군을 부려 먹고 말이야. 건방진 녀석일세."

버드는 그러면서 방으로 돌아갔다.

롤로 또한 그 뒤를 쫓아서 비즈로 된 포렴을 지나갔다.

스노우화이트와의 회담을 마치고 버드와 롤로는 말에 탔다.

빗속에서 둔두그의 집을 뒤로하려던 롤로를 불러 세우는 목소리가 있었다.

"검둥개."

그렇게 말하며 처마 밑에서 나온 것은 디트헬름이었다. 비에 젖어서 말에 올라탄 롤로의 옆까지 달려왔다.

"왜 그럽니까?"

"내릴 필요는 없다. 들어줘."

말에서 내리려는 롤로를 디트헬름은 손으로 제지했다. 그는 나무상자를 들고 있었다.

"이건…… 사자왕에게 맡은 것인데——."

디트헬름의 말에 따르면. 뢰베 왕국에서는 하지 축제일에 그해의 운세를 점치는 풍습이 있다고 한다. 거북이 등딱지를 두들겨 금을 내고, 그 모양에서 길흉을 점친다는 것이다.

이것은 의식적인 의미가 강해서 적중률이 그리 높지 않았다.

보통은 프리우스나 주위 사람들도 점괘의 결과에 마음 쓰는 일은 없다.

다만 올해는 점술사의 얼굴이 창백해지는 결과였다고 한다.

──왕의 몸에 뭔가 좋지 않은 일이 일어날지도 모릅니다.

프리우스는 그 결과를 웃어넘겼지만, 그래도 마음 한곳으로는 담아두고 있었던 모양이다. 어느 날 디트헬름을 불러서 상자 하나를 맡겼다.

"왕은 혹시 자기 몸에 무슨 일이 생기거든 이걸 왕비님에게 주라고 나에게 말씀하셨다."

디트헬름은 두 손으로 든 상자로 시선을 내렸다. 상자 뚜껑이나 측면에는 파도 모양이 새겨져 있었다. 자물쇠로 잠겨서 열 수 없게 되어 있었다.

"나는 계속 왕비님에게 이걸 드리려고 했다. 하지만 〈철의 감옥〉에는 접근할 수 없었다. 기사가 너무 많아서 이송 중인 짐마차를 습격할 수도 없었다. 하지만 너라면 〈유폐탑〉에 갇힌 왕비님에게도 손이 닿는다──."

디트헬름은 롤로에게 상자를 내밀었다.

"너에게 맡길까 한다. 부탁한다. 왕비님에게 전해다오."

"……."

롤로는 의견을 묻듯이 버드를 보았다. 버드가 한 차례 고개를 끄덕이자 말 위에서 상자를 받았다.

"안에는 뭐가 있습니까?"

"나는 모른다. 하지만 왕비님에게는 매우 중요한 것이다. 왕은 그렇게 말씀하셨다."

롤로는 상자를 흔들어보았다. 덜그럭 하고 뭔가가 안에서 부딪치는 소리가 났다.

7

"비는 좋아. 마음이 슬퍼지니까."

스테인드글라스에 떨어져서 흐르는 물방울을 멍한 눈동자가 쫓아갔다.

청색이나 녹색이나 오렌지색 광채가 소녀의 얼굴을 비추었다. 나이는 10대 후반 정도. 수도녀가 즐겨 쓰는 여성용 두건, 윔플을 머리에 덮어썼다. 입고 있는 수도복의 소맷자락은 손가락이 다 가려질 정도로 길고, 옷자락은 하얀 다리가 드러날 정도로 짧았다.

얼굴에는 코 위를 가로지르는 'conviction(단죄)' 라는 글자가 적혀 있었다.

소녀는 '피의 혼례' 의 무대가 된 예배당의 창가에 서 있었다. 고작 11일 전, 사자왕과 그 신하 등, 50명이 넘게 학살당한 현장이다.

식에 사용된 의자는 모두 철거되었다. 핏자국은 닦아내고 융단도 교체하였다. 스테인드글라스가 끼워진 네 개의 창문 중 깨진한 장은 나무판자로 막았지만, 예배당으로는 충분히 사용할 수있다.

하지만 그 참극은 아직 기억에 선명해서, 예배당을 제 발로 기꺼이 찾는 자는 적었다.

그렇게 꺼림칙한 예배당 중앙에 지금은 둥근 테이블 하나가 덩그러니 놓여 있다. 테이블 위에는 접시 가장자리에 향신료를 담은 닭 통구이나 야채를 듬뿍 넣은 수프, 여러 종류의 빵이 있고, 네 개의 의자에는 세 사람이 착석해 있었다.

"어이, 페로캑터스! 자리에 앉아라, 이 자식! 식사 중이다."

자리에 앉은 키 큰 남자가 창가의 소녀에게 외쳤다.

처진 눈가에 높게 솟은 코. 20대 후반의 남국 출신. 뚜렷한 이목구비에 다박수염이 어울렸다. 다만 그 얼굴에 쓴 백발 가발만이 위화감이 넘쳐서 부자연스러웠다. 양쪽 귀의 위에서 머리칼이 말린 그 가발은 재판관이 정장으로 쓰는 것이다.

남자의 부름에 수도녀 페로캑터스는 힐끗 테이블을 바라보았을 뿐이지 무시했다.

남자는 놋쇠 컵을 손에 들고 의자를 쓰러뜨리며 일어섰다.

"어이, 이 자식, 지금 무시했겠다, 페로! 나는 식사 중에 의미 없이 자리를 뜨는 녀석이 이 세상에서 제일 싫어! 자리를 뜨지 말라고!"

"당신도 일어섰잖아, 라지니."

테이블을 사이에 두고 남자의 맞은편에 앉은 여자가 말했다.

챙이 큰 부인용 모자를 쓰고 칵테일드레스를 입었다. 모자도 드레스도 어둠처럼 새까만데, 팔꿈치까지 오는 장갑만이 눈부실 정도로 하얗다. 입술에는 새빨간 연지를 발랐다. 젊은 여자처럼

도 보이지만, 눈가에 붕대를 몇 겹으로 감아서 얼굴 전체를 볼 수 없었다. 어떻게 시야를 확보하는지도 수수께끼다.

"하지만 말이지, 아네모네."

라지니는 테이블에 두 손을 짚고 호소했다.

"이런 건 가만히 있을 수 없어. 녀석은 식사 중에 자리를 뜨고 선배인 내 말을 무시했다고? 어이, 이렇게 슬픈 일이 있겠냐? 저 녀석은 나를 존경하지 않아!"

"어쩔 수 없잖아. 저 애는 선생님 말밖에 듣지 않으니까."

"싫어, 나는 존경받고 싶다고!"

페로캑터스는 여전히 스테인드글라스 옆에 선 상태.

"아아……. 슬픈 기분이 마음에 쌓여."

감상에 젖은 듯 검지로 유리를 훑었다.

"아아……. 태어나. 태어날 것 같아."

"어이, 페로캑터스. 듣고 있냐, 쨔샤! 나는 존경받고 싶다고!"

"닥쳐!!"

페로캑터스의 목소리가 예배당에 울렸다.

"지금 좋은 노래가 태어날 것 같다고!"

"닥치라고?! 웃기고 있네, 넌 노래 못 해! 절대로 노래 못 할 거다. 얼른 자리에 앉으라고, 얼간아!"

순간 충만한 충동에 쫓기듯이 페로캑터스는 노래를 불렀다.

"얼른~ 자리에 앉으라고~ 얼간아아아아 ♪"

"하다못해 슬픈 기분으로 불러, 이 쨔샤!"

계속 노래하는 페로캑터스와 욕을 퍼붓는 라지니.

아네모네는 자리에 앉은 또 한 명의 인물에게 미소를 보냈다. 왕제 오무라 뢰베다.

"그렇지? 말했잖습니까. 이 사람들과 점심식사를 함께해서 좋은 일은 없다고. 마음이 울적해지지요?"

"아니아니……."

오무라는 억지로 미소를 지었지만, 그 표정은 어색했다.

"유쾌한 점심이라 실로 즐겁습니다……."

"으음! 뢰베 공."

아네모네가 붕대로 보이지 않을 터인 시선을 오무라의 어깨로 보냈다.

"어머, 카멜레온이죠? 귀여운 장식품이군요."

그렇게 말하며 붉은 입술을 핥는 아네모네. 오무라의 어깨에 앉은 카멜레온은 위험을 감지했는지, 오무라의 옷 색깔인 금색에 동화해서 숨으려고 했다.

"어머머……?"

아네모네의 기분이 상하기 전에 오무라는 다급히 화제를 바꾸었다.

"하지만! 여러분에는 크게 감사하고 있습니다. 마녀재판은 역시 재판관 여러분 없이 할 수 없으니까요. 하지만 점심식사의 장소…… 정말로 여기로 괜찮습니까?"

식사는 원래 〈영빈실〉에서 할 예정이었는데, 그 직전에 예배당에서 먹고 싶다고 말을 꺼낸 것은 바로 아네모네다. 오무라로서는 그 의도를 알 수 없었다.

"여기, 멋지지 않나요?"

아네모네는 나이프와 포크로 닭다리를 가르면서 대답했다.

"왕을 지키지 못하고 안타깝게 스러진 기사들의 원념이 들릴 듯해서, 뭐라고 할까…… 오싹오싹하네요."

손가락을 가볍게 뺨에 대고 황홀한 표정을 하는 아네모네. 포크에 꽂힌 닭다리를 입으로 가져가나 싶더니 포크를 휘둘러서 바닥에 버렸다.

행동의 의미를 알 수 없다. 오무라는 가만히 테이블 아래를 엿보았다. 바닥에 떨어졌을 터인 닭고기는 어디에도 없었다. 의미를 알 수 없어서 "하하……"라며 쓴웃음을 지었다.

"어찌 되었든 오늘의 마녀재판에서는 거듭 잘 부탁드립니다. 평소와 달리 여러모로 힘드실 테지만——."

"힘들 건 없어. 판결은 이미 정해졌으니까."

라지니가 의자를 세우고 털썩 앉았다. 닭고기를 손에 쥐더니 접시 가장자리에 쌓인 향신료의 산에 처박았다. 과도하게 향신료가 묻은 닭고기를 입에 덥썩 물고 우물거렸다.

"예. 왕비 테레사리사는 유죄. 그다음은 증언자들의 이야기를 대충 흘리고 끝, 이지요."

아네모네는 포도주를 컵에 따랐다. 왼손에 들린 컵과 오른손에 들린 포트의 거리가 멀다. 마치 폭포처럼 쏟아진 포도주는 넘치기 직전에 멎었다.

"선생님……."

멍하니 중얼거린 것은 페로캑터스였다. 어느새 테이블 옆으로 돌아왔기에 오무라는 깜짝 놀랐다. 페로캑터스는 얌전히 자리에 앉았다.

라지니는 검지를 세웠다.

"아, 그렇지. 이것도 말해 볼까. 왜 너희는 재판관의 옷을 입지 않지?"

라지니는 닭고기 기름으로 번들거리는 손가락으로 아네모네와 페로캑터스를 가리켰다. 두 사람은 평소 복장인데, 라지니만 방에 준비된 재판관의 법복으로 갈아입은 모습이었다.

아네모네는 포도주를 찰랑찰랑하게 따른 컵을 우아한 손길로 들어올렸다. 키스하듯이 붉은 입술을 컵 가장자리로 가져가서 한 모금 마셨다.

"반대로 묻겠어. 왜 당신은 입었어? 안 입어도 되잖아?"

그렇게 말하고 컵에 남은 포도주를 바닥에 좌악 버렸다.

오무라는 또다시 아네모네의 발밑을 엿보았다. 하지만 포도주로 젖어야 할 바닥은 전혀 젖지 않았다. 액체를 흘린 흔적도 남지 않았다. 포도주는 어디로 사라진 걸까. 왜 이 여자는 기껏 잘 차린 요리를 버리는 걸까. 역시 의미를 알 수 없다.

"……??"

"아니, 보통은 입어야지. 이런 걸 준비해 주면 말이야! 이걸 보라고."

라지니는 다시 일어서서 두 팔을 벌려 의상을 보였다. 의자가 소리를 내며 쓰러졌다.

펠트를 금실로 정성스럽게 바느질한 겉옷은 딱 보기에도 고급스럽지만, 역시나 옷자락이 너무 길었다. 목부터 무릎 아래까지 오는 겉옷의 단추를 라지니는 예의도 바르게 전부 채웠다.

"이거 단추가 28개나 있었다고! 입느라 고생했으니까. 28개라고?! 제정신이 아니야. 열네 개 채웠을 때, 아직도 절반이나 남았나 싶어서 정신이 아득해졌어."

"저기, 뢰베 공. 저거, 안 입어도 별로 상관없지요?"

"어어……. 뭐, 일단 방에 준비시켰을 뿐이니까……."

대체 뭐라고 대답해야 양쪽의 분노를 사지 않을 수 있을까.

오무라는 이마에 흐르는 진땀을 손수건으로 닦았다.

"뭐어?! 안 입어도 되는 거냐. 난 입었다고. 너희도 입어!"

"시끄러워. 그럼 벗으면 되잖아."

"싫어. 이거 단추가 28개나 있단 말이야!"

실랑이를 벌이는 두 사람 사이에서 페로캑터스는 닭 통구이를 바라보았다.

왜인지 조금 울고 있었다.

"하아……. 선생님을 만나고 싶어."

"아, 그렇지." 오무라는 또 억지로 화제를 바꾸었다.

"선생님은 아직…… 안 오시는 겁니까?"

재판관은 한 명 더 있다. 아직 모습을 보이지 않았지만, 선생님으로 불리는 그는 그나마 말이 통하는 사람이었는데——.

"안 옵니다."

아네모네가 태연하게 말했다.

"선생님은 식사 자리네 만찬이네 하는 사교장에는 안 오십니다. 연구자 기질의 실내파니까요."

"아하……. 그렇습니까."

"또 재판관도 사퇴하시는 모양입니다. 선생님은 재미없는 일을 하지 않으시니."

"네에?! 그럼 뭘 위해 불렀는지……."

"괜찮습니다. 우리가 있지 않습니까. 재판 같은 건 간단, 간단."

"하아……."

오무라는 불안이 가득한 기색으로 대답했다. 테이블 맞은편에서는 페로캑터스가 닭 통구이에 나이프나 포크를 찌르며 놀고 있었다.

점심식사가 끝나고 재판관들이 예배당을 나가자, 재빨리 테이블이 정리되었다. 메이드들이 바쁘게 수레에 식기를 실었다.

어느 메이드가 컵 손잡이를 집어서 들어올렸다. 그러자 손잡이가 뚝 하고 떨어지고, 컵에 남아있던 포도주가 테이블 위에 흩어졌다.

"아, 죄송합니다."

"아니, 일을 늘리지 마."

선배 메이드가 투덜대면서 접시를 들었다. 그러자 그 접시의 절반이 우수수 부스러져서 테이블 위에 떨어졌다. 접시는 마치 가열한 치즈처럼 녹아있었다.

"어……!"

식기가 이렇게 부서지는 것은 여태껏 본 적이 없었다. 메이드들은 놀랐다.

　녹은 것은 접시나 컵 손잡이만이 아니었다. 은스푼이나 뼈를 담는 항아리 가장자리, 그 안에 있는 닭뼈까지 녹았다. 쓰러진 의자의 등받이 부분 등은 금장식이 완전히 문드러져서 못 쓸 지경이 되었다.

8

　저녁 무렵. 왕비 테레사리사의 마녀재판은 〈왕좌의 방〉에서 치러졌다.

　방 좌우에 방청석이 마주 보듯이 계단형으로 설치되고, 거기에 많은 사람들이 앉아 있었다. 시장이나 구역장 같은 도시 관리들과 항구를 거점으로 하는 길드의 우두머리나 시장을 관리하는 무역상 등의 모습도 있었다.

　방청석 한쪽이 뢰베 시의 관계자석이고, 다른 한쪽이 외국인석이다. 뢰베의 이웃나라 공족들에 섞여서 캠퍼스펠로우의 요인들도 거기에 앉아 있었다. 버드, 시메이, 에델바이스가 나란히 착석하고, 그보다 한 단 윗자리에 롤로와 하틀랜드가 델리리움을 사이에 두고 앉았다.

　정면 문에서 왕좌 앞에 놓인 피고인석까지, 방청석 사이에 설치된 통로에는 긴 융단이 깔렸고, 그 양옆에는 횃불이 같은 간격으로 세워져 있었다. 이글이글 타오르는 불길이 방에 열기를 채웠다.

사람들은 재판이 시작되는 것을 이제나저제나 하고 기다리고 있었다.

　"롤로. 수도녀가 있어."

　델리리움이 롤로에게 작게 속삭였다.

　"혹시 마술사일까? 하지만 뢰베에 마술사는 없잖아?"

　델리리움이 눈짓한 곳은 방의 정면——왕좌로 이어지는 계단 옆이었다. 롱테이블이 놓여 있고 세 명의 재판관이 착석해 있다. 한가운데 앉은 소녀는 분명히 윔플을 쓴 수도녀의 모습을 하고 있었다.

　롤로는 눈을 가늘게 떴다.

　"이 재판은 루시 교의 마녀재판을 모방해서 한다는 모양이니까요. 저 재판관들도 마술사 흉내를 내고 있는 게 아닐까요……? 저기 가발을 쓴 남성은 정말로 재판관이란 느낌입니다."

　소녀 옆에 앉은 젊은 남자는 귀 위에서 털실이 돌돌 말린, 그야말로 재판관다운 백발 가발을 쓰고 있었다. 다만 그 반대편에 앉은 여성은 온몸을 새까만 드레스로 감싸서, 공족 귀부인 같은 모습이었다. 챙이 넓은 모자 때문에 알기 어렵지만, 눈에 붕대를 감은 듯했다.

　"왠지 안 어울리는 사람들이야."

　재판장 위치에 있는 왕좌에는 오무라 뢰베가 앉았다.

　그 아랫단에는 금색 판금갑옷을 장비한 피가로가 있다. 손도끼에 어깨를 다쳐서 오른팔을 삼각두건으로 묶었다. 왼손으로 뽑기 쉽도록 하기 위해서일까, 검은 허리 오른쪽에 차고 있었다.

롤로는 오무라의 사병인 〈해골과 전갈단〉을 경계했지만, 방 어디에도 그 모습이 보이지 않았다. 오늘 이 〈왕좌의 방〉의 벽 쪽에서서 경비하는 것은 금색 갑옷을 입은 근위병들이었다.

성 밖에서 종소리가 울렸다.

방의 정면 문이 엄숙하게 열렸다. 방청석의 사람들은 잡담을 멈추고 숨을 삼켰다.

문 너머에서 모습을 보인 것은 피고인 테레사리사였다. 다갈색 로브를 입고 후드를 깊게 눌러썼다. 그리고 이송할 때와 마찬가지로 그 얼굴에는 눈과 귀와 입을 막는 '성녀의 가면'이 씌워져 있었다. 손목은 돌차꼬로 고정되었고, 거기서 이어진 사슬을 선도자가 끌고 있었다.

그 선도자는 기사가 아니었다. 부리 달린 가면으로 얼굴 전체를 가린 기묘한 인물이었다. 이것도 마술사를 본뜬 연출일까. 챙 있는 모자를 쓰고 로브를 둘렀다.

부리 가면의 선도자에게 이끌려서 테레사리사는 방청석 사이의 융단 위를 걸었다. 찰그락──하고 사슬 스치는 소리가 났다.

"이 마녀!"

방청석에서 목소리가 일었다.

"사자왕을 죽인 년!" "뢰베에서 나가라!"

"화형이다!" "얼른 죽여!" "재앙이다! 죽여라!"

사람들은 저마다 테레사리사에게 욕설을 퍼부었다.

사자왕의 죽음에 한탄하는 사람들의 말일까, 누군가의 증오가 전염되었을까, 혹은 단순한 도취일까. 어쨌든 '성녀의 가면'으로 귀가 막힌 테레사리사에게는 들리지 않는다. 그래도 욕설은 테레사리사가 피고인석에 도달할 때까지 계속되었다.

선도자가 테레사리사의 돌차꼬에 이어진 사슬을 피고인석 가장자리에 연결했다.

"정숙하시오!"

재판장을 맡은 오무라가 일어서서 외쳤다.

"지금부터 개정되는 것은 '사자왕 살해'를 가리는 신성한 재판입니다. 여러분, 입을 다물어주십시오. 정숙하십시오!"

방에 정적이 돌아온 뒤에 오무라는 피고인석 옆에 선 선도자에게 신호를 보냈다.

선도자가 테레사리사의 로브를 벗겼다. 방청석에 술렁거림이 일었다. 이것 또한 연출일까, 테리사리사는 드레스를 입고 있었다. '피의 혼례' 당일에 입었던, 잘 익은 사과 같은 빛깔을 띤 드레스였다.

'성녀의 가면'이 벗겨졌다. 얼굴을 드러낸 테레사리사는 주위를 노려보았다.

돌아보는 그녀의 붉은 눈동자를 보고 방청석의 이들이 다소 술렁거렸다.

"정숙! 정숙!"

왕좌에 앉은 채로 오무라는 다시금 소리쳤다.

테레사리사의 분노로 가득한 눈동자는 왕좌의 오무라를 향하였다.

"왕비 테레사리사. 당신에게는 마녀 혐의가 있는 모양입니다."

피고인석 앞으로 걸어나온 재판관이 물었다.

백발 가발을 쓴 라지니다.

"어떻습니까? 마녀라는 사실을 인정합니까?"

"……."

테레사리사는 처진 앞머리 사이로 오무라를 올려다보았다.

왕자에 떡하니 앉은 오무라는 살짝 끄덕였다── 알고 있겠지? 라는 듯한 뉘앙스를 담고서. 사자왕 프리우스가 아직 살아 있고 자기 때문에 구속되었다고 생각하는 테레사리사에게는 마녀라고 인정하는 수밖에 없다.

인정하면 프리우스가 해방된다고, 오무라가 약속했으니까.

"어떻습니까, 피고인. 인정합니까? 인정하지 않습니까?"

"인정합니다."

방청석이 술렁거렸다.

라지니는 양피지를 손에 들었다.

"지금으로부터 9년 전의 일입니다. 이나테라 공화국의 항구도시 사울로에서. 코르크 생산으로 재산을 모은 다코일 가문 일가족이 저택에서 고용했던 메이드의 손에 학살당했습니다. 살아남은 목격자의 증언에 따르면 당시 열 살 정도였다는 그 메이드는 손거울에서 은색 낫을 만들어냈다고 하며──."

그야말로 마녀, 라지니는 씁쓸하게 중얼거렸다.

"그 소녀는 자홍색 혀를 가졌다고 하여서 '마젠타'로 불리게 되었습니다. 이것은 당신입니까?"

"……."

"아닙니까?"

"인정합니다. 저입니다."

"그럼 여기서 그 마녀재해의 생존자를 부르죠."

라지니가 손을 들었다. 그걸 신호로 재판관석에 있는 검은 드레스의 귀부인 아네모네가 일어섰다. 아네모네는 대기하던 노파의 등에 손을 대어 증언대로 데려갔다.

이마부터 입 근처에 이르기까지 얼굴에 끔찍한 흉터가 있는 노파였다.

증언대는 피고인석의 비스듬히 왼편에 있었다. 피고인석보다도 왕좌에 가깝다.

라지니가 손에 든 양피지로 시선을 내리고, 증언대의 노파에게 물었다.

"증인의 생가 다코일 가문은 코르크 산업으로 성공하여 많은 자산을 얻었다. 하지만 9년 전, 불행히도 마녀재해를 만나서 마녀에게 남편과 저택에서 일하던 사람들을 잃었다. 맞습니까?"

"틀림없습니다."

노파는 떨리는 목소리로 말했다.

"그걸 계기로 다코일 가문은 몰락하고, 당신은 지금 오래된 천을 매매하는 것으로 근근하게 생계를 이어간다고 하는군요. 그렇다면 언제 '마젠타'와 재회했습니까?"

"올해 봄이 끝날 무렵이었습니다. 피가로 킴벌리 님의 부름으로 뢰베를 방문했습니다. 마녀로 의심되는 인물이 있으니까 확

인해 달라고요. 이름은 변했습니다만, 저 끔찍한 붉은 눈동자를
제가 잊을 리가 없습니다."

노파는 테레사리사를 가리키며 재판장인 오무라에게 호소했다.

"저 여자는 재앙입니다. 이번에야말로 이 성에 재앙을 부르려
고 온 것입니다."

"피고인."

라지니는 테레사리사를 향해 거만하게 두 팔을 펼쳤다.

"증인은 이렇게 말하고 있습니다만, 반론은 있습니까?"

"……."

테레사리사는 피고인석 가장자리에 팔을 올리고 고개 숙이고
있었다.

그 어깨는 작게 떨리고 있었다.

"없습니까? 그럼 당신은 어렸을 적에 다코일 가문을 습격했듯
이 이번에는 뢰벤슈타인 성의 재산을 노리고 메이드 사이에 섞
여서 잠입하였다. 그걸 인정하는 거군요?"

"인정합니다."

테레사리사는 여전히 고개를 숙이고 있었다.

"좋습니다. 그리고 재산을 빼앗는 것으로는 부족해서 나라도
빼앗으려고 했다. 이 대국 뢰베를. 그러니까 사자왕을 유혹해서
자신에게 구혼하도록 마법을 걸었다. 인정합니까?"

"인정합니다."

"그리고 결혼식 당일. '피의 혼례' 당일——."

라지니는 피고인석에서 고개 숙인 테레사리사를 바라보았다.

"다코일 부인의 고발을 받은 오무라 뢰베 공에게 마녀임이 폭로되었다. 구속에 저항한 당신은 마법으로 손거울에서 낫을 꺼내어 일단 제일 먼저 대왕대비를 살해했다——."

테레사리사는 고개를 들었다.

"뭐……?"

"그리고 당신은 이어서 사자왕 프리우스 뢰베의 목을 베었다."

테레사리사의 눈이 경악으로 크게 벌어졌다. 그 붉은 눈동자에 라지니가 비치고 있었다.

"인정합니까?"

"무슨 말이야……?"

테레사리사는 입술을 떨었다. 그는 지금 무슨 말을 한 걸까. 잘못 들은 게 아닐까.

"목을…… 베었다? 거짓말이야."

"아니, 거짓말이 아닙니다. 당신이 죽였습니다. 인정하지 않습니까?"

테레사리사는 왕좌의 오무라를 올려다보았다.

"죽였어?"

오무라는 눈썹을 꿈틀거릴 뿐 대답하지 않았다.

테레사리사는 고요해진 실내를 돌아보았다. 사자왕을 흠모하는 중신들이 없다. 기사들이 없다. 대왕대비도. 스노우화이트도. 식에 참석한, 사자왕 프리우스 뢰베에게 충성하는 자들이 하나도 없다. 여기에 있는 것은 오무라 뢰베의 숨결이 닿은 자들.

"설마. 설마……."

테레사리사는 믿기지 않는다는 듯이 고개를 내저었다.

"피고인! 인정하지 않는 겁니까? 당신이 죽인 것을——."

"인정하지 않아. 왜 내가 왕을 죽여?! 내가…… 죽이고 싶은 건!"

테레사리사는 피고인석에서 몸을 내밀었다. 사슬이 스치며 소리가 울렸다.

"너야, 오무라!! 내려와, 비겁한 놈!!"

근위병 둘이 피가로의 신호를 받아서 테레사리사를 제압했다.

"오오, 이렇게 흉할 수가……. 이게 마녀인가?"

왕좌에서 오무라는 비통하게 얼굴을 찌푸리며 테레사리사를 내려다보았다.

라지니는 재판을 진행하였다.

"그럼 다음 증인을 부르죠."

노파와 교대하여 증언대에 선 것은 녹색 두건을 쓴 남자였다. 몸이 마르고 작은, 보기만 해도 심약한 느낌의 중년 남성이었다. 오른손에 가죽부대를 쥐고 섰고, 왼손으로 부대 바닥을 받치고 있었다. 그 손은 희미하게 떨리고 있었다.

라지니가 양피지로 시선을 내렸다.

"이름은 케란조. 예전부터 뢰벤슈타인 성에 들짐승의 고기를 납품하던 사냥꾼이라는군요. 맞습니까?"

"예. 틀림없습니다."

근위병 둘에게 몸을 붙잡힌 채로 테레사리사는 눈썹을 찌푸렸다. 성에 고기를 납품하던 사냥꾼은 디트헬름이다. 저런 남자는 본 적도 들은 적도 없다.

"그럼 케란조. 당신은 〈철의 감옥〉에 투옥된 마녀에게서 어떤 의뢰를 받았다고요?"

"예……. 의뢰라고 할까, 명령 같은 것으로——."

"잠깐."

테레사리사는 피고인석에서 외쳤다.

"나는 몰라. 만난 적도 없어. 저런 남자——."

"피고인은 정숙하길. 증인은 계속하세요. 명령 같은 것으로 무슨 내용인지……?"

라지니는 테레사리사를 제지하고 케란조에게 다음 말을 재촉했다.

"예……. 명령을 거절하면 가족을 저주로 죽이겠다고 해서 도무지 거절할 수 없어서……."

"피고인은 당신에게 뭘 명령했습니까?"

"숲으로 도망친 스노우화이트 뢰베를 죽이라고. 그리고 죽인 증거로 그 심장을 가져오라고……."

"그래서 당신은?"

"죽였습니다."

방청석에 동요가 일고 다소 술렁대기 시작했다. 동요한 것은 테레사리사도 마찬가지였다. 스노우화이트를 죽였다고 남자는 분명히 말했다.

"손에 든 그 부대는 무엇입니까?"

"증거로 가져온 것입니다."

"잠시 봐도 됩니까?"

라지니가 손을 내밀었다.

케란조는 몇 번 고개를 끄덕였다. 증언대를 내려가서 라지니에게 다가갔다. 피고인석 바로 눈앞에서 케란조는 라지니에게 가죽부대를 건네려고 했다.

──그때 라지니의 손이 미끄러져서 가죽부대를 발밑에 떨어뜨렸다.

철벅 하고 돌바닥에 피가 튀었다. 가죽부대 안에서 튀어나온 것은 내장이었다. 피에 젖은 위장과 간장이 바닥에 흩어져서 시뻘겋게 물들였다.

방청석에서 몇 명이 동요하여 일어섰다. 방에서 찢어질 듯한 비명이 울렸다.

조금 전 스노우화이트 본인과 만난 버드와 롤로는 그게 본인의 것이 아니라는 걸 알고 있다. 아마도 무슨 동물의 내장을 담은 거겠지. 하지만 스노우화이트가 살아 있다는 사실을 모르는 방청석의 사람들 눈에는 선혈과 함께 흘러나온 내장이 본인의 것으로 비쳤다.

"거짓말이지……?"

피를 본 델리리움의 얼굴이 창백해졌다.

그리고 사정을 모르는 것은 테레사리사도 마찬가지다. 눈앞에 흩어진 내장에 얼굴을 찌푸리고 다리에서 힘이 빠졌다. 방청석에서 욕설이 날아들었다.

"살인자! 화형에 처해라!" "마녀를 죽여라! 희생자를 더 늘리지 마!"

"유죄다! 유죄다! 유죄다! 유죄다!"

"정숙하시오! 정숙!"

라지니가 방청석을 조용히 만들자, 오무라는 엄숙히 일어섰다.

"더러운 마녀……!"

내뱉듯이 말했다.

"백성에게 사랑받은 왕 프리우스만이 아니라 그 후계자인 스노우화이트 공주까지 해쳤다. 그대가 마녀라는 사실은 명백하다. 너는 호족의 저택만으로는 부족해서 뢰베 왕국도 자기 것으로 만들려고 했다. 그 사악한 야심, 나는 도저히 묵과할 수 없다."

오무라는 크게 두 팔을 펼쳐서 방에 울리도록 외쳤다.

"온 백성에게 묻노라. 이 여자에게 자비를 베풀어서 구해야 하는가?"

방청석은 또 술렁대기 시작했다. 벌을 내려라, 화형에 처해라, 그런 소리가 일었다.

"그럼 단죄해야 하는가? 내가 돌아가신 형을 대신하여——."

오무라는 한 호흡 뜸을 들이고 목소리를 드높였다.

"새로운 '사자왕'이 되어야 하는가?!"

방에 박수소리가 일었다. 오무라는 고개를 끄덕이고 만족스럽게 미소 지었다.

손을 머리 위로 들고 박수가 그치기를 기다린 뒤에 말했다.

"왕비 테레사리사—— 사자왕 프리우스를 죽이고, 공주 스노우화이트를 죽이고, 뢰베를 빼앗으려 한 '거울의 마녀'여. 살아서 사람들에게 불행을 뿌리는 재앙이여. 뢰베를 더 괴롭히는 것은 내가 허락하지 않는다. 재가 되어 정화되어라──."

그리고 한층 크게 외쳤다.

"제19대 사자왕의 이름으로 그대에게 화형을 언도한다!"

다시금 방청석에서 박수갈채가 들끓었다.

방청자의 대부분이 일어서서 새로운 사자왕의 탄생과 왕이 내린 판결을 환영하였다. 캠퍼스펠로우의 일동만이 손뼉을 치지 않고 그것을 지켜보았다.

다리를 꼬고 팔을 얹어서 턱을 괸 버드가 중얼거렸다.

"이런 대규모 희극은 처음 보는군……."

롤로는 방청석에서 피고인석의 테레사리사를 내려다보고 있었다. 생기를 잃은 그 얼굴에 부리 달린 가면의 선도자가 다시금 '성녀의 가면'을 씌우고 있었다.

9

마녀재판이 끝난 직후, 테레사리사는 뢰벤슈타인 성안에 있는 〈유폐탑〉으로 돌려보내졌다. 빗속에서는 불을 피울 수 없기 때문에, 화형은 내일 아침, 비가 갠 뒤에 치러질 예정이다.

그때까지 테레사리사는 〈유폐탑〉 최상층 감옥에 갇혔다.

검둥개가 다시 나타날 가능성을 생각해서 경비는 엄중했다. 탑 입구는 실력 좋은 기사들이 지키고, 탑에는 테레사리사 한 명밖에 투옥되지 않는데도 각 층을 기사들이 정기적으로 순찰을 돌았다.

최상층에 있는 감옥 앞에는 횃불을 켜놓았다. 근위병 부대장이 밤새워 경비를 설 예정이다. 그는 〈철의 감옥〉에서도 계속 테레사리사를 지켜보았던 남자다.

재판에서 테레사리사에게 마녀 자백을 받아내려면, 그 귀에 '사자왕이 이미 죽었다' 는 정보가 들어가면 안 되었다.

그러니까 그가 테레사리사에게 누구도 접근하지 못하도록 감시했다. 근위병 부대장의 머리는 벗겨지고 있었지만, 구레나룻과 턱수염은 덥수룩하니 서로 이어져 있었다. 그의 이름은 로베르트였다.

"뒷일은 부탁한다, 로베르트."

횃불을 손에 든 피가로가 감옥 앞에 선 로베르트에게 말했다. 본래 어깨를 두드리며 격려하고 싶었지만, 횃불을 들지 않은 쪽인 오른팔은 삼각두건으로 묶어두었다.

"검둥개 놈, 나타날까요?"

"글쎄."

로베르트는 어젯밤 마녀 이송에도 참가하였다. 즉, 검둥개의 무서움을 목격하였고 충분히 알고 있다. 기마대 중에서 낙마를 피한 둘 중 하나였다. 다만 그것은 싸우지 않았기 때문. 검둥개의 전투를 가까이서 본 몸으로는 그 남자가 다시금 테레사리사를 노리고 나타난다고 생각하면 아무리 마음을 굳게 먹으려 해도 모골이 송연해졌다.

"아무리 그래도 오늘은 너 혼자로는 불안할지도 모르겠군. 만일을 위해 여기에도 기사를 더 늘리도록 하지."

긴장으로 얼굴이 굳은 로베르트에게 그렇게 말하고 피가로는 발길을 돌렸다.

나선계단을 내려가기 전에 철창 너머를 바라보았다.

감옥 안의 테레사리사는 붉은 드레스 위에 다갈색 로브를 입혀 놓았다. 손목에 이어진 사슬 자체는 벗겨놓았지만, 두 손목을 고정하는 돌차꼬와 얼굴에 씌운 '성녀의 가면'은 그대로였다. 마지막 밤을 테레사리사는 그 상태로 보내게 된다. 다음에 가면을 벗는 것은 내일, 화형에 처하기 직전이다.

피가로의 임무는 그때까지 이 죄인을 놓치지 않도록 감시하는 것. 마녀를 탐내는 캠퍼스펠로우의 검둥개가 어젯밤처럼 빼앗으러 와도 이상하지 않다.

내일 아침까지 인원을 배치하여 감시를 게을리하지 않는다. 검둥개가 탑 안에 한 발도 들어오지 못하게 한다. 하지만 피가로는 몰랐다. 아무리 사람을 배치해도 어둠만 있으면 검둥개는 어디든지 몸을 숨길 수 있다는 사실을. 피가로가 나선계단으로 발을 내디딘 다음 순간──.

감옥 옆, 횃불의 불빛이 닿지 않는 구석에서 검은 그림자가 뛰어나왔다.

검은색 투구에 검은색 장갑을 한 롤로는 소리도 없이 로베르트의 뒤에서 그 목에 팔을 둘렀다.

로베르트는 의식이 멀어지기 직전에 희미하게 신음했다.

탑에 울리는 빗소리에 묻힐 듯 희미한 소리. 하지만 피가로는 반사적으로 왼손에 들고 있던 횃불을 내던졌다. 오른손은 삼각두건으로 묶였기 때문에 쓸 수 없다. 왼손만으로 허리의 검을 뽑고 뒤쪽으로 몸을 돌렸다.

돌아보자마자 가로로 휘두른 검이 계단 위에서 날아든 롤로의 장갑에 맞았다. 충돌한 금속음이 나선계단이 울려 퍼졌다.

"역시 왔나. 검둥개."

"한 손으로 양손검을 휘두르는 건 불편하겠군요."

"얕보지 마라."

피가로는 힘으로 검을 휘둘렀다. 롤로의 장갑을 튕겨내고 곧바로 검을 내리쳤다.

롤로는 머리 위에서 떨어진 검을 쉽사리 피하고, 계단 위에서 피가로의 판금갑옷을 걷어찼다. 피가로는 비틀거리면서 계단을 몇 걸음 물러났다.

"큭……."

"참고로 스콜로펜드라는 한손검입니다. 빌려줄까요?"

"닥쳐라. 얕보지 말라고 말했다."

피가로는 다시금 크게 검을 쳐올렸다. 스텝을 밟으며 계단 위의 롤로를 향해 크게 휘두르는 일격.

롤로는 이것도 간단히 피했지만, 피가로는 뜻하지 않은 행동에 나섰다. 삼각두건에서 오른팔을 빼서 뻗은 것이다. 팔 끝에는 단검이 쥐어져 있었다. 악력은 돌아오지 않았는지 붕대로 동여매서 고정시켜 두었다.

"어차……."

못 쓸 줄 알았던 오른팔을 사용한 공격. 롤로는 아슬아슬하게 몸을 틀어서 피했다.──하지만 그때 허리에 묶어둔 삼베자루가 찢어졌다.

거기서 흘러나온 상자가 텅 소리를 내며 피가로의 발밑으로 굴러갔다. 롤로가 디트헬름에게서 왕비 테레사리사에게 전해 주라고 맡긴 상자다.

피가로는 그걸 내려다보고 미간을 찌푸렸다.

"음⋯⋯? 왜 네가 이걸 가지고 있지?"

"안에 뭐가 있는지 압니까?"

피가로는 왼손에 쥔 양손검의 손잡이를 거꾸로 잡고 그 칼끝을 상자 위로 휘둘렀다. 파괴음을 울리며 상자 뚜껑이 깨졌다. 안에서 나온 것은 손거울이었다.

"역시나⋯⋯. 이건 프리우스 님이 가지고 있었을 텐데."

그 하얀 손거울에는 뱀 장식이 휘감겨 있었다.

감옥 안에 앉은 테레사리사는 어둠 속에 있었다. '성녀의 가면'이 모든 것을 차단하기 때문에 아무것도 볼 수 없고, 아무것도 들을 수 없다. 그저 자기 심장 고동만을 느꼈다.

가까스로 살아 있다. 눈물을 흘리는 눈도, 말하는 입도 막히고. 손의 자유를 빼앗기고, 소중한 이를 빼앗기고. 그런데도 왜──어떻게 살아 있을 수 있지?

갑자기 누군가가 가면을 만져서 테레사리사는 긴장하였다. 가면의 벨트가 잘리고 시야가 트였다. 횃불의 불빛에 얼굴을 찌푸렸다.

"안녕하십니까."

햇불을 들고 눈앞에 무릎을 굽히고 있는 인물은 롤로였다. 투구의 안면 보호대를 올려서 얼굴을 드러내고 있었다.

감옥 문은 열려 있었다. 감옥 앞에는 근위병 부대장 로베르트와 피가로가 쓰러져 있었다.

"착각했습니다."

롤로는 속삭이듯이 말했다.

"'마젠타'의 혓바닥은 자홍색이 아니었습니다. 우리와 똑같이 평범한 색깔. 다만 마법으로 자홍색으로 바꾸었을 뿐이죠?"

"……."

롤로는 허리춤에 찬 삼베자루에서 손거울을 꺼냈다. 뱀 장식이 손잡이에 휘감긴 하얀 손거울을 보고 테레사리사는 동요했다. 버렸을 터인 손거울을 왜 그가 가지고 있을까——.

롤로는 그 신비로운 붉은 눈동자를 바라보았다.

"당신, 사실은 마녀지요?"

손거울 뒤에는 작게 'A.Fygi'라는 이름이 새겨져 있었다.

그것은 길리 부인이 말했던 '마젠타'가 가졌던 손거울이었다.

마녀와 사냥개

Witch and Hound

- Mirror, mirror -

제3장

통곡

1

테레사리사 메이덴이 뢰벤슈타인 성에서 일하기 시작한 것은 약 1년 전. 뢰베 왕국에 흘러든 직후의 일이었다.

18세인 테레사리사는 시내 조합에서 일자리를 찾았다. 급사로 일할 수 있다면 어디든 상관하지 않았다. 작은 저택이라도 상관 없었는데, 여태까지 여러 저택을 전전하며 메이드로 경험을 쌓은 테레사리사의 급사 능력은 다른 메이드와 비교해도 탁월하였다. 조합에서 그 급사 능력을 재는 실력 테스트가 있었고, 거기서 상위급 성적을 거둔 테레사리사는 뢰벤슈타인 성의 메이드장의 눈에 들게 되었다.

성에서 일하는 것은 처음 경험했다. 뜻밖에도 그 생활은 즐거웠다. '무역의 나라'로도 불릴 만큼 사람의 왕래가 많기 때문일까, 급사 동료는 타국 사람인 테레사리사에게도 관대하였고, 많은 사람이 일하는 환경은 여태까지 경험한 저택보다 활기찼다.

여태까지 테레사리사는 이름을 바꾸고 사는 장소를 바꾸어 각지를 전전하며 살아왔다. 마법은 철들 적부터 쓸 수 있었으니까, 그것을 본 사람들에게 재앙이라고 불리며 거리낌을 사는 데는 익숙해졌다.

언제 나타날지 모르는 마술사를 경계하며 팽팽하게 긴장을 늦추지 않는 생활도 일상이 되었다. 다만 평범한 인간의 삶에는 흥미가 있었다.

여태까지 메이드로 고용된 곳에서, 저택에서 일하는 사람들의 행복한 미소를 볼 때마다 신기하게 생각했다. 왜 저렇게 즐겁게 웃을 수 있을까. 아무런 걱정도 없이 살 수 있으니까? 죽고 죽이는 일상과 관계없으니까? 나는 저런 식으로 진심으로 즐겁게 웃은 적이 있었을까.

바라건대, 테레사리사는 인간이 되고 싶었다.

뢰베 왕국은 과거 사수전쟁에서 아멜리아 왕국과도 싸웠던 〈기사의 나라〉다. 마술사의 출입이 금지된 것은 아니지만, 그 숫자는 극도로 적다. 뢰베 성에서 일하고서 테레사리사는 처음으로 작은 안식을 얻었다. 여기라면 인간으로 살고 싶다는 바람이 이뤄질지도 모른다고 생각했다.

그러니까 어느 날 테레사리사는 어릴 적부터 가지고 있던 손거울을 버리기로 했다. 마녀의 마법은 그 손거울을 통해 발현한다. 마녀인 자신을 상징하는 그것을 상자에 넣었다.

자욱한 아침 안개 속에서 테레사리사는 뢰벤슈타인 성을 빠져나가서 도시 외곽의 잡목림으로 향했다. 땅바닥에 판 구멍에 상자를 놓고 흙을 덮었다. 마법은 이제 두 번 다시 쓰지 않기로 맹세하고. 이 나라에서 쓰는 '테레사리사'라는 이름을 마지막 이름으로 하고 싶다고 바라면서.

성에서 일하기 시작한 지 석 달 정도 되었을 무렵, 테레사리사는 성안에서 마음에 드는 장소를 발견하였다. 거기는 성루와 성루를 잇는 성벽 위였다. 인적이 없고 탁 트인 연결통로였다. 일부러 이런 최상층까지 올라오는 이는 좀처럼 없다. 사람들 사이에서 일하는 것도 즐겁지만, 테레사리사는 긴장을 풀고 느긋하게 혼자 보낼 수 있는 시간도 중요했다.

가슴 높이까지 올라온 돌벽에 손을 올리고 수평선 너머로 잠기는 저녁 해를 바라보았다. 거기서 보이는 절경을 좋아했다. 붉은 벽돌로 가득한 뢰베의 시내가 저녁 노을빛으로 물든다. 그 너머에서는 바다의 수면이 햇살을 반사하여 반짝반짝 빛난다.

수평선 너머로 저무는 저녁 해를 독점할 수 있으니까 이 이상의 사치는 없다.

해가 저물기 조금 전부터 아래쪽의 시내에 드문드문 불빛이 켜지기 시작한다. 〈개선로〉 주변은 특히나 밝다. 떠들썩한 밤이 찾아온다.

돌벽 쪽에는 돌로 된 벤치가 하나 놓여 있었다.

테레사리사는 해가 저물면 거기에 앉아서 하늘에 떠오른 달을 올려다보았다.

달은 밤의 어둠을 소리도 없이 녹인다. 옛날 일이 떠올라서 손을 뻗었다.

테레사리사는 어린 시절을 '방랑민'의 캐러밴에서 보냈다. 40명 정도의 무리를 이끄는 두목이 양부모였다.

갓난아기인 테레사리사를 캐러밴이 주웠다고 한다.

그 이야기는 두목에게서 들었다. 어느 폭풍 부는 날 밤. 억지로 산을 넘으려던 마차 한 대가 굴러떨어졌다. 다음 날 아침, 돈 될 것을 찾아서 절벽 아래를 뒤지던 일행은 사체가 굴러다니는 마차 안에서 소리 내어 우는 갓난아기를 발견했다고 한다. 하얀 손거울을 움켜쥔 그 아기가 바로 테레사리사였다.

테레사리사는 '방랑민'의 일원이 되어, 그들과 각지를 전전하며 지내왔다.

정착할 땅도 없이 끝없이 유랑하고, 장사나 흥행을 하는 것이 그들의 삶이다. 도시에서 도시로 이동하는 거리는 엄청나게 길다. 변함없는 바위산의 구릉과 이따금 보이는 선인장과 무수한 말발굽과 바퀴 소리—— 그것만이 떠오르는 지루한 나날이었다.

잠이 오지 않는 밤이면 흔들리는 짐마차에 누워서 곧잘 밤하늘을 올려다보았다. 하늘에는 언제나 달이 떠올라서 조용히 테레사리사를 굽어보았다.

——당신은 용케 질리지 않고 따라오네.

나 같은 걸 굽어보는 게 대체 뭐가 재미있을까. 어린 테레사리사는 달을 향해 손을 뻗었다. 지루한 매일이었지만, 지금 생각해 보면 짧은 인생 중에서 몇 안 되는 안식의 한때였을지도 모른다. 지금은 캐러밴을 떠났다. 이름을 바꾸고 생활을 바꾸고, 예전의 자신을 아는 자는 없어졌다. 다만 언제까지고 질리지 않고 따라오는 저 달을 빼면——.

그날은 여름의 시작을 느끼게 하는 밤이었다. 땀이 살짝 맺힌 피부를 밤바람이 어루만져서 상쾌했다. 테레사리사는 기분 좋게 즐겨 앉는 벤치에 앉아서 달을 올려다보며 노래를 흥얼거렸다.

마부석에서 고삐를 잡은 두목이 기분 좋을 때 곧잘 부르던 노래였다.

"──실로 좋은 멜로디다."

갑자기 목소리가 들려와서 테레사리사는 입을 다물었다.

목소리가 들린 곳, 망루 위에 선 인물을 보고 놀랐다.

거기에 서 있던 남자는 사자왕 프리우스 뢰베였다.

금발에 장신인 그는 20대 후반으로 아직 젊고, 사자왕치고 드물게도 수염이 없었다. 몸소 검을 휘두르는 기사단장답게 그 육체가 잘 단련된 것은 소가죽으로 된 겉옷에 망토를 둘렀어도 알수 있었다. 메이드 동료들이 곧잘 왕의 이야기를 하면서 간드러진 소리를 지르는 것도 납득할 수 있을 만큼, 남자답고 잘생긴 왕이다.

테레사리사는 벤치에서 일어서서 깊이 고개 숙였다.

"실례했습니다."

그렇게 말하고 재빨리 발걸음을 돌려 그 자리를 떠나려고 했다.

곧이어 그 뒷모습에 목소리가 닿았다.

"잠깐만 기다려. 지금 멜로디, 어디서 들은 적이 있는데…….
뭐라고 하는 곡이지?"

"……."

왕이 기다리라고 말했으니 발을 멈출 수밖에 없다. 테레사리사는 돌아보았다.

"곡명은 없습니다. '방랑민' 사이에서 구전으로 퍼진 노래라고 생각됩니다."

테레사리사는 얼른 해방되고 싶어서 빠르게 대답했다.

"호오, '방랑민'의 노래……? 너는 '방랑민' 출신인가?"

"……."

테레사리사는 속으로 아차 싶어서 당황했다.

정착할 땅이 없는 '방랑민'은 신분이 낮은 축에 속한다. 때로는 도둑이나 사기꾼 같은 악당들이 신분을 둘러댈 때 그렇게 말하고, 특히나 부유층 사이에서는 '방랑민' 출신이라는 것만으로 범죄자처럼 보는 자도 있다. 그러니까 조합에서는 출신을 숨겼는데.

뭐라고 둘러댈지 순간 망설인 테레사리사보다 먼저 프리우스가 입을 열었다.

"분명히 주로 대륙을 방랑하고 상품을 팔거나 재주를 보이는 자들이지? 이야기로는 들었지만, 그런 출신인 자와 만나는 건 처음이다. 꼭 이야기를 듣고 싶군."

다가온 프리우스는 석조 벤치에 앉더니 여기 앉으라는 듯이 옆자리를 두드렸다.

뜻하지 않은 전개에 테레사리사는 입을 다물었다. 왕과 둘이서, 자기 과거를 이야기하라는 건가? 그게 다 무슨 소릴까.

"그건 명령입니까?"

"설마. 그냥 부탁이지."

"그럼 사양하겠습니다."

"오오……. 어, 싫은가?"

"실례하겠습니다."

테레사리사는 왕에게 등을 돌리고, 자신이 좋아하는 벤치를 뒤로했다.

테레사리사는 여기서 혼자 조용히 풍경을 바라보는 것을 좋아한다. 누군가와 잡담하고 싶은 게 아니다. 그 상대가 왕이라면 더더욱 그렇다. 말 한마디로 자신을 해고할 수 있는 상대와의 잡담은 너무 신경을 많이 쓰기 때문에 지친다.

하루 중 가장 기대하는 시간을 빼앗겨서 테레사리사는 화가 나 있었다. 아무리 왕이라고 해도 너무한다. 내일은 오늘 몫까지 벤치에 오래 앉아 있자고 생각했다.

그런데 다음 날, 테레사리사가 성벽에 올라오자 돌로 된 벤치에 이미 왕이 앉아 있었다.

"여어."

프리우스가 손을 들며 말했다.

"들려다오, '방랑민'의 이야기를."

"……."

테레사리사는 우아하고 공손하게 인사하고 발길을 돌렸다.

다음 날에도, 또 다음 날에도, 프리우스는 벤치에 앉아 있었다. 그 얼굴을 볼 때마다 테레사리사는 인사를 하고 성벽을 뒤로했다. 설마 매일 여기 올 생각일까. 그녀는 자기가 좋아하는 장소를 하필이면 국왕에게 빼앗겨 버렸다.

또 다음 날. 테레사리사는 평소와 다른 시간에, 해가 진 뒤에 성벽에 올라와 보았다. 오늘은 테레사리사가 오지 않는다고 생각하고 체념했는지, 돌로 된 벤치에 프리우스의 모습은 없었다.

테레사리사는 안심하고 벤치에 앉았다. 저무는 저녁 해를 볼 수 없었지만, 하늘에 떠오른 달을 볼 수는 있다.

하지만 프리우스는 곧 나타났다. 테레사리사는 일어섰다.

"잠깐, 잠깐, 알았어. 그렇게 싫어하지 마. 옆에 앉으라고는 하지 않을 테니까."

프리우스는 테레사리사를 붙잡고, 자기는 그대로 통로의 돌바닥에 앉았다.

"나는 여기면 된다."

테레사리사는 고개를 내저었다. 점점 더 벤치에 앉아 있을 수 없어졌다.

"왕을 그런 곳에 앉힐 수는 없습니다."

"신경 쓰지 마라. 나는 그냥 여기서 이걸 먹을 뿐이다."

프리우스는 옆에 바구니를 놓고 말했다. 거기서 꺼낸 것은 구운 과자였다.

"카늘레!!"

테레사리사는 무심코 소리쳤다.

프리우스가 꺼낸 것은 나무접시 위에 놓인 카늘레. 밖은 바삭바삭하게 굽고, 안은 촉촉한 식감인 고급 과자다. 그 표면에는 뢰베에서 딴 벌꿀을 입혀놓아서, 씹으면 고급스러운 단맛이 입 안 가득 퍼진다.

테레사리사의 신분으로는 좀처럼 손에 넣을 수 없는 것이다.

"흐흥. 침을 흘리는 그 얼굴을 보면, 네가 카늘레를 좋아한다는 메이드장의 정보는 정확했나 보군?"

"침은 안 흘렸습니다."

테레사리사는 입가를 닦았다. 하지만 카늘레를 좋아한다는 것은 정확하다. 주방에서 일할 때 간식으로 나온 카늘레를 남들보다 세 개나 더 먹어서 메이드장에게 꾸지람을 들은 게 바로 어제 일이다.

"제가 좋아하는 것을 메이드장에게 물었습니까? 그런 짓을 하면 억측을 사서 이상한 소문이 돕니다."

"억측이고 뭐고, 틀린 말은 아니야. 나는 네 관심을 끌고 싶으니까."

"……."

이상한 왕이라고 테레사리사는 생각했다. 왕이란 일반인과 다소 감각이 다른 걸까. 다른 왕을 모르는 테레사리사로서는 비교할 수 없었다.

"카늘레, 너도 먹고 싶나?"

프리우스는 입을 크게 벌리고 고급 카늘레를 호쾌하게 씹었다.

"비겁한 분이로군요. 그걸로 저를 낚으려는 겁니까?"

"설마? 이건 모두 내 것이다."

"예?"

테레사리사가 이해할 수 없어서 그런 소리를 흘리자, 프리우스는 '크크큭' 하고 웃었다. 장난에 성공한 소년 같은 미소였다.

"하지만 네가 '방랑민'의 이야기를 들려준다면 그 사례로 나눠줄 수도 있는데?"

"으으……."

혼자서 경치를 즐기고 싶은 테레사리사도 카늘레의 유혹에는 이길 수 없었다.

결국 프리우스의 요구에 따라서 어렸을 적 이야기를 하게 되었다. 하지만 왕이 돌바닥에 앉아 있는데 메이드가 벤치에 앉아 있을 수도 없다.

빈 벤치를 두고 두 사람 다 바닥에 앉았다. 거리는 벌린 채로.

프리우스는 손수건으로 카늘레를 세 개 싸서 테레사리사에게 건넸다.

왕이 먹는 카늘레는 주방에서 나온 것보다도 몇 배는 달고 맛있었다.

테레사리사와 프리우스는 매일 인적 없는 성벽 위에서 만나게 되었다.

테레사리사로서는 그럴 생각이 없었지만, 저녁 해를 보기 위해 성벽에 올라올 때마다 '오늘은 벌써 와 있을까.' 라고 생각하게 되었다.

돌바닥 위에 앉는 두 사람의 거리는 매일 줄어들었다. 이윽고 벤치 끝과 끝에 앉게 되고, 손수건에 싸서 건네지 않더라도 나무 접시의 카늘레에 손이 닿을 정도까지 가까워졌다.

비가 오는 날은 성벽 위 연결통로에 나갈 수 없기 때문에 두 사람은 망루 위에서 보냈다. 계절은 초가을이 되었다. 프리우스는 따뜻한 레몬밤의 허브티를 가져와서 테레사리사의 컵에 벌꿀을 더했다.

"이렇게 달고 맛있는 허브…… 처음입니다."

"엘더 지방에서 가져온 것이지. 내가 좋아하는 거거든?"

프리우스는 자랑스럽게 웃으며 테레사리사에게 메이드로서는 과한 사치를 허락했다.

매일 조금씩 테레사리사는 카늘레와 맞바꾸어 캐러밴에서 보낸 어린 시절을 이야기했다. 짐칸에서 본 바위산의 언덕과 대지에 덩그러니 있는 선인장과 무수한 말발굽과 수레바퀴 소리. 자신이 본 광경을 프리우스에게 전했다.

짐칸에 천막을 친 짐마차들. 밤하늘에 떠오른 달은 질리지도 않고 어디까지든 따라온다.

테레사리사는 방랑 생활이 얼마나 힘들고 괴로운지를 전할 생각이었다. 하지만 프리우스는 그 유년기를 부러워했다. 자신도 그런 생활을 해 보고 싶다고 말했다.

테레사리사는 고개를 내저었다. 온실에서 자란 그에게는 잘 전해지지 않는 것이다. 그것이 분하고 슬펐다. 자신이 품었던 감정을 더 잘 전하고 싶었다. 이해시키고 싶었다. 부러울 리가 없다. 테레사리사는 그런 유랑 생활이 싫어서 캐러밴을 떠났으니까.

프리우스는 테레사리사가 기분이 상해서 당황한 눈치였다.

"아무것에도 속박되지 않고 자유롭게 여행을 할 수 있다니 최고 아닌가? 매일 오늘과는 다른 내일이 기다리고 있지 않나? 나라면 그 매일을 모두 즐거워할 자신이 있는데."

"그 매일이 삶과 죽음의 틈새라도?"

캐러밴 생활은 결코 프리우스가 생각하는 삶이 아니다. 살기 위해서 악행을 저지르는 일도 적지 않았다. 테레사리사는 조금 망설였지만, 두목이 시키는 대로 저택을 습격한 이야기를 했다. 살기 위해 누군가를 해칠 정도라면 성에서 안전하게 사는 편이 당연히 낫다. 그것을 이해시키고 싶었다.

"제 역할은 노예로서 저택에 들어가서 그 재산이나 경비의 유무 등을 조사하는 것이었습니다."

보통 '방랑민' 들은 그런 범죄를 저지르지 않는다.

하지만 테레사리사를 주운 캐러밴은 보통이 아니었다. 두목은 아이들을 부자 상인이나 귀족 저택에 노예로 팔아넘기고, 그들에게 저택을 미리 조사하게 시켰다. 그리고 가장 경비가 약한 날에 저택 안에서 문을 열게 하고, 어른들이 침입하여 도둑질을 한다. 그것이 두목이 이끄는 캐러밴의 수단이었다.

"캐러밴에서 자란 저로서는 그런 생활이 당연했습니다."

두목은 마녀인 테레사리사를 높게 쳐서, 다른 애들보다 우선해서 노예로 보냈다. 살결이 희고 눈이 예쁜 테레사리사는 특히나 남쪽 나라에서 인기가 높아서, 아무리 비싼 가격이라도 금방 팔렸다.

위험한 상황에 처할 것 같으면 마법을 써서 바로 달아나라──두목은 그렇게 말했지만, 아무리 마법을 쓸 수 있다고 해도 열 살 안팎의 소녀로서는 언제 들킬지 모르는 저택 생활이 얼마나 무서웠을까.

나이가 좀 찬 뒤로는 저택 주인이 침대로 부르는 일도 있었다. 정절을 지킬 방법으로 테레사리사는 마법으로 혓바닥의 색을 바꾸었다. 독살스러운 자홍색 혀를 내밀고 "제게는 병이 있습니다."라고 힘없이 호소하면, 모든 주인은 그럴 마음이 수그러들어서 테레사리사를 침대에서 내쫓았다. 최악의 경우 저택에서 쫓겨나는 경우도 있었지만, 그러면 또 새로운 사냥감을 찾아 나섰다. 테레사리사에게 흠이 생기는 것보다는 낫다며 두목은 허락해 주었다.

기본적으로 강탈은 저택 사람들이 잠든 다음에 했다. 하지만 사전 조사가 부족하거나 운이 나쁠 때는 부득이하게 전투로 발전하는 일도 있었다. 테레사리사가 마법을 써서 싸워야만 하는 경우도 있었다.

저택에서 신세를 졌던 사람들과 싸우는 건 싫었다. 그러니까 테레사리사는 덤비지 말라고 빌면서 그들과 대치하였다. 그냥 내버려 두었으면 했다. 다가오지 않았으면 했다. 다가오면 죽일 수밖에 없으니까——. 그러니까 마법으로 형성하는 무기로는 한눈에 사람들에게 공포를 줄 수 있는 것을—— 낫을 택했다.

자신이 마녀임을 숨기면서 테레사리사는 프리우스에게 자기 체험을 전했다. 말을 고르면서 조심스럽게. 얼마나 괴로웠는지를 설명하였다.

"미안했다……."

테레사리사의 말이 끝나자 프리우스는 머리를 숙였다.

"네가 얼마나 위험하게 살았는지, 내 생각이 부족했다."

테레사리사는 놀랐다. 왕도 머리를 숙이나.

"아뇨. 저야말로 괜한 이야기였습니다. 죄송합니다……."

카늘레를 위해서 이야기한 것이 아니다. 부탁받아서 이야기한 것이 아니다. 테레사리사 자신이 이야기해 주고 싶었으니까. 멋대로 먼저 시작한 이야기다. 그래서 미안했다.

　프리우스 또한 테레사리사에게 이야기했다. 그 자신의 어렸을 적 이야기를.

　그의 부모를 태운 무역선이 난파한 것은 프리우스의 열 살 생일이 지난 직후였다. 고작 열 살에 프리우스는 '사자왕'이라는 무거운 책임을 지게 되었다.

　"양친이 돌아가시고 울어대는 가신들을 보고 나는 필사적으로 눈물을 삼켰지. 나만큼은 절대로 울어선 안 된다고 생각했다. 사자는 사람들 앞에서 울지 않으니까."

　벤치에 앉은 프리우스는 테레사리사에게 미소를 보였다.

　"그때 처음으로 나는 '왕'이 되었다."

　그 이야기를 듣고 이번에는 테레사리사가 "죄송합니다."라며 고개를 숙였다.

　프리우스가 '방랑민'에 대해 잘 몰랐던 것처럼, 테레사리사도 왕에 대해 잘 몰랐다. 성에서 한가하게 지낸다고만 생각했던 왕은 이 나라에 사는 백성들의 삶을 더 좋게 할 생각만을 하고 있었다.

　"테레사리사. 너는 이 나라를 어떻게 생각하지?"

　프리우스는 벤치에서 일어서서 돌벽 앞에 섰다.

　수평선 너머로 저무는 저녁 해가 빨간 벽돌의 거리를 오렌지색으로 물들였다.

프리우스는 멀리까지 펼쳐진 풍경을 등지고 두 팔을 펼쳤다.

"너는 '방랑민'으로서 많은 나라를 봤겠지? 네가 방문했던 나라들과 비교해서 뢰베는 어떻지? 네 눈에 이 나라는 어떻게 비치지?"

벤치에 앉은 테레사리사는 잠시 생각한 뒤에 대답했다.

"반짝반짝 빛납니다. 이 나라 사람들은 자국을 사랑하고 있습니다. 자기들이 뢰베의 백성임에 긍지를 품고 있습니다. 그런 나라는 활기가 있고 강하죠——."

다만—— 테레사리사는 다음 말을 꺼내기 주저했다.

말하기 껄끄러운 것도 말해야만 한다.

이 왕은 아첨을 바라는 게 아닐 테니까.

"거리가 빛날수록 어둠은 짙어지겠죠. 화려한 〈개선로〉의 뒤편으로 빈민가인 '잿동네'에서는 많은 사람들이 일자리 없이 가난에 시달리고 있습니다. 금지되었을 터인 노예도 아직 암암리에 매매되는 모양이고요. 이 나라는 아직 발전 도중. 사자왕님이 이상으로 삼는 나라로 성장하는 도중이라고 저는 생각합니다."

"그래……. 역시. 너는 잘 보고 있어."

프리우스는 깊이 고개를 끄덕였다.

"나는 이 나라를 더 좋게 만들고 싶다. 무역으로 성공한 부자만이 아니라, 가난한 자나 트란스마레 사람이 아닌 주민들도 당당하게 뢰베 사람이라고 자부할 수 있으면 한다. 이 도시의 어둠을 구석구석 밝힐, 그런 왕이 되고 싶다. 내가 그럴 수 있을까?"

"그럴 수 있겠지요."

테레사리사는 즉답했다.

"사자왕님은 백성에게 다가갈 수 있습니다. 사람들에게 기운을 북돋워줄 수 있습니다. 마치 태양처럼 시내를 빛낼 수 있습니다. 사자왕님은 이미 그런 왕이시니까요."

그리고 또 잠시 생각하고 덧붙였다.

"저는 이 장소에서 바라보는 풍경을 좋아했습니다. 저녁 해가 벽돌의 붉은색을 강조하고 도시 전체가 반짝반짝 빛나는 것을 보는 것을. 그런 풍경을 독점할 수 있는 게 행복이라고 생각했습니다. 더없는 사치라고. 하지만——."

테레사리사는 덧니를 드러내며 티 없이 웃었다.

"사자왕님과 보는 저녁노을은 무엇이든지 더 아름답습니다."

가을의 저녁 바람이 불어와서 테레사리사의 긴 머리를 가볍게 휘날렸다. 나부끼는 머리칼이 저녁 해를 받아서 금실처럼 빛났다. 프리우스는 그 아름다움에 말을 잃었다.

"테레사리사……."

"예, 말씀하세요."

테레사리사는 고개를 갸웃거렸다.

"키스해도 될까?"

"네에?!"

뜻하지 않은 제안에 테레사리사는 몸을 움츠리고 입가를 손등으로 가렸다.

"최악입니다. 저를 뭐로 보십니까? 놀고 싶다면 다른 메이드를 찾아주세요."

"그런가. 미안. 그럼 결혼하자."

"예에……?"

테레사리사는 미간을 찌푸리며 더더욱 화를 냈다.

"무슨 말씀입니까. 농담하지 마세요!"

"진심이야. 계속 생각했던 일이다. 내가 도시를 빛내듯이, 너는 나를 빛낼 수 있어. 테레사리사, 너는 내가 사는 힘이 되기 때문이다. 앞으로도 나를 곁에서 도와주지 않겠나?"

프리우스는 테레사리사의 앞에 서서 손을 내밀었다.

"……."

이 사람은 진심일까? 테레사리사는 그 진의를 캐듯이 프리우스의 눈을 들여다보았다. 하지만 그 올곧은 시선 앞에서 테레사리사는 벤치에 앉은 채 고개를 숙였다. 내미는 손을 잡으려고도 하지 않았다.

"안 됩니다. 사자왕님은 저에 대해서 모르시죠."

"알고 있어."

프리우스는 대답했다.

"너는 이 성의 메이드로 '방랑민' 출신자다."

"아시는 것은 그것뿐입니다. 달리 뭔가 더 숨기고 있을지도 모릅니다."

"예를 들어서?"

"예를 들어서……. 예를 들어서."

테레사리사는 벤치에서 힘껏 일어섰다.

"제가——."

──마녀라면 어쩌시겠습니까.

　한 걸음 물러난 프리우스를 노려보는 테레사리사. 하지만 하고 싶은 말은 목에 걸렸다. 아무래도 입에서 나오지 않았다.

　"제가, 뭐지?"

　"아뇨. 아무것도 아닙니다."

　테레사리사는 얼굴을 숨기고 또 고개 숙였다.

　"사자왕님은 일국의 주인이시니, 저처럼 출신도 모르는 여자와 결혼해선 안 된다는 말입니다. 더 잘 생각하시는 편이──."

　"그런 건 아무래도 좋아. 성의 메이드든, '방랑민' 출신이든. 예를 들어서…… 그래, 네가 '마녀'라고 하더라도."

　"엣?"

　테레사리사는 놀라서 고개를 들었다.

　우연일까. 프리우스는 테레사리사가 못 한 말을 꺼냈다.

　그 커다란 손이 테레사리사의 뺨에 닿았다. 프리우스는 사랑 어린 눈길로, 동요에 흔들리는 테레사리사의 붉은 눈동자를 내려다보았다. 떨리는 속눈썹이 저녁 해에 빛나고 있었다.

　"그러니 잊지 마라. 내가 반한 것은 지금 여기에 있는 너다. 네가 누구든, 나는 너를 계속 사랑하마."

　선명한 홍채가 눈물로 젖었다. 테레사리사는 한 차례 눈을 깜빡였다.

　"이상한 왕이시네요."

　얼굴을 붉히며, 프리우스의 다정한 시선에서 도망치려고 시선을 돌렸다.

"저, 저는, 말해 두겠는데, 키스는 처음이니까요."

"알았으니까 이제 울지 마라. 네가 웃어 주었으면 하니까."

"딱히, 울지 않았고요……!"

"음, 그렇군."

말하면서 프리우스는 가만히 입술을 겹쳤다.

오렌지색 하늘에 하얀 달이 떠 있었다. 언제까지고 질리지 않고 따라오는 달은 이날도 테레사리사를 굽어보고 있었다.

그날 짐칸에서 손을 뻗던 소녀는 성장과 함께 변하였다. 이름을 바꾸고 생활을 바꾸고 마녀이기를 그만두었다.

프리우스의 품에 안겨서 테레사리사는 평온함을 느꼈다. 마녀로 살아온 자신도 앞으로는 행복하게 웃을 수 있을지 모른다고 생각하고 있었다.

2

테레사리사가 투옥된 감옥의 벽에는 허리 높이 정도의 위치에 커다란 창이 있었다.

창에는 유리가 없었다. 언뜻 봐선 거기로 도망칠 수 있을 것 같지만, 거기는 〈유폐탑〉의 최상층. 과거에 탈출을 시도한 죄인들은 모두 떨어져서 죽었다. 누구도 탈출에 성공한 자는 없었다.

커다란 창문에서 끊임없이 들어오는 비바람이 롤로가 든 횃불의 불빛을 흔들었다.

문이 열린 감옥 안에 웅크린 롤로는 바닥에 앉은 테레사리사와 마주 보고 있었다.

테레사리사는 고개 숙인 채로 움직이지 않았다. 한눈에도 초췌해진 모습이었다.

롤로는 디트헬름에게 받아온 손거울을 내밀었지만, 테레사리사는 그것을 받으려고 하지 않았다.

"……."

롤로는 손거울을 일단 삼베자루에 넣고 열쇠다발을 꺼냈다. 쓰러진 피가로에게서 빼앗은 것이다. 그중에서 테레사리사의 두 손목을 구속한 돌차꼬와 같이 흰색에 붉은 줄이 들어간 열쇠를 골랐다.

"아마도 이게 그 차꼬의 열쇠일 겁니다. 지금 풀어드리지요."

테레사리사의 손목을 구속한 차꼬는 마력을 봉인하는 마도구이기도 하다. 벗기면 다시 마법을 쓸 수 있게 되겠지. 하지만 롤로가 무릎을 꿇고 다가가도 테레사리사는 두 손을 내밀려고 하지 않았다.

"뭐 하러 왔어?"

고개 숙인 채로 혼잣말처럼 물었다.

"당신을 여기서 데려가기 위해서입니다. 화형은 안 됩니다. 이건 어젯밤의 짐마차 습격과 달리, 캠퍼스펠로우의 의향이 아닙니다. 스노우화이트 공주의 의뢰입니다."

스노우화이트. 그 이름을 듣고 테레사리사는 고개를 들었다.

"살아 있어?"

"살아 있습니다. 디트헬름 씨의 도움을 얻어서 '피의 혼례'에서 살아남아 몸을 숨기고 있습니다. 당신을 걱정하고 있지요."

"잠깐, 그럼 프리우스 님은?"

테레사리사는 매달리듯이 물었다.

롤로는 살짝 고개를 내저었다.

"안타깝게도 '피의 혼례'에서 살아남은 건 스노우화이트 공주와 디트헬름 씨뿐입니다."

"……."

"스노우화이트 공주는 당신을 구해내고 싶다고 갈망하고 있습니다. 오무라 뢰베 공에게 이용당해서 마녀로 몰린 당신을 가엾이 여겨, 우리에게 도와달라고 의뢰하였습니다."

"그 애는 아직도 내가 가엾은 왕비라고 생각하는 거네. 마녀로 몰리고 자시고, 나는 진짜로 마녀였어. 거짓을 말하고 왕비가 되려고 했어. 그건 사실이야."

테레사리사는 일어서서 롤로에게 도망치듯이 거리를 벌렸다.

롤로는 그 모습을 눈으로 좇았다. 손에 쥔 횃불의 불빛이 차가운 벽에 테레사리사의 그림자를 크게 비추었다.

"이 사태는 내가 일으킨 거나 마찬가지."

실제로 테레사리사를 고발한, 그 왼눈이 하얗게 변한 노파는 기억에 있었다. 노파의 집인 다코일 가문에 메이드로 잠입했던 적이 있다. 그리고 정체가 들켜서 낫을 휘둘렀다. 노파를 다치게 한 것은 분명히 테레사리사의 마법이었다.

'피의 혼례'는 테레사리사의 짓이 아니다. 하지만 처음부터 끝까지 전부 오무라가 날조한 것도 아니다. 오무라는 테레사리사가 마녀라는 정보를 얻어 그걸 왕위 강탈에 이용한 것이다.

그렇다면 원인은 자신에게 있다. 테레사리사는 뢰베에 온 것을 크게 후회하였다. 프리우스와 만난 것을── 행복해지려고 한 자기 자신을 크게 책망하였다.

'마젠타'로서 낫을 휘둘렀던 과거가 돌고 돌아서 오무라에게 이용당하고 프리우스를 죽였다. 숨기려던 자신의 과거가 사랑하는 이를 죽게 했다.

붉은 눈동자에 눈물이 맺혔다. 분한 마음에 세게 입술을 깨물었다.

"나는 뢰베에 오는 게 아니었어."

테레사리사는 힘없이 창틀에 앉았다. 불어오는 바람이 그 긴 머리를 휘날렸다.

롤로는 횃불을 손에 들고 일어섰다.

테레사리사는 쇠약해졌다. 어젯밤에 짐마차에서 만났을 때보다도 명백히.

"화형을 당하겠다는 겁니까……?"

"사자왕님이 죽은 건 내가 마녀이기 때문인데, 무슨 낯으로 스노우화이트와 만나라고. 프리우스 님이 없는 이 나라에서…… 더 살 이유도 없어. 나는 이대로 죽음을 받아들이겠어."

그 눈빛이 롤로를 찔렀다. 테레사리사는 천천히 눈을 깜빡였다.

"하지만 화형은 당하지 않아."

그렇게 중얼거린 테레사리사는 창틀에서 일어섰다.

"오무라의 뜻대로는 되지 않아──."

오무라가 꾸민 '형을 잃은 동생의 복수극'이 테레사리사를 화형에 처하는 것으로 완결된다면, 하다못해 그 전에 스스로 목숨을 끊는다. 마녀로서가 아니라 가엾은 왕비로서.

테레사리사는 뒤로 쓰러지듯이 몸을 창밖으로 기울었다.

"아니, 잠깐——."

롤로는 재빨리 횃불을 내던지고 바닥을 박찼다. 순간적으로 창가로 달려가서 창틀로 뛰어올랐다.

창밖으로 기우는 테레사리사의 몸으로 힘껏 팔을 뻗었다.

3

마녀재판 종료 후에 쏟아진 비 때문에 발이 묶인 캠퍼스펠로우 일행은 당초 예정대로 오무라가 연 파티에 참가하게 되었다.

캠퍼스펠로우와 뢰베가 친목을 다지기 위한 환영 파티다. 여기에는 조금 전에 유죄를 내린 '거울의 마녀'를 양도한다는 이벤트도 포함되어 있다.

캠퍼스펠로우 일행이 안내받은 곳은 〈왕좌의 방〉도 〈영빈실〉도 아니었다. 70명 정도를 수용할 수 있는 작은 홀이었다. 문 앞에는 뢰베의 근위병들이 빈객의 무장 여부를 확인하고 있었다. 파티이기 때문에 무기를 휴대한 자는 맡기라는 지시였다.

"뭐라고? 안 된다. 이 창은 못 준다."

창을 홀에 가져갈 수 없다는 말에 다투는 덩치 큰 사내가 있다. 하틀랜드다.

"이건 주군을 지키는 데 필요한 것이다. 걱정 마라, 덮어놓고 휘두르지 않는다."

"하지만 규칙이라서."

"융통성도 없는 놈들이로군!"

그 커다란 등을 건드리는 자가 있었다. 돌아보니, 수도녀 복장을 한 소녀가 서 있었다.

"훌륭한 창이로군요. 많은 이를 죽인 창입니까?"

"뭐냐, 너는……?"

멍하니 졸린 눈으로 하틀랜드를 올려다보는 소녀는 페로캑터스였다.

당혹스러워 하는 하틀랜드를 무시하고 페로캑터스는 근위병들 쪽을 보았다.

"이 사람은 들여보내도 괜찮습니다. 창을 들고 있어도 문제없습니다."

근위병들은 서로 눈치를 살폈지만, 소녀의 지시에 따라서 하틀랜드를 통과시켰다.

홀에 들어간 하틀랜드는 석연찮은 기분에 뒤를 돌아보았다. 근위병보다도 그 소녀가 더 신분이 높은 걸까? 페로캑터스는 차례로 홀에 들어오는 철화 기사들에게 말을 걸거나 악수를 하거나 포옹을 하였다. 델리리움과 함께 온 카푸치노를 갑자기 껴안아서 그녀를 놀라게 만들었다. 거리감을 종잡을 수 없는 소녀다.

홀 안을 둘러보자, 가장 안쪽에 위치한 단상에 오무라를 중심으로 한 뢰베 사람들이 앉아 있었다. 오무라의 양옆에는 그의 중신들이 착석하였다. 제일 끝자리에는 하얀 가발을 벗지 않은 재판관이 앉아 있었다. 라지니스. 건배 전인데도 이미 포도주를 마시기 시작하였다.

이미 해는 저물었다. 홀의 벽이나 테이블 등 곳곳에 양초를 밝혀두었다. 홀 안에는 롱테이블이 몇 개나 놓여졌다.

버드와 학장 시메이는 그 제일 앞자리에 있었다. 테이블 위에는 벌써 요리가 차려져서 닭 통구이에 미트파이, 포도주가 든 작은 통이 놓여 있었다.

홀은 층간을 가리는 것 없이 크게 뚫린 구조로 1층을 내려다보는 2층석에서는 악단이 밝은 음악을 연주하며 차례로 들어오는 캠퍼스펠로우 사람들을 환영하고 있었다.

"뜻밖에도 환영해 주는 것 같은데."

버드는 악단을 올려다보며 중얼거렸다.

이 친선 파티에서 비밀리에 마녀를 양도하게 되어 있으니까, 초대받은 것은 캠퍼스펠로우 사람들뿐이다. 그것도 기사부터 종자들까지, 신분에 관계없이 전원의 자리가 준비되었다. 아주 성대한 대응이다.

"결국 뢰베 공은 마녀를 넘길 생각이 이미 없을 테니까. 최소한의 접대 아닐까요."

버드의 옆에 앉은 시메이가 줄줄이 있는 나무 컵에 포도주를 따르면서 대답했다.

"하긴, 이만큼 접대를 받은 직후면 못 주겠다고 해도 화낼 수 없을지도 모르겠군."

이 환대는 교섭을 망치고서 관계를 수복하려는 것으로 여겨진다. 그러니까 성대히 요리를 차리고 캠퍼스펠로우를 접대하는 거겠지. 하지만 이 교섭을 망쳐도 버드는 개의치 않는다. 오무라의 눈이 이쪽을 향한 틈에 문제의 테레사리사는 검둥개가 데리고 나오기로 했으니까.

"하지만 찜찜한데."

버드는 단상 옆이나 벽 쪽에 선 금색의 기사들을 턱짓했다.

"접대 자리라면 저 녀석들도 마셔도 될 텐데."

양초 불빛을 받아 금색 갑옷을 빛내는 그들은 마치 무슨 장식물처럼 딱딱한 얼굴을 한 채로 한 점을 바라보며 계속 서 있었다.

"직무에 충실하군요. 뢰베의 기사는 갑옷을 입고 술을 마시는 게 금지된 모양입니다."

시메이는 포도주를 따른 컵을 버드에게 건넸다.

"그런데 에델바이스는 어디 있지? 외무대신이 친선 파티에 지각하면 문제잖아."

"글쎄요? 마녀재판 때는 있었습니다만……."

시메이는 주위를 둘러보았다. 대머리 중년 남자의 모습은 어디에서도 보이지 않았다.

그때 홀 앞쪽의 단상에서 오무라가 은잔을 손에 들고 일어섰다. 음악이 멈추었다.

"캠퍼스펠로우 여러분, 이 자리에 모여 주셔서 고맙습니다. 오늘은 실로 경사스러운 날이군요. '사자왕 살해'의 마녀를 단죄하고, 형님의 원수를 갚을 수 있었지요. 그리고 오늘은 이 오무라 뢰베가 '사자왕'을 물려받은 날이기도 합니다. 이런 기념일을 캠퍼스펠로우 여러분과 축하할 수 있어서 기쁩니다."

사자왕 취임의 정식 대관식은 아직이지만, 오무라의 머리 위에서는 이미 금색 관이 빛나고 있었다.

"오늘은 마음껏 마시고 마음껏 먹고 뢰베에서의 밤을 즐겨주십시오. 마녀는 곧 준비하지요——."

"……?"

버드는 미간을 찌푸렸다. 예상과 달리 오무라는 마녀를 넘길 생각일까.

"뢰베와 캠퍼스펠로우의 미래에!"

오무라가 은잔을 쳐들었다. 거기에 맞추어 홀의 사람들도 각자 컵을 들었다. 다시금 홀에 쾌활한 음악이 울렸다.

파티가 시작되고 잠시 뒤. 델리리움의 모습은 홀 밖에 있었다.

"뭐야? 내가 아니면 안 된다는 이야기는?"

의아한 표정으로 말하는 상대는 검은 드레스의 재판관, 아네모네였다. 공주에게 꼭 하고 싶은 중요한 이야기가 있다—— 그런 귀엣말에 델리리움은 복도까지 따라왔다. 아네모네는 주위를 둘러보고 복도에 사람이 없는 것을 확인했다.

"잠깐 귀를 빌려주시죠."

그렇게 말하며 델리리움에게 얼굴을 가져간 그 순간.

아네모네의 발밑에 드리워진 그림자에서 검은 촉수가 뻗어나왔다. 무수한 촉수는 소용돌이치듯 델리리움의 몸에 휘감기고,

결합하여 형태를 빚었다.

"……!!"

델리리움의 등에 달라붙는 형태로 나타난 것은 그림자처럼 온몸이 시커멓고 마른 남자였다. 한쪽 손으로 델리리움의 입을 틀어막고, 뒤에서 뻗은 다른 팔로 델리리움의 몸을 껴안았다.

남자에게 단단히 붙잡힌 델리리움의 발이 아네모네의 그림자속으로 가라앉았다. 그 몸은 순식간에 그림자에 삼켜졌다. 복도는 다시금 평소의 모습을 되찾았다. 문 너머의 홀에서 사람들이 떠드는 소리만 들려온다.

"호호……!"

미소를 지은 아네모네는 입가를 누르고, 홀과는 정반대쪽으로 갔다.

"저기……, 공주님의 모습이 보이지 않습니다……."

카푸치노가 제일 앞쪽 테이블까지 와서 말했다. 버드는 자리를 떴기 때문에 시메이가 포도주를 손에 들고 돌아보았다.

"뭐? 측간이라도 가신 것 아닌가?"

"그렇게 생각해 화장실도 가 봤는데, 어디에도 없어서……."

"흠……. 그 말괄량이 공주님이니 돌아다니다가 미아가 되었을 가능성도 있을까……. 버드 님에게 말씀드리지. 잠깐 기다려봐라."

시메이는 단상 앞에 선 버드에게 시선을 옮겼다.

버드는 단상에 앉은 오무라에게 인사하고 있었다.

"이번 사자왕 계승, 진심으로 축하드립니다."

버드는 미소를 짓고, 그 손에는 포도주가 담긴 나무 컵을 들고 있었다.

"예, 정말 감사합니다."

오무라는 단상에서 버드를 바라보고 건성으로 은잔을 들었다.

"……."

그 대답은 어딘가 쌀쌀맞았다. 어젯밤에는 둥근 얼굴에 거짓 미소를 잔뜩 달고 있었는데, 지금은 찾아볼 수 없다. 사자왕을 물려받아서 콧대가 높아진 걸까.

"마녀의 양도 말입니다만──."

버드가 그렇게 말을 꺼냈을 때, 기사 하나가 단상에 올라와서 오무라의 옆에 무릎을 꿇었다. 뭔가 귓속말을 하였다. 버드가 말하는 도중임에도 불구하고, 오무라는 버드를 무시하고 기사에게 귓속말을 돌려주었다.

단상에서 내려간 기사는 버드와 엇갈려서 홀 정문으로 달려갔다. 버드는 그쪽을 돌아보아 기사의 뒷모습을 눈으로 좇았다. 그의 손에 의해 홀의 정문이 닫혔다.

묘한 위화감과 술렁거림이 들었다.

"……."

버드는 다시금 홀을 둘러보았다.

오무라가 앉은 단상을 정면으로 보며 오른쪽 벽에는 커다란 창문 네 개가 있었다. 창문에는 스테인드글라스가 끼워져 있었다. 색색의 유리에 떡갈나무와 한 마리 사자가 표현되어 있었다. 봄

여름가을을 테마로 그려진 스테인드글라스의 숫자는 세 장. 사자가 인간이 되어가는 모습이 그려져 있지만, 겨울에 해당되는 네 번째 스테인드글라스는 없었다.

네 번째 창문은 깨진 건지, 나무판자가 붙어 있었다.

버드는 발치에 깔린 융단을 발끝으로 뒤집었다. 바닥에 깔린 돌바닥은 기하학적인 무늬를 그리고 있었다. 전쟁신 바야리스를 믿는 예배당에서 자주 보는 무늬——.

다 씻어내지 못한 거무튀튀한 핏자국이 보였다.

"여기는……."

이 작은 홀은 예배당이다. 사자왕 프리우스 뢰베를 비롯해서 50명이 넘게 학살된 '피의 혼례'가 치러진 장소. 강건한 기사들은 검이 없는 상태로 이 예배당에 갇혀 죽었다.

상황이 너무나도 흡사했다. 쾌할한 음악이 멈춘 것을 깨닫고, 버드는 2층석을 올려다보았다. 아까만 해도 있던 악단이 없다.

"——실례, 그레이스 공. 이야기하던 도중이었지요. 마녀의 양도가 어떻다고요?"

오무라는 단상에서 버드를 내려다보았다. 가짜로 만든 것이 아닌 비열한 미소를 띠고서.

버드는 오무라를 바라보며 미간을 찌푸렸다.

"왜지……?"

피익——.

버드의 옆구리에 석궁 화살이 꽂혔다.

버드는 반사적으로 복부를 내려다보았다. 옆구리에서 붉은 피가 배어 나왔다.

악단이 있던 2층석에 석궁을 든 기사들이 나타났다. 피익, 피익 하고 연이어 화살이 날아와서 버드의 등과 다리에 꽂혔다.

버드는 크게 비틀거리면서 다리가 풀려서 쓰러졌다.

"버드 님!!"

시메이가 그 모습을 보고 소리 질렀다. 다급히 의자에서 일어섰다. 그 뒤에 금색 기사가 달려들었다. 기사는 시메이의 뒤에서 목에 팔을 둘렀다. 그 손에는 단검이 쥐어져 있었다.

기사가 단숨에 팔을 휘두르자, 가로로 베인 시메이의 목에서 선혈이 뿜어져 나왔다.

"커……윽……?"

그 정면에 섰던 카푸치노의 얼굴에 피보라가 튀었다.

"꺄아아아아아아……!!"

힘없이 쓰러진 시메이의 옆에서 카푸치노가 절규했다.

예배당에 차례로 검을 뽑는 소리가 울렸다. 벽 쪽에 섰던 금사자 기사들이 일제히 손님들을 공격하기 시작했다. 캠퍼스펠로우 사람들은 이 갑작스러운 사태를 받아들이지 못했다. 두려워하며 도망치는 그들의 등에 차례로 검이 날아들었다.

젊은 문관이 양손검에 머리가 날아간다. 맨손으로 저항하는 철화 기사는 앞뒤로 포위되어 배에 칼을 맞았다. 테이블 밑에서 끌려나온 여자 조향사는 그 등에 검이 꽂혔다.

버드는 멍하니 돌아보며 그 참극을 목격했다.

롱테이블이 뒤집히고 요리가 흩어졌다. 절규와 비명이 울리는 가운데, 곳곳에서 피가 솟았다. 60명 남짓한 캠퍼스펠로우 사람들이 손 쓸 수도 없이 당했다——. 눈앞에서 펼쳐지는 광경은 마치 지옥 같았다.

——뭐지. 무슨 일이 일어나는 거지……?

너무나도 현실감 없는 광경이 현기증을 느꼈다. 소리가 멀어져 갔다. 이건 악몽인가——. 경악하는 버드의 등을 하틀랜드가 감쌌다. 그 등에 석궁 화살이 꽂혔다.

"우윽……!!"

"하틀랜드……!!"

몸을 방패 삼아서 버드를 감싼 하틀랜드는 이를 악물고 고통을 견뎠다.

"버드 님, 실례하겠습니다!"

하틀랜드는 다리를 다쳐서 걷지 못하는 버드를 껴안았다. 석궁 화살이 닿지 않는 테이블 밑으로 옮겼다.

하틀랜드 자신은 곧바로 일어서서 예배당 전체에 울리도록 외쳤다.

"〈철화 기사단〉이여, 겁먹지 마라! 캠퍼스펠로우 사람들을 지켜라!"

하틀랜드는 창대로 바닥을 후려쳤다. 까앙, 까앙 하고 단원들을 고무하듯이.

"검이 없다면 상대의 것을 빼앗아라! 의자든 테이블이든 뭐든지 써라! 겁먹을 이유 따윈 없다. 우리는 철화 기사다. 우리는 전황에 맞춰 전투법을 바꾼다……!!"

하틀랜드는 창을 휘둘러서 그 형태를 변형시켰다.

손잡이보다 조금 윗부분을 기점으로 창자루에서 좌라락 하고 부채처럼 무수한 칼날이 펼쳐졌다. 삼지창이나 사지창 정도가 아니다. 여러 개의 칼날이 가지를 뻗은 그 창의 실루엣은 마치 한 그루의 나무 같았다. 이것이 바로 창질 한 번으로 복수의 적을 찌르는 하틀랜드의 애창── '귤나무'^{탠저링 트리} 의 또 다른 모습이다.

캠퍼스펠로우의 기사들은 검을 휴대하지 않았다. 하지만 아침에 귀국 준비 명령을 받은 기사 중에는 장갑과 가슴 보호대를 장비한 여행 차림으로 출석한 자도 있었다. 그리고 캠퍼스펠로우가 쓰는 방어구는 대부분 변형한다.

내리치는 검에 장갑으로 맞서는 철화 기사가 있었다. 장갑은 순식간에 원을 그리고 펼쳐져서 방패가 되었다. 다른 기사는 장갑 안에 단검을 숨겨 두었다. 벨트에 무수한 나이프를 숨긴 기사도 있었다.

아직 싸울 수 있다. 철화 기사들은 학살에 응전하였다.

오무라는 단상 옆의 계단을 통해 바닥으로 내려왔다. 근위병들의 호위를 받으면서 단상 옆에 있는 뒷문으로 향했다.

"기다려! 오무라!"

그 모습을 본 버드는 테이블을 기대며 일어섰다.

"왜지……? 왜 이 타이밍에 캠퍼스펠로우를 공격하지?"

오무라는 발을 멈추고 돌아보았다.

"아니, 왜라고? 모르겠나? 캠퍼스펠로우는 우리를 속이고 마녀를 손에 넣으려고 했지. '마법의 검'을 만든다는 거짓말을 하고 나를 속이려고 하였다. 너의 죄는 명예로운 뢰베를 얕본 것이다."

이쪽의 정보가 샜다──.

뢰베를 속이려 했던 것은 사실이다. 하지만 그건 저쪽도 마찬가지. 국가 간의 교섭에 속이고 속는 것은 흔하다. 장사치인 오무라라면 더더욱 잘 알고 있을 것이다. 이 학살이 속임수에 대한 보복이라면 명백히 도를 넘었다.

버드는 호소했다.

"학살을 멈춰라……. 영주를 이런 일로 잃으면 캠퍼스펠로우에 남기고 온 기사들이 가만히 있지 않겠지. 전쟁이 일어난다."

"아하하."

오무라는 웃었다.

"캠퍼스펠로우 따위가 대국 뢰베에게 이빨을 드러낼까? 그런 여유가 있기는 한가? 너희는 지금 밀려드는 아멜리아 왕국에 어떻게 대처할지로 바쁘지 않나?"

"……."

버드는 의심으로 표정을 일그러뜨렸다. 오무라의 말이 맞다. 시급한 위협은 아멜리아 왕국. 그 대책으로 일행은 마녀를 모으고 있으니까. 하지만 왜 그것을 오무라가 알고 있지? 그런 내부 사정까지 샜나──.

"하지만 안심하게나, 그레이스 공. 캠퍼스펠로우는 내가 예전보다 훨씬 풍요로운 나라로 만들어주지."

"무슨 뜻이지……?"

오무라는 대답하지 않고, 그저 비열한 눈을 하며 사라졌다.

그 직후 뒷문에서 회색 판금갑옷을 장비한 남자들이 도끼나 검을 들고 밀려들었다. 오무라의 사병인 〈해골과 전갈단〉 용병들이었다.

4

"으음……. 으음……."

델리리움은 뢰벤슈타인 성내의 어느 방에서 눈을 떴다.

정신이 든 장소는 커다란 침대 위였다.

"어……?"

머리는 흐트러지고, 신발은 벗겨진 상태였다. 다만 입은 칵테일드레스는 파티에 출석했을 때와 같다. 델리리움은 기억을 더듬었다. 검은 드레스의 귀부인이 비밀 이야기가 있다면서 복도로 데려갔고──그 그림자에게 공격받았다. 그건 뭔가를 잘못 본 걸까……?

그 뒤로 얼마나 시간이 흘렀을까. 델리리움은 방을 둘러보았다. 창문 없는 방이었다. 여기저기에 촛불이 켜져 있고, 난로에도 불을 지펴놓았다.

실내는 조금 땀이 날 정도로 따뜻했다.

넓은 방이었다. 큼직한 칸막이가 있어서 침대와 다른 공간을 가르고 있었다.

벽가에 있는 커다란 선반에는 어느 부족의 목걸이나 배의 모형, 보석상자 같은 게 놓여 있었다. 여러 나라의 토산물을 모아놓은 듯한 인상. 장식되었다기보다는 아무렇게나 늘어놓은 것으로 보였다.

벽에는 화려한 깃털 장식의 모자가 여럿 걸려 있고, 대륙 지도가 붙어 있었다.

그리고 여기에도 〈영빈실〉과 마찬가지로 사슴 머리의 박제가 걸려 있었다. 그 뿔은 여태까지 본 그 어떤 사슴 박제보다도 크고 훌륭했다.

"멋지죠? 그 사슴의 뿔."

갑자기 들려온 목소리에 델리리움은 돌아보았다.

칸막이의 그늘에서 오무라가 얼굴을 내비치고 있었다.

"대관식을 마치고 내가 정식으로 사자왕을 물려받게 되면 〈영빈실〉에 장식할 예정입니다."

오무라는 말하면서 침대 근처까지 다가왔다.

"뢰베 사람들은 자신을 사자에 빗댑니다. 사냥한 사슴의 뿔의 크기가 자신이 가진 강함의 증거. 하지만 나는 사냥을 하지 않으니까요. 그 사슴은 거금을 주고 구입했지요. 이것 또한 힘의 증명이라고 생각하지 않습니까? 강함은 돈으로 살 수 있습니다."

"다른 사람이 사냥한 사슴을 빼돌리는 건 하이에나가 하는 짓 아닌가요?"

델리리움은 야유를 섞어서 말했지만, 오무라는 어깨만 으쓱한다.

"당신은 아직 모르려나……. 나의 대단함을. 뭐, 앞으로 차근차근 가르쳐 주지요. 자, 새콤달콤한 포도 주스를 가져왔습니다."

오무라는 침대 옆에 서서 손에 든 은잔을 델리리움에게 내밀었다.

"프린세스가 좋아하시는 엘더플라워 시럽도 넣었지요."

"필요 없습니다. 전 파티 회장으로 돌아가겠어요."

"어차차. 그건 그만두는 게 좋아요."

침대에서 내려오려고 등을 돌린 델리리움의 어깨를 오무라가 붙잡았다.

"만지지 마."

델리리움은 반사적으로 그 손을 쳐냈다. 그 바람에 은잔에서 포도 주스가 흘러서 오무라의 가슴에 튀었다. 금색으로 빛나는 비싼 옷에 검붉은 얼룩이 퍼졌다.

"……!! 이게! 말을 들으라고!"

오무라는 격노하여서 잔을 들지 않은 쪽의 손으로 델리리움의 뺨을 때렸다.

"꺄악."

얻어맞은 뺨에 손을 대고 멍해지는 델리리움. 하지만 그것도 잠깐. 불끈 주먹을 움켜쥐고 오무라의 얼굴을 때렸다.

"오홋."

오무라는 잠시 신음했지만, 여자의 팔로는 별로 타격이 없다.

오무라는 델리리움의 손목을 붙잡았다. 무릎을 세워 침대에 올라오면서 은잔을 내던졌다. 그리고 날뛰는 델리리움의 다른 쪽 손목을 붙잡고 쓰러뜨렸다.

베개에 머리가 파묻히는 델리리움. 그 배에 뚱뚱한 몸이 올라 탔다.

"뭐 하는 거야! 이거 놔!"

"과연, 당신은 정말로 상당한 말괄량이로군…… . 하지만 뭐, 건방진 야생마일수록 길들였을 때의 쾌감은 대단하지."

오무라는 델리리움의 목덜미의 냄새를 맡듯이 코를 들이댔다. 돼지 같은 콧소리가 났다.

두 팔을 붙잡혀서 움직일 수 없다. 델리리움은 다리를 버둥거리고 머리를 흔들어 저항했다.

"꺄아아아! 누구! 누가 좀 도와줘! 아무도 없어?"

"헛수고다. 캠퍼스펠로우 사람들은 절대로 도와주러 오지 않아. 아니, 올 수 없지."

"뭐? 무슨 의미야!"

"그들은 지금 사자왕인 나를 기만하려고 한 죄로 학살당하고 있지."

"학살……?"

"당신의 아버지도, 당신을 지키는 기사들도, 시녀들도. 당신의 소중한 이들은 모두, 한 명 남김없이 죽고 있다. '피의 혼례'의 재현이라고 할까."

델리리움의 맑은 청색 눈동자가 놀라움으로 커졌다.

그 표정을 보고 오무라는 거세게 웃었다.

"아하! 정말로 멋진 표정이로군! 나는 미인이 꼴사납게 우는 얼굴을 정말로 좋아하거든? 오만하고 허영이 넘치는 그 자신감이 뚝 부러져서 짓밟히는 모습을 보면, 참을 수 없이 사랑스럽게 느껴진다."

오무라는 입술을 핥으면서 웃었다.

델리리움은 그 얼굴을 노려보았다.

"거짓말이야. 못 믿어."

"믿지 않아도 좋아. 언젠가 알 일이지."

델리리움이 얌전해졌기에 오무라는 두 손목을 해방하고 복부의 코르셋으로 손을 뻗었다. 교차하는 끈을 풀고 코르셋을 벗기려는 것이다. 하지만 단단히 묶은 끈은 간단히 풀 수 없다. 오무라는 짜증을 내며 혀를 찼다.

"철화 기사가 질 리가 없어."

델리리움은 천장을 바라보고 있었다. 그 눈동자가 젖어가지만, 어금니를 악물고 눈물을 참았다.

"학살 같은 건 일어날 리 없어. 캠퍼스펠로우의 기사는 강해!"

"아아! 사랑스럽고 아름다운 공주 델리리움."

오무라는 몸을 일으켰다. 끈을 풀어서 벗기기를 포기하고 드레스 앞자락을 붙잡아서 다시 얼굴을 델리리움에게 들이댔다. 델리리움은 재빨리 얼굴을 돌렸다. 그 바람에 눈물이 흘렀다.

그렇게 돌린 옆얼굴에 오무라는 속삭이듯이 말했다.

"아무리 철화 기사가 강하더라도 '마술사'에게 이길 리는 없겠지?"

"마술사……?"

마술사는 아멜리아 왕국의 독자적인 것. 적대할 터인 〈기사의 나라 뢰베〉에서 왜 마술사 이야기를 하는 걸까. 의아해하는 델리리움의 귓가에서 오무라는 말을 이었다.

　"아멜리아 왕국은 지금 영토를 죽죽 확장하고 있다. 그 위세는 조만간 반드시 뢰베에도 들이닥치겠지. 그럼 어떻게 할까? 우리는 기사를 내보내서 아멜리아와 싸워야 할까?"

　아니, 기사로는 마술사에게 못 이겨── 그렇게 말하며 오무라는 고개를 내저었다.

　"당신들 캠퍼스펠로우는 마술사의 마력에 대항할 방법으로 마녀를 쓰려는 모양인데, 도무지 현명한 방법이라고 할 수 없군. 내 선택은 달라."

　오무라는 눈을 가늘게 떴다.

　"뢰베는 아멜리아 왕국에 거금을 헌상하고 속국으로 존속하기를 허락받았다."

　"거짓말……. 자기 나라를 팔아넘겼다고?"

　"이것도 거래지. 우리의 뒤에는 아멜리아가 있다. 그레이스 가문을 짓밟은 뒤에는 그 보수로 나는 아멜리아로부터 캠퍼스펠로우를 받기로 했다──."

　델리리움은 오무라를 정면에서 보았다. 그 푸른 눈동자에 오무라의 비열한 웃음이 비쳤다.

　"그런 줄도 모르고 당신들은 여기에 왔다. 아쉽게도 그레이스 가문은 이제 끝이야. 당신은 내 아내가 되고, 캠퍼스펠로우는 조만간 내 것이 된다."

"속였구나, 비겁한⋯⋯!"

"비겁해지지 않으면 이길 수 없지. 이건 전쟁이라고, 공주."

오무라는 힘으로 델리리움의 드레스 자락을 풀어헤쳤다.

하얀 쇄골과 가슴 계곡이 드러나고, 델리리움은 큰 소리로 비명을 질렀다.

예배당에서는 피로 얼룩진 전투가 이어지고 있었다.

굳게 잠긴 정문을 빠져나갈 수 없는 상태로, 캠퍼스펠로우 사람들은 계속해서 금사자 기사와 용병 〈해골과 전갈단〉들의 습격을 받고 있었다.

하지만 그래도 철화 기사들은 선전하고 있었다. 싸울 수 없는 문관이나 종자들을 지켜야만 한다── 그 사명감이 철화 기사들을 분투하게 하였다. 어떤 자는 상대에게서 검을 빼앗고, 또 어떤 자는 단검만으로 적과 맞섰다. 기습 때문에 일어난 혼란 상태에서 벗어나면서 상황은 조금이나마 호전되었다.

부상한 버드는 테이블 가장자리에 몸을 기대고 상황을 파악하려고 애썼다. 2층에서 쏘는 석궁을 경계하면서 주위를 둘러보았다. 진정해, 라고 스스로에게 들려주었다. 진정하면 전략을 짤 수 있다. 전략이 있으면 전멸을 피할 수 있다. 철화 기사에게는 그럴 만한 힘이 있다.

하틀랜드는 변형창인 탠저링 트리를 내찔러서 기사 셋의 몸을 동시에 꿰었다. 자루를 비틀며 창을 당기자, 나뭇잎처럼 벌어졌던 칼날이 자루로 수납되면서 기사들의 몸을 단숨에 절단하였다. 비통한 외침이 선혈과 함께 흩어졌다.

그런 광경을 눈앞에서 보게 되면 공격에 주저가 생긴다. 하틀랜드를 견제하는 금사자 기사들은 겁을 집어먹었다.

"하틀랜드, 한곳으로 뭉쳐라."

버드는 하틀랜드를 불렀다.

"뒷문은 어떻게 되어 있는지 모른다. 최악의 경우 독 안에 든 쥐가 될지도 모르지. 그럼 한곳으로 뭉쳐서 정면 돌파다."

"옙……!"

하틀랜드가 창대로 바닥을 후려치며 전투 중인 기사들에게 호령했다.

"모여라! 철화 기사단!!"

60명 가까운 캠퍼스펠로우 사람들은 지금 절반 가깝게 줄어들었다. 살아남은 이들 중 대부분이 기사였다. 학장 시메이는 사망했고, 카푸치노의 모습도 보이지 않았다.

버드는 창을 든 하틀랜드의 뒷모습을 향해 물었다.

"델리리움이 없다. 찾을 수 있을까?"

"먼저 버드 님을 성에서 탈출시켜야 하겠죠."

"바보야, 나는 괜찮아. 너는 예배당을 나가거든 곧바로 델리리움을 찾으러 가라."

이어서 한 가지 덧붙였다.

"그리고 에델바이스도 없다. 예배당에도 오지 않은 모양이다."

그는 이 학살을 알아차렸을까. 아직 살아 있다면 성 어딘가에 숨어 있을지도 모른다.

"그 녀석에게 질문할 게 있다. 보거든 데리고 와줘."

"알겠습니다."

하틀랜드는 모여든 철화 기사들에게 말하였다.

"좋아, 비전투원을 중심으로 한 덩어리로 뭉쳐서 이대로 정문
으로——."

바로 그때였다. 하틀랜드의 말은 귀를 때리는 절규에 지워졌
다.

"아아아아아아아아악……!!"

일동은 반사적으로 소리가 난 곳으로 시선을 돌렸다가 그 광경
에 숨을 삼켰다.

백발 가발을 쓴 재판관 라지니가 한 철화 기사의 머리를 두 손
사이에 끼우듯이 움켜쥐고 있었다. 붙잡은 그 손바닥에서는 하
얀 증기가 발생하고 있었다.

발버둥치며 괴로워하는 기사의 머리를 정면에서 붙잡은 채로
라지니는 비명을 지르는 그의 표정을 들여다보았다.

"아아아악……!!"

"언제? 응? 아아아 소리밖에 안 하면 모르잖아. 똑바로 말해보
라고."

고개를 갸웃거리는 라지니의 얼굴에는 가학적인 미소가 떠올
라 있었다.

이윽고 기사의 비명이 끊기고, 라지니는 손을 놓았다. 쓰러진
기사의 머리에서는 대량의 증기가 일렁였다. 피부가 녹아서 두
개골이 드러난 모습이었다.

"아아, 죽어버렸군. 기사님은 너무 약해서 재미가 없어."

아연실색한 캠퍼스펠로우 사람들을 향해 라지니는 두 팔을 펼쳤다.

"너희들, 혹시 아직도 살아남을 생각인 건 아니겠지? 그렇게는 안 될 거다, 어이. 알겠냐, 나는 말이지. 죽이기 직전에 놓치는 걸 제일 싫어해."

"페로는 가극을 좋아해."

예배당 중앙 부근에는 수도녀가 서 있었다. 그녀 또한 재판관 중 하나.

"하지만 가극은 싫다는 사람이 있어. 일상에서 음악이 흘러나오고 대사를 노래로 하는 건 부자연스럽다고. 그런 사람들의 일상에는 노래하고 싶다는 충동이 없는 거야. 가엾어."

대체 누구한테 하는 말일까, 무슨 소리를 하는 걸까. 소녀의 시선은 캠퍼스펠로우 사람들을 향하고 있지만, 그 몽롱한 눈동자는 어딘가 허공을 바라보고 있었다.

"있잖아, 라지니."

페로캑터스는 라지니를 보았다.

"이제 노래해도 돼?"

"그래, 맘대로 해 봐라."

라지니는 끄덕였다.

몽롱한 눈에 빛이 깃든다. 씩 웃은 페로캑터스는 'conviction'이라고 적힌 코 아래로 뾰족뾰족한 이빨을 드러내었다——.

"키히히."

"따라란, 란 ♪"

페로캑터스는 수녀복의 긴 소맷자락에 숨겨진 두 팔을 들고 만세를 불렀다.

그 순간, 아무런 예고도 없이 예배당의 돌벽이 일제히 불타올랐다.

벽의 불길은 페로캑터스의 머리 높이 정도에서 발생해서 주욱 한 바퀴 돌았다. 어둑어둑하던 예배당 전체가 단숨에 밝아졌다.

예배당 안에 있는 금사자 기사나 용병들이 놀라서 소리치며 허둥거렸다.

한 덩어리로 모인 캠퍼스펠로우 사람들도 너무나도 비현실적인 일에 공포를 느꼈다. 돌벽이 불씨도 없이 갑자기 불타오를 리가 없다. 이해를 초월하였다. 이건——.

"마법인가."

버드가 중얼거렸다.

"너희는, 마술사인가!"

하틀랜드가 사람들을 감싸듯이 한 걸음 앞으로 나서서 창을 들었다.

"그래, 마술사지."

라지니는 빙그레 웃었다.

"이 불길. 대체 뭘 불씨로 타오르는 걸까……. 너희로서는 모르겠지? 이 마음 착한 라지니 님이 가르쳐 줄까? 아앙?"

라지니는 일행에게 보여주듯이 오른손을 내밀었다.

"마술사는 말이지, 자연계에 있는 마나를 체내에 흡수해서 마력을 발현하지. 몸에서 솟아나는 그것을 손에 모아서 방출하거나 형태를 빚어서 구현화하는 식으로. 보이냐?"

하틀랜드는 창을 든 채로 눈썹을 꿈틀거렸다. 라지니의 손 주위에 희미하게 하얀 오라 같은 것이 보였다. 마치 손목부터 손끝까지 하얀 불길로 감싸인 것처럼.

"보이지? 발현된 마력에 색을 입힌 거야. 이런 식으로 마력을 이것저것으로 변화시키는 기술을 '마법'이라고 하지."

"흥미로운 이야기인데."

버드는 다리를 끌면서 앞으로 나섰다.

"왜 그걸 우리에게 말해 주지?"

"그야 물론 너희가 후회하며 죽게 하려는 거지. 마술사가 얼마나 위대하고 최강인지를 알면 마녀를 모아서 맞서려는 행위가 얼마나 멍청한 짓인지 반성하기 쉽겠지?"

"……"

버드는 말을 잃었다. 대륙 안의 마녀를 모아서 아멜리아 왕국에 대항하려는 계획까지 흘러나갔나.

"자, 마법이란 마술사에 따라 제각기 다른 고유인 것이 있지. 내가 말하고 싶은 게 그거야. 페로캑터스의 마법 '비관주의자의[페시미스틱] 사랑[러브]'은 자기가 내놓은 마력을 불씨로 해서 불사른다."

"꺄아, 바보. 왜 페로의 마법을 말하는데?"

라지니는 고개를 돌려서, 토라진 얼굴을 하는 페로캑터스를 손으로 가리켰다.

"시끄러워, 바보야. 네 마법은 까발리는 게 더 재미있어."

라지니는 다시금 고개를 돌려서 설명을 계속했다.

"왜 돌벽이 갑자기 타올랐을까? 이유를 알고 보면 별것도 없어. 녀석이 미리 여기의 벽을 한 바퀴 돌듯이 만지면서 너희의 눈에는 보이지 않는 불씨를 묻혀두었기 때문이지. 그걸 지푸라기나 장작처럼 단번에 불사른 거야."

캠퍼스펠로우의 사람들을 하나하나 보면서 라지니는 손가락을 세웠다.

"눈치 빠른 놈들은 알았겠지? 아까 예배당에 들어오기 전에 입구에서 저 수도녀와 악수한 녀석들이 있을 거야. 포옹한 녀석은? 충고해 두겠는데 너희들…… 불씨가 흠뻑 묻었거든?"

"우아아아아……!"

젊은 문관 하나가 공포를 견디다 못해 정문으로 달려갔다. 마술사들의 눈이 닿지 않는 곳으로 도망치려고 했지만, 페로캑터스가 재빨리 그쪽을 가리켰다——.

"따란♪"

그 순간, 젊은 문관의 몸이 격렬하게 불타올랐다.

문관은 달리다가 힘이 풀려서 힘없이 쓰러졌다. 그 몸은 계속 타올랐다.

라지니는 배를 잡고 웃었다.

"페로의 불길은 절대로 꺼지지 않아. 달라붙은 불씨가 다 타버리기 전에는. 손에 닿은 녀석은 재가 될 때까지 계속 타지. 화장할 수고가 줄어서 최고지?"

그때 불씨가 날아와서 라지니의 어깨를 그을렸다. "오옷." 이라며 라지니는 어깨에 묻은 불을 세게 두들겨서 껐다.

"뭐, 불이 뭔 거야 끌 수 있지만."

캠퍼스펠로우 사람들은 공포로 다리가 얼어붙었다. 마술사들의 마법에 압도되어서 완전히 기세를 빼앗겼다.

제일 먼저 움직인 자는 하틀랜드였다. 상황을 타개하고자 기합을 넣듯이 창대로 바닥을 내리쳤다. 창을 쳐들고 라지니에게 돌진했다.

"우오오오!"

일반적인 창 형태로 탠저링 트리를 높이 쳐들어서 라지니의 머리 위에 창을 내리쳤다. 라지니는 가벼운 발놀림으로 그걸 피했다.

"반격해 봐라, 마술사!"

하틀랜드는 두세 번 창을 휘둘러서 라지니를 몰아붙였다.

"너의 녹이는 마법에도 이름이 있겠지?"

"그래, 있지. 내 고유마법은 '그냥 녹인다'^{저스트 멜트} 다."

라지니는 자신만만하게 웃으며 오른손을 펼쳐서 법복의 앞자락에 넣었다.

슈우욱 하고 증기가 피어오르는 오른손을 배꼽 근처까지 넣더니 무수한 단추를 칼로 베듯이 녹여서 떼어냈다. 그리고 두 손으로 앞자락을 붙잡고 나머지 단추를 날려버리듯이 호쾌하게 가슴팍을 드러냈다.

법복 아래에는 아무것도 입지 않았다. 호리호리하면서도 단단한 육체가 드러난다. 겉옷을 벗고 웃통을 드러낸 라지니. 남자다운 가슴털과 지적인 하얀 가발이 언밸런스한 모습이었다.

하틀랜드는 정면에 창을 들고 뒤에 있는 기사들에게 외쳤다.

"뭣들 하나. 버드 님을 모시고 얼른 여기서 탈출해라!"

철화 기사들은 일제히 정문으로 달려갔다. 하지만 그것을 예배당에 남은 금사자 기사나 용병들이 놔두지 않았다. 검을 휘두르며 다시금 그들을 덮쳤다.

버드는 기사 한 명의 부축을 받아가면서 불타는 예배당의 문으로 향했다.

정문을 목표로 하는 그 집단을 향해 페로캑터스가 손가락을 내밀었다.

"따라라란, 란♪"

달리는 사람들이 차례로 발화하여 비명을 질렀다. 불길에 휩싸여 불타는 이들 중에는 금사자 기사도 있었다. 페로캑터스가 불씨를 묻힌 것은 캠퍼스펠로우 사람들만이 아니었던 것이다.

"아, 실수했네."

다른 뜻은 없다. 단순한 장난에 휘말린 금사자 기사들은 안색이 창백해져서 걸음을 멈추었다.

그사이 버드를 포함하여 페로캑터스와 접촉하지 않은 자들은 불타는 자들을 두고 정문으로 향했다——.

한편 하틀랜드는 라지니에게 창을 휘두르고 있었다. 붙잡힌 창자루에서 증기가 솟아서 하틀랜드는 다급히 창을 당겼다.

"……!"

그 한순간의 틈을 찔렸다. 품에 파고든 라지니가 이번에는 목을 붙잡은 것이다. 붙잡힌 목에서 증기가 치익 솟고 하틀랜드는 엄청난 통증에 얼굴을 찌푸렸다.

"끄으으으으으……!!"

하틀랜드는 라지니의 손목을 붙잡고 힘으로 목에서 손을 떼어 냈다.

목 피부가 녹아서 주르륵 벗겨졌다. 곧바로 창을 휘둘러서 거리를 벌리고 견제했다.

하틀랜드는 숨을 헐떡이고 있었다.

──놀랐다. 이게 마술사가 싸우는 방식인가……?

마술사는 멀리서 불구슬을 던지거나 벼락을 떨어뜨리는 등, 후방에서 싸운다고 막연하게 생각하였다. 하지만 사실은 어떤가. 라지니는 완전히 근접전 타입이다.

자세나 다리 움직임은 아무리 봐도 무투파. 붙잡히기만 하면 큰 피해를 보기 때문에, 접근을 허락하면 곧 치명상으로 이어진다. 창으로는 도저히 그 속도를 따라갈 수 없다.

──역시 쓰러뜨리기는 어려울까…….

라지니는 숨 돌릴 틈도 없이 거리를 좁히고 든다. 체력도 충분하다.

하틀랜드는 백스텝으로 거리를 벌리면서 창끝을 하늘로 뻗었다. 머리 위에서 떨어진 것은 2층석에서 늘어진 뢰베의 깃발이다. 벽의 불길에서 불이 튀어서 깃발의 절반이 불탔다. 하틀랜드는 불타는 깃발을 공중에서 휘감아서 불타는 창을 만들고, 달려드는 라지니의 머리를 향해 후려쳤다.

두 번, 세 번, 창을 크게 휘둘러서 라지니의 기세를 죽인 뒤에 그 얼굴을 노려서 불타는 깃발을 던졌다. 팔을 교차해서 방어하는 라지니의 머리 근처에 불똥이 튀었다.

"칫……. 잔재주를!"

그 틈에 하틀랜드는 발길을 돌렸다. 예배당 정문을 향해 온 힘을 다해 달음질했다.

닫힌 정문 앞에는 캠퍼스펠로우 사람들이 쇄도해 있었다.

그들을 에워싸듯이 금사자 기사나 용병들이 검을 들고 있지만, 페로캑터스의 마법을 경계해서 아무도 앞으로 나서지 않았다. 대신 페로캑터스 자신이 정문으로 달려갔다. 걷어붙이고 펼친 두 팔 끝이 붉게 타올랐다.

직접 불씨를 묻히려는 것이다.

"안 놓친다니까."

메이드 한 명이 뒤에서 붙잡혔고, 그 몸이 찢어지는 소리와 함께 단숨에 불타올랐다. 불꽃이 튀어서 주위에 있던 사람들의 옷이나 머리칼을 그을렸다.

버드를 부축하던 기사는 그 불타는 메이드의 바로 곁에 있었다. 갑자기 발화한 메이드에게 경악하여 무심코 버드에게서 손을 놓았다.

"큭……."

버팀목을 잃은 버드는 바닥에 쓰러졌다. 배와 어깨, 다리에는 아직 석궁 화살이 박혀 있어서 견디기 어려운 격통이 일었다.

거기에 페로캑터스의 불타는 두 손이 다가들었다.

그 손이 버드의 어깨에 닿기 직전——.

"물러나라!!"

주위의 금사자 기사들을 쫓아내고 달려든 하틀랜드가 페로캑터스의 머리를 향해 창을 내리쳤다.

"우웃…….."

그 창끝을 옆으로 뛰어서 피하고, 페로캑터스는 거리를 벌렸다.

"버드 님에게는 손가락 하나 못 댄다!"

하틀랜드가 창끝으로 그 모습을 쫓으면서 버드를 곁눈질로 보았다.

"무사하십니까, 버드 님."

"미안하군. 내가 그만 짐이 되었어."

"약한 말씀은 마십시오. 당신답지 않습니다!"

하틀랜드는 버드의 몸을 들어서 어깨에 올렸다.

그대로 정문을 깨뜨리려고 한두 번 걷어차는—— 그때였다.

"페로캑터스!! 그 녀석을 놓치지 마!"

"물론이야. 불타라!"

라지니의 외침에 페로캑터스가 두 손을 하틀랜드에게 뻗었다.

다음 순간 하틀랜드의 어깨부터 등에 걸쳐서 불이 붙고. 크게 불타올랐다.

"우웃……?!"

파티가 시작될 때 예배당 입구에서 하틀랜드의 등을 페로캑터스가 만졌다. 다른 불탄 자들과 마찬가지로 페로캑터스의 불씨가 묻은 것이다.

등이 활활 타오르자, 하틀랜드는 어깨에 지고 있던 버드를 옆에 내려놓았다.

"버드 님. 불타는 것 아닙니까?"

"멍청아. 불타는 건 너야!"

"뭘 이 정도로……!"

하지만 그래도 하틀랜드는 멈추지 않았다.

등에 붙은 불을 완전히 무시하고 정문에 부딪쳤다.

"우오오오오오……!!"

문짝이 날아갈 기세로 문이 열리자, 하틀랜드는 버드를 옆구리에 끼고 복도로 뛰어나갔다.

아직 움직일 수 있는 캠퍼스펠로우 사람들이 그 뒤를 따랐다.

5

〈유폐탑〉의 최상층에서.

테레사리사는 창틀에 두 다리를 남긴 채로 등이 창밖으로 기울어 있었다. 두 손목을 구속하는 차꼬의 한가운데를 롤로가 왼손으로 붙잡았기 때문에, 그 몸은 공중에 매달린 상태였다.

롤로는 창틀에 다리를 올리고 그 몸을 뻗고 있었다. 왼손으로 테레사리사의 차꼬를 붙잡고, 나머지 오른손으로 창틀을 붙잡고 있었다. 왼손 하나로 테레사리사의 몸을 붙들고 있는 것이다. 어젯밤에 피가로에게 화살을 맞은 오른쪽 어깨에 격통이 일어서 롤로는 얼굴을 찌푸렸다.

탑 밖으로 몸을 눕힌 테레사리사의 긴 머리카락이 거센 바람에 휘날렸다.

 비가 쏟아지는 탑의 밖은 어두컴컴하다. 테레사리사가 어깨에 걸치고 있던 다갈색 로브가 벗겨지고 어둠 속으로 사라졌다. 드러난 붉은 드레스 자락이 바람에 펄럭였다.

 "방해, 하지 마."

 테레사리사가 고개를 들고 롤로를 노려보았다.

 "방해할 겁니다! 눈앞에서 뛰어내리면 곤란합니다. 구하려고 왔는데."

 "그게 괜한 짓이라는 거야. 난 이제 그만 죽고 싶어!"

 "어째서? 마녀니까?"

 "그래, 마녀니까! 마녀 주제에 인간 흉내를 내서 살려고 했으니까. 바보였어. 나는 뢰베에 오는 게 아니었어. 성에서 일하는 게 아니었어――."

 빗방울이 테레사리사의 얼굴을 때렸다. 테레사리사는 표정을 일그러뜨렸다.

 "결혼 같은 걸 하려고 하는 게 아니었어. 사람을 사랑하는 게 아니었어……! 마녀 같은 걸로…… 태어나고 싶지 않았어. 나는 태어나는 게 아니었어……!"

 슬퍼서, 견딜 수 없어서, 몰아치는 폭풍에 회한을 뿌렸다.

 넘쳐난 눈물이 바람을 맞아 흩어졌다.

 "나 때문에 프리우스가 죽었어! 내가 마녀라는 걸 숨기는 바람에――."

"기다려 주세요. 기다려요!"

롤로는 차꼬를 붙잡은 왼손에 힘을 주었다.

"아닙니다! 알고 있었을 겁니다. 사자왕은 당신이 마녀라는 사실을."

"……?"

"사자왕은 당신이 마녀니까 당신에게 접근했습니다!"

롤로의 말에 테레사리사는 미간을 찌푸렸다.

롤로는 그 목소리가 폭풍에 지워지지 않도록 소리쳤다.

"손거울입니다! 당신에게 주려던 그 손거울은 디트헬름 씨에게 받은 것입니다. 그리고 디트헬름 씨는 그걸 사자왕에게 받았죠. 자기 몸에 무슨 일이 생기거든 당신에게 돌려주라는 말과 함께——그 손거울은 원래 당신 것이지요? 당신이 땅에 묻어서 버린 것이죠!"

"어째서, 그걸——."

"피가로의 부하가 그걸 묻는 당신을 봤다고 합니다."

그것은 아까 감옥 앞에서 싸울 때 피가로에게 들은 이야기다.

피가로의 충실한 부하이자 근위대 부대장을 맡은 로베르트는 어느 날 새벽에 사람들의 눈을 피해서 성을 빠져나가는 메이드를 우연히 목격했다. 그리고 그 모습을 수상히 여겨서 뒤를 밟았다.

그는 테레사리사가 땅속에 상자를 묻는 모습을 보았다.

로베르트는 상자를 도로 파내어 상사인 피가로에게 보고했다. 손잡이에 뱀 장식이 휘감겼다는, 특징적인 하얀색 손거울이다.

뒤에는 'A. Fygi' 라는 이름이 새겨져 있었다.

조사해 보니, 가문의 문장으로 뱀을 쓰는 '피지 가문' 의 것이라고 판명되었다. 하지만 그 가족은 18년 전에 대륙 남쪽에서 추락 사고를 만나서 죽었다. '방랑민' 이 그 마차를 뒤져서 돈이 될 만한 것을 죄다 털어갔다고 한다. 그들의 시신은 마차에 방치되어 있었지만, 고작 한 살 된 그 가문의 딸의 시신만큼은 찾을 수 없었다고 한다.

피가로는 손거울을 자세히 조사하는 과정에서 어느 마녀에 도달했다. 이나테라 공화국을 중심으로 은색 낫을 휘두른다는, '마젠타' 라고 불리는 소녀다. 그 작은 마녀는 뱀 장식이 손잡이에 휘감긴 하얀 손거울을 지니고 다닌다고 했다.

피가로는 '마젠타' 의 피해자인 다코일 가문의 노파를 찾아냈다. 그리고 그녀를 성으로 데려와서, 일하는 테레사리사의 모습을 멀리서 보게 했다. 노파의 증언으로 테레사리사가 그 '마젠타' 라는 확신을 얻어서 근위대장으로서 사자왕 프리우스에게 보고한 것이다.

프리우스는 피가로에게서 손거울을 받고, 그 마녀를 자기 자신의 눈으로 확인하고 싶다고 말했다. 그리고 테레사리사가 저녁 무렵에 곧잘 성벽에 오른다는 것을 알고 만나러 갔던 것이다.

──나는 충고했다.

피가로는 롤로와 검을 나누면서 그렇게 말했다.

이 나라를 지키기 위해 마녀를 찾아냈다. 그런데 사자왕은 자기한테 맡기라고 말했을 뿐이지, 마녀를 배제하려고도 않는다.

그것도 모자라 마녀와 결혼하겠다는 말까지 했다. 어쩌면 왕은 마법에 걸린 게 아닐까── 이대로 가다간 나라를 마녀에게 빼앗긴다. 그렇게 생각한 피가로는 왕을 버리고 이 문제를 왕제인 오무라 뢰베에게 보고했다.

오무라는 이 사실을 이용하여 사자왕 자리를 노렸다. 테레사리사가 마녀라는 증거인 손거울은 프리우스가 가지고 있다. 그러니까 대신해서 마녀재해의 피해자── 다코일 가문의 노파를 증언대에 세운 것이다.

"──그러니까 사자왕은 알고 있었습니다."

롤로는 테레사리사에게 호소했다.

"당신이 마녀라는 것을 알면서 당신과 결혼하려고 했습니다!"

"그런……."

──그런 건 아무래도 좋아.

그 성벽 위에서 프리우스가 한 말을 떠올렸다.

──성의 메이드든, '방랑민' 출신이든.

──예를 들어서…… 그래, 네가 '마녀'라고 하더라도.

"알고 있었다고? 처음부터, 계속……?"

롤로의 손은 저리고 있었다. 창틀을 붙잡은 오른손도, 테레사리사의 차꼬를 붙잡은 왼손도. 창밖으로 기운 2인분의 체중을 버티던 손가락이 하나씩 떨어졌다.

"당신은 무슨 짓을 해도 마녀입니다──. 살아 있는 것만으로 두려움을 사고, 경원당하고, 기피되는 마녀. 하지만 비관할 건 없습니다. 당신은 아직 싸울 수 있습니다. 죽기에는 너무 이릅니다. 당신은 고독하지 않으니까요.”

롤로는 진녹색 눈동자로 똑바로 테레사리사를 바라보았다.

“당신은 마녀면 됩니다. 마녀로 살아도 됩니다. 프리우스 뢰베는 당신을 마녀라고 알면서 사랑했으니까!”

──그러니 잊지 마라. 내가 반한 것은 지금 여기에 있는 너다.

──네가 누구든, 나는 너를 계속 사랑하마.

프리우스의 말이 테레사리사의 뇌리에 되살아났다. 살아가는 것을 용서하듯이.

“당신은 정말 이상한 왕이야…….”

그때, 〈유폐탑〉에서 꽤 떨어진 장소에 있는 성에서 한곳이 불타올랐다. 비가 계속 내리는 어둠 속에서 커다랗고 붉은 불길이 떠올랐다.

롤로는 고개를 들었다. 성의 구석에서 치민 불길을 보면서 눈썹을 찌푸렸다.

테레사리사 또한 몸이 뒤로 기우뚱한 자세로 불길을 거꾸로 보았다. 왕성이 불타고 있다. 그 불길은 테레사리사의 가슴에 시들었던 분노나 증오를 이글이글 끓였다. 프리우스가 사랑한 이 나라를 비겁한 왕제에게 빼앗겨도 좋은가. 그것을 허락해도 좋은가──.

“마녀님!”

롤로가 거칠게 말했다.

“마녀님의 차꼬를 벗기고 싶은데, 열쇠는 오른손에 들고 있습니다.”

롤로는 시선만으로 창틀을 붙잡은 오른손을 가리켰다. 한데 묶인 열쇠다발은 그 손가락 끝에 걸려 있었다. 하지만 오른손을 놓으면 두 사람 다 창밖으로 떨어지겠지.

그렇다고 해도 롤로에게는 더는 끌어올릴 만한 힘이 없었다.

"하지만, 이제 한계라서……. 떨어지면서 차꼬를 벗길 테니까 마법으로 어떻게 할 수 있습니까?"

"검둥개. 내 손거울은 가지고 있어?"

"있습니다. 허리에 찬 삼베자루 안에……."

버렸을 터인 손거울이 프리우스의 손을 거쳐서 돌아왔다. 마치 프리우스가 싸우라고 말하는 것처럼. 테레사리사는 몸을 눕힌 채로 눈을 감았다. 깊게 숨을 들이마셨다.

"알았어. '거울의 마녀'는 당신에게 힘을 빌려줄게. 다만 조건이 하나 있어."

그리고 다시금 고개를 들었다. 불타는 듯한 붉은 눈동자가 롤로를 노려보았다.

"오무라는 내가 죽일 거야."

"알겠습니다……."

롤로는 마녀의 살의에 몸을 떨었다.

"그럼 좋아. 떨어지자."

롤로는 오른손을 창틀에서 미끄러뜨리듯이 놓았다.

두 사람은 유폐탑의 최상층에서 곤두박질했다.

롤로는 공중에서 열쇠다발 속 하얀 것을 골라 테레사리사의 두 손목을 구속하는 돌차꼬의 열쇠구멍에 꽂았다. 그리고 순식간에 돌려서 차꼬를 벗겨냈다.

곧바로 테레사리사가 주문을 외웠다──.

"거울아, 거울아."

롤로의 허리에 묶인 삼베자루에서 은색 액체가 흘러나왔다. 마치 수은 같은 대량의 액체는 테레사리사의 등에 모였다.

테레사리사는 낙하하면서 롤로를 품에 껴안았다.

다음 순간에는 새가 날개를 펼치듯이 테레사리사의 등에 달라붙은 액체가 크게 펼쳐졌다. 형태를 빚은 그것은 말 그대로 은색 날개였다.

"대단해……."

롤로는 테레사리사에게 달라붙어서 그 불가사의한 현상을 목격했다.

은색 날개가 펄럭이고 두 사람은 빙글 몸을 돌려 똑바로 섰다. 날개가 두 차례 더 펄럭여서 낙하 속도를 죽인 채로 두 사람은 지상으로 다가갔다.

어느 정도 지면에 가까워졌을 때, 롤로는 테레사리사의 몸에서 손을 떼고 뛰어내렸다.

테레사리사가 착지하자, 은색 날개는 녹아서 액체로 돌아가 커다란 슬라임 같은 덩어리가 되었다.

테레사리사는 롤로에게 손을 내밀었다.

"손거울, 전해 줘서 고마워."

롤로는 허리의 자루에서 거울을 꺼내어 테레사리사에게 돌려주었다.

테레사리사가 손거울을 아래에 있는 슬라임에게 보여주자 슬라임은 거울 표면으로 빨려 들어갔다. 롤로가 보자면 정말로 기묘한 광경이었다. 테레사리사가 가진 손거울을 가리켰다.

"그 은색 물체는…… 살아 있습니까?"

"살아 있는 건 아니야. 내 뜻으로 움직이는 거야."

테레사리사가 퍼올리듯이 손거울을 흔들었다. 은색 액체는 손거울 안으로 사라졌다.

"헤에……. 신기하네요."

"하지만 이름은 있어."

"이름? 뭐라고 합니까?"

"에이프릴. 내 본명이래. 양부모가 가르쳐 줬어. 이 손거울에도 이니셜이 새겨져 있어."

"어. 그럼 에이프릴 님이라고 불러야 할까요?"

"테레사리사면 돼. 그런 이름으로 불리던 적의 일은 기억 못하니까. 그런 것보다도——."

테레사리사는 어둠 속에서 불타는 성을 가리켰다.

"저 장소, 예배당이야. 우리의 혼례가 치러진 장소……. 캠퍼스펠로우 사람들은 지금 어디에 있어?"

"뢰베와의 친선 파티가 열리고 있을 겁니다. 장소는 못 들었습니다만…… 설마 예배당에서 하는 건…….."

"가능해. 서두르는 게 좋을지도. 저 불꽃……. 마법으로 일으킨 거야."

"예……? 마법이라면 마술사입니까? 왜 뢰베에 마술사가?"

"그건 몰라. 내 마녀재판을 위해서 불렀을까……. 아니면 오무라가 뭔가 꾸민 것일까."

"……."

롤로는 입을 다물었다. 불온한 상황에 불길한 예감이 들었다.

6

예배당에서의 학살이 시작된 뒤로 카푸치노는 계속 테이블 밑에 숨어 있었다.

돌벽이 페로캑터스의 마법으로 불타올랐을 때도, 하틀랜드와 기사들이 정문에서 탈출했을 때도, 테이블 밑에서 떨고 있느라 나갈 타이밍을 놓쳐버렸다.

그 손에는 롤로에게 받은 다이어울프의 발톱이 쥐어져 있었다. 롤로는 그게 부적이 된다고 말했다. 지금이야말로 지켜줬으면 한다. 도와줬으면 한다. 떨리는 손으로 세게 발톱을 움켜쥐었다.

"도와줘요, 롤로 씨……."

살아남은 캠퍼스펠로우 사람들을 쫓아서 금사자 기사나 용병들, 두 마술사는 예배당을 나갔다. 금사자 기사 몇 명이 예배당에 남아서 거센 불길을 잡으려고 뛰어다녔다.

이대로 테이블 밑에 숨어 있어도 누가 도우러 올 것 같지 않다. 카푸치노는 용기를 내서 테이블 밖으로 기어 나왔다. 기사들에게 들키지 않도록 몸을 숙이고서, 하틀랜드가 깨뜨린 정문으로 향했다. 얼른 캠퍼스펠로우 사람들과 합류해야 한다.

몸을 숨기면서, 쓰러진 캠퍼스펠로우 사람들을 곁눈으로 보았다. 등에 칼을 맞은 자. 불타서 몸이 숯이 된 자. 다 아는 얼굴이었다. 카푸치노는 이를 딱딱 부딪치면서 불타는 예배당에서 복도로 나갔다.

복도에 사람은 없었지만, 큰 목소리와 뛰어다니는 발소리가 멀리서 들렸다.

금사자 기사나 용병들이 모이는 걸지도 모른다. 복도 왼쪽에서 다가오는 금사자 기사들을 눈치채고, 카푸치노는 황급히 등을 돌렸다. 그들과는 반대 방향으로 벽을 따라 빠르게 걸어갔다.

캠퍼스펠로우 사람인 자신이 뢰베의 기사에게 들키면 죽을 것이다. 이유는 모르지만, 이 학살은 그런 것이다. 금사자 기사나 용병이나 마술사들은 캠퍼스펠로우 사람들을 노리고 있다. 예배당을 나간 자들은 무사히 도망쳤을까. 델리리움이나 롤로의 얼굴을 떠올리며, 불안한 마음에 눈물이 떠올랐다.

"다들, 어딨어……?"

앞쪽에서 남자의 비명이 들렸다.

카푸치노는 조심조심 전진했다. 그대로 복도를 따라서 정원을 둘러싼 회장으로 나갔다. 거기는 어제 롤로와 피가로가 연습 경기를 벌였던 장소, 〈왕의 모형정원〉이었다.

기둥들이 늘어선 회랑으로 둘러싸인, 널찍한 정원이었다. 잘 손질된 잔디가 깔렸고, 여기저기에 꽃들이 핀 화단이 설치되었다. 정원 중앙 부근에 있는 멋진 떡갈나무는 널찍하게 가지를 뻗치고 노란 이파리를 달고 있었다.

회랑의 기둥들에는 횃불이 밝혀져 있기 때문에, 비가 내리는 정원은 의외로 밝았다.

복도로 도망친 캠퍼스펠로우 사람들은 탁 트인 정원이나 회랑을 뿔뿔이 흩어져서 도망쳤다. 정원에서 실내로 향하는 복도는 여러 군데 있었다. 하지만 어느 복도에서도 금사자 기사들이 나타났다. 저쪽도 안 된다, 이쪽도 안 된다, 그러며 물러나는 동안에 캠퍼스펠로우 사람들은 정원에 몰렸다.

그들의 뒤에서 페로캑터스가 쫓아왔다.

철화 기사가 빼앗은 검을 들고, 페로캑터스의 두 손에 휘감긴 불길에 저항했다. 하지만 휘두르는 검은 재빠른 페로캑터스를 스치지도 못했다. 불타버리는 것도 시간 문제였다.

하틀랜드는 버드를 질질 끌듯이 옆구리에 끼고 있었다. 회랑에서 비가 내리는 정원으로 나갔다. 그 등은 아직도 불타고 있었다.

정원을 돌파하여 맞은편 회랑으로 가려고 했지만, 그 뒤를 라지니가 쫓아왔다.

"매정하긴. 어딜 가려고!"

하틀랜드는 재빨리 돌아보며 창을 방패 삼아서 라지니의 손바닥을 막았다. 그 바람에 버드를 잔디 위에 떨어뜨렸다.

"큭……. 버드 님. 죄송합니다!"

하틀랜드가 창을 휘둘러서 라지니를 밀어냈다.

곧바로 쓰러진 버드를 일으키려고 했지만, 버드는 그 손을 뿌리쳤다.

"됐다. 혼자서 설 수 있어."

"……."

버드는 상체를 일으켰다. 하틀랜드는 그 모습을 보면서 필사적으로 생각했다. 주군이 살아남는 방법을. 이 성에서 탈출시킬 방법을. 생각하면서 가발을 쓰고 웃통을 벗은 마술사를 향해 다시금 창을 들었다. 적어도 이 남자를 어떻게 하지 않으면 도망칠 수 없다.

그럼 여기서부터는 별개로 행동한다.

"버드 님. 제가 놈을 붙잡아 두겠습니다. 그 틈에 부디 도망치십시오."

"너를 방패로 쓸 생각은 없어. 싸울 거면 이겨라. 명령이다."

"……."

하틀랜드는 대답하지 않았다. 대답할 수 없었다. 이길 수 있을지 모른다. 그러니까 방패로 써 주기를 바랐는데. 창을 쥔 손에 힘을 넣었다. 질 수 없어졌다. 하틀랜드는 창끝을 아래로 향하게 들고 한 걸음, 두 걸음 라지니를 견제하며 앞으로 나섰다.

라지니는 일정 거리를 지키며 하틀랜드가 다가온 만큼 후퇴했다. 진지한 얼굴로 노려보는 하틀랜드와 달리 두 팔을 펼치고 여유로운 표정이다.

"너 참 재미있는걸. 아앙? 등이 계속 불타고 있는데, 뜨겁지도 않냐?"

그 손바닥에 모였을 마력은 보이지 않지만, 라지니의 손에 닿은 빗방울은 슈욱 하고 증기를 발하며 사라졌다.

"이 정도는 뜨겁지도 않다."

이마에 비지땀을 흘리면서 하틀랜드는 고집스럽게 말했다. 정원에 내리는 비에 젖어서 불길의 기세는 줄어들었지만, 페로캑터스의 불길은 대상이 완전히 타버릴 때까지 꺼지지 않는다. 불씨인 마력이 있는 한 하틀랜드의 등은 계속 불탄다.

어느 틈에 하틀랜드는 정원 중앙 부근까지 와 있었다. 발밑에는 기합 개시의 위치를 알리는 하얀 줄이 그어져 있었다. 여기는 검을 겨루기 위한 장소다.

라지니 또한 다른 쪽 줄 위에 서 있었다. 하틀랜드는 버드에게서 라지니를 떼어놓으려고 밀어낼 작정이었는데, 아무래도 여기까지 유도된 모양이었다.

주위 회랑이나 잔디 위에는 아직 살아남은 철화 기사들이 금사자 기사나 용병, 그리고 페로캑터스를 상대로 싸우고 있었다.

고함이나 비명이 울리는 정원의 중심에서, 하틀랜드와 라지니는 마주 보고 섰다.

라지니는 목을 돌리거나 가볍게 점프했다.

"넌 이름은 뭐야?"

"〈철화 기사단〉 단장, 하틀랜드 파블로다."

"단장이었나. 그래…… '등이 불탄 바늘두더지'로군."

하틀랜드의 팔에 수놓인 기사단 문장을 가리키고 라지니는 웃었다. 등이 불탄 바늘두더지의 문장은 지금 등이 불타는 하틀랜드와 비슷했다.

라지니는 두 팔을 펼치고 자세를 낮추었다.

"자, 2회전을 시작해 볼까. 하틀랜드 파블로."

"좋다. 덤벼봐라, 마술사."

거기에 답하여 하틀랜드는 창을 휘두르고 탠저링 트리의 칼날을 펼쳤다.

한편 정원을 빠져나간 캠퍼스펠로우의 일부 사람들은 회랑 가장자리에서 경비가 느슨한 복도를 발견했다. 거기를 통해 성을 빠져나가 밖으로 도망칠 수 있을지도 모른다.

"저쪽이다! 달려라!"

빼앗은 검을 손에 든 두 기사에게 보호받으면서 세 명의 문관들은 달렸다.

화단의 꽃을 짓밟고 똑바로 정원 가장자리를 향해 달렸다. 뒤에서는 페로캑터스가 쫓아오고 있었다. 하지만 앞쪽의 복도에는 금사자 기사나 용병들의 모습이 없다. 회랑 앞에 서 있는 것은 검은 드레스의 귀부인 한 명뿐──.

"어머, 벌써 시작되었네?"

챙이 넓은 검은색 모자에 눈가를 붕대로 가린 귀부인은 재판관 중 한 명. 아네모네였다.

"거기를 비켜 주시죠……!"

일행을 선도하는 철화 기사는 그걸 모른다. 귀부인을 그냥 귀족이라고 생각하여, 달리면서 칼을 들이대며 말했다. 아네모네는 그 위치에서 움직이지 않았다. 그렇다면 그녀를 피해서 빠져나가려는 젊은 기사의 발목을 누군가가 붙잡았다.

앞으로 고꾸라지는 기사. 살펴보니 발목을 붙잡은 시커먼 팔은 아네모네의 발밑에 드리워진 그림자에서 나온 것이었다.

"뭐, 뭐지…… 이건?"

선도하던 기사를 뒤따르던 네 명도 발을 멈추었다.

"어딜 가려는 거야? 당신들. 참극은 이제부터 시작인데——."

아네모네의 발밑에 드리워진 그림자에서 팔이 하나 더 나왔다. 어깨가 나오고, 가슴이 나오고, 갈비뼈가 툭 튀어나오도록 마른 남자의 실루엣이 떠올랐다. 남자는 그림자의 색깔과 마찬가지로 온몸이 시꺼멓다. 굴곡 있는 그 얼굴은 무슨 가면 같아서 의지가 느껴지지 않았다.

그 얼굴의 코 위에 가로로 금이 있었다. 쩌억 하고 위아래로 벌어진 머리에서는 인간과 같은 이빨이 있었다. 그것이 이 그림자의 진짜 입이라는 것을 알 수 있었다.

그림자에서 나타난 그 남자는 손에 잡은 젊은 기사의 발목을 들어 올렸다. 다른 손으로 기사의 머리를 붙잡고 그 머리를 덥석 깨물었다. 기사의 단말마가 정원에 울려 퍼졌다.

남겨진 기사와 세 문관은 너무나도 충격적인 광경에 다리가 얼어붙었다.

그림자 남자는 젊은 기사의 몸을 커다란 입에 쑤셔 넣었다. 모든 것을 먹어치우고 돌아본 그 얼굴은 방금 먹은 젊은 기사와 똑같았다.

일어선 그림자 남자의 몸이 순식간에 변했다. 알몸이었던 것이 기사와 똑같은 복장으로 변하고, 그 손에는 기사가 쥐고 있던 검이 만들어졌다.

다만 온몸은 시꺼먼 상태고 눈의 초점이 맞지 않았다.

"호호호. 젊은 애는 살이 잘 붙어서 좋네, 타타카리."

'나의 기사님' —— 자기 그림자가 먹은 기사를 복제한다. 아네
모네의 고유마법이다. 이 그림자를 아네모네는 '타타카리'라고
불렀다. 이나테라 공화국 오지의 말로 '너무 좋아서 죽여 버릴
것 같다'라는 의미였다.

"오오오오……. 오오오오……."

타타카리는 비장함으로 가득한 울음소리를 내었다. 폭풍 부는
밤에 들리는 바람소리와 비슷한 소리로. 남은 기사는 세 문관을
지키며 검을 들었다. 그를 향해 타타카리가 덤벼들었다.

카푸치노는 정원 구석에 있었다. 타타카리가 사람들을 베어 죽
이는 그 대각선 맞은편에 위치했다. 참극은 정원 곳곳에서 벌어
지고 있었다. 회랑을 뛰어다니는 사람들은 금사자 기사나 용병
들에게 포위되었고, 정원 중앙에서는 등이 불타는 하틀랜드가
라지니와 대치하고 있었다. 캠퍼스펠로우 사람들은 거의 남지
않았다.

페로캑터스가 사냥감을 타타카리에게 빼앗겨서 걸음을 멈추
더니 주위를 둘러보고 다음 사냥감을 찾았다. 그리고 정원 구석
에서 떨고 있는 카푸치노를 발견하고 빙그레 웃었다.

카푸치노의 몸이 굳었다.

——도망쳐야 해. 얼른 어디에 숨어야 해.

머리로는 그렇게 생각하는데 다리가 떨려서 움직이지 않았다.

눈물이 넘쳐나고 콧물을 흘렸다. 부적을 꼭 가슴에 끌어안았다. 카푸치노는 멍하니 깨달았다. 아아, 그래, 나는 여기서 죽는구나, 라고——.

"카푸!"

뒤에서 익숙한 목소리가 들려서 카푸치노는 돌아보았다. 예배당으로 이어지는 복도에서 롤로가 달려왔다. 검은 암살자용 옷을 입고 투구의 안면 보호대는 올리고 있었다. 그 모습을 보고 안도했지만, 카푸치노는 곧 다급히 고개를 흔들고 눈물로 젖은 얼굴로 외쳤다.

"잠깐, 오지 말아요!"

롤로는 회랑에서 발을 멈추었다.

"나를, 만졌, 으니까."

"……?"

카푸치노의 뒤에서 페로캑터스가 그 등을 향해 손가락을 뻗었다. 카푸치노는 예배당 입구에서 페로캑터스와 접촉했다. 그 작은 몸에 안겼다.

"아앗……!"

잡게 작은 비명을 지른 카푸치노는 롤로의 눈앞에서 순식간에 불길에 휩싸였다.

"카푸……?!"

"비켜, 검둥개."

경악하는 롤로의 옆을 테레사리사가 빠져나갔다.

동시에 손거울을 들고 거울 표면에서 은색 액체를 발생시켰다.

"불을 꺼, 에이프릴!"

액체는 순식간에 카푸치노의 불타는 상반신을 감쌌다. 발생한 불길을 힘으로 억누르듯이. 상반신이 액체로 감싸인 카푸치노는 잔디 위에 무릎을 꿇고 쓰러졌다.

테레사리사는 바로 액체를 회수했다. 손에 든 손거울을 휘두르 자 그 거울에 은색 액체가 모였다. 액체가 이동하여서 카푸치노 의 얼굴이 보였다. 그 몸에서 발생한 불길은 사라졌다. 롤로는 카 푸치노의 곁으로 달려가서 축 늘어진 그 몸을 팔에 안았다.

"카푸……! 정신 차려."

카푸치노는 눈을 감은 채로 대답하지 않았다. 흑발의 끄트머리 는 열기에 오그라들었고, 메이드복은 검게 탔다. 롤로는 카푸치 노의 목덜미에 손가락을 대고 맥을 짚었다. 두근 하고 희미한 고 동을 느꼈다.

"그 애, 살아 있어?"

테레사리사는 정면의 페로캑터스를 경계하면서 카푸치노를 곁눈질하였다.

"괜찮습니다. 살아 있습니다."

"그래, 다행이네."

"무슨 일이…… 일어난 겁니까?"

"그 애, 몸에 잔뜩 마력이 붙어 있었어. 아마 그게 불씨가 되어 서 불탄 거야. 그러니까 에이프릴로 그 마력을 없앴어. 불씨를 붙 인 건 저 녀석이야."

"어라. '거울의 마녀'?"

페로캑터스는 놀라서 고개를 갸웃거렸다.

"감옥에 있는 거 아니야?"

테레사리사는 손거울을 휘둘렀다. 그 표면에서 다시금 은색 액체가 발생하여 테레사리사의 머리 위에서 호를 그리며 굳었다. 기둥에 밝힌 횃불의 불빛을 받아서 번쩍이는 칼날이나 자루에 넝쿨이나 이파리가 뒤얽힌 섬세한 조각이 새겨졌다. 그것은 마치 사신이 품에 안고 있을 듯한 커다란 낫.

"멋대로 나오면 안 되잖아, 거울의 마녀. 페로가 붙잡아 줄게."

페로캑터스는 두 손에 불길을 만들고 테레사리사를 향해 달렸다.

"낫은 오래간만이지만."

테레사리사 또한 은색 낫을 휘두르며 달렸다.

"수도녀에게 붙잡힐 만큼 둔하진 않아."

두 사람은 비가 내리는 정원에서 격돌했다. 페로캑터스의 불길에 휩싸인 손에 테레사리사의 몸에 닿는다──그 직전에. 테레사리사는 그것을 스텝을 밟아 피하고 페로캑터스의 머리에 낫의 칼날을 휘둘렀다.

"아, 앗, 와앗……."

페로캑터스는 반사적으로 칼날을 피하면서 재빠르게 후퇴하고──테레사리사는 다시금 크게 낫을 휘둘러서 추격했다. 페로캑터스는 그 기세에 눌려서 더욱 후퇴하지만──은색 낫의 자루나 그 칼날은 테레사리사의 의지에 따라 자유자재로 늘어났다.

"꺄아아아아악……!!"

예상을 뛰어넘게 늘어난 칼날에 어깨를 베이고, 페로캑터스는 비명을 질렀다.

7

"비켜, 변태, 변태!"

침대 위에서, 올라탄 오무라에게 눌린 델리리움은 다리를 버둥 거렸다.

팔을 가슴 앞에서 교차해서 드러난 가슴을 숨겼다. 팔에 눌린 풍만한 가슴은 오무라의 콧김을 더욱 거칠게 만들었다.

"오호. 꽤나 조숙하군요. 공주."

오무라는 올라탄 채로 바쁘게 자기 상의 단추를 끌렀다. 포도 주스로 더러워진 상의를 벗어던지고 디룩디룩하게 살찐 배를 드 러냈다. 그 눈은 옷을 벗으면서도 델리리움의 가슴을 향하고 있 었다.

"자, 사자를 좋아한다고 말했지요. 기뻐하세요, 사자왕의 아내 로 마음껏 사랑해 주려는데."

"시끄러. 너는 돼지잖아! 돼지, 돼지왕!"

델리리움은 오무라에게 깔려있던 다리를 힘껏 빼냈다. 다리를 버둥거리며 오무라의 얼굴이나 배를 걷어찼다. 하지만 곧바로 발목을 붙잡혔다.

오무라가 다리를 들어올리는 바람에 뽀얀 허벅지가 드러났다.

"꺄아아아!"

델리리움은 올라가는 스커트를 손으로 붙잡았다.

오무라는 벌어진 다리 사이로 몸을 비집어 넣더니 그대로 델리리움을 덮쳤다.

"좋아, 좋아요! 어디 한번 날뛰어 보시죠. 한층 달아오르기 시작했어요."

"도와줘. 누가 좀——."

소리치는 델리리움의 코에 입술을 들이댔다.

얼굴을 돌리는 델리리움. 그 뺨을 오무라의 두꺼운 혀가 날름 핥았다.

"싫어…… 우읍!!"

그때였다. 고개를 돌린 델리리움은 침대 옆에서 있을 리 없는 것을 보았다.

융단 위에 떨어진 것은 사람의 손목이다. 손목이 다섯 개의 손가락을 다리처럼 써서 서 있었다. 손목의 절단면은 검어서 마치 푸줏간의 식칼로 성둥 잘라낸 것처럼 깨끗했다. 피는 한 방울도 흐르지 않았다.

——저건 뭐야?

눈을 크게 뜬 델리리움의 앞에서 손목이 발을 구르듯이 움직였다.

"도저히 봐줄 수 없군."

갑자기 들려온 것은, 오무라의 목소리가 아닌, 부드러운 남자 목소리——.

갑자기 오무라가 상반신을 일으켰다.

"이……어……?"

신음을 내는 그를 보자, 그 굵은 목을 손목이 조르고 있었다. 바닥에 떨어져 있던 것과는 또 다른 손목이었다. 오무라는 괴로운 듯이 발버둥치고 손목을 떼어내려고 손톱을 세웠다. 하지만 손목은 떨어지지 않았다. 이 손목의 절단면 또한 검고, 피는 한 방울도 흐르지 않았다.

"어떻게 된 거야……?"

오무라는 결국 입에서 거품을 뿜고 흰자위를 까뒤집으며 뒤로 자빠졌다. 델리리움은 그 뒤에 어떤 인물이 서 있다는 것을 깨달았다.

챙 있는 모자를 쓰고 검은색 로브를 둘렀다. 그 얼굴에는 마치 새처럼 커다란 부리가 달린 가면이 씌워져 있었다. 손에는 각진 소가죽 가방을 들고 있었다.

델리리움은 그 기이한 모습의 인물을 본 적이 있었다. 마녀재판 때, 테레사리사의 돌차꼬와 이어진 사슬을 끌고 선도하던 사람이었다.

"당신은, 누구야?"

델리리움은 시트를 끌어당겨서 드러난 가슴을 가렸다.

문제의 인물은 오무라의 목을 계속 조르는 손목으로 시선을 내렸다.

"어차, 죽이면 안 돼."

마치 장난치는 개를 부드럽게 타이르는 듯한 말이었다. 손목은 얌전히 그 인물의 말을 들어서 목을 조르던 힘을 늦추었다.

"안녕하신지요, 미스 델리리움 그레이스."

수수께끼의 남자는 침대 옆에 서서 델리리움을 정면에서 바라보았다. 표정은 가면 때문에 전혀 알 수 없었다. 마치 무표정인 채로 바라보는 듯한 기분이라서 기분이 이상해졌다.

"파르미자노 레자노라고 합니다."

"파르미……자노."

"캠퍼스펠로우의 공주인 당신은 본래 포상 중 하나로 이 남자에게 주어져야 했습니다만……."

파르미자노는 소가죽 가방을 융단 위에 놓더니 왼손의 장갑을 벗었다. 드러난 손을 침대 위의 델리리움에게 뻗었다. 하얗고 가느다란, 예쁜 손가락이었다.

"그 아름다운 손이 추한 것에게 잡아먹히는 것을 보는 건 참을 수 없군요."

"……."

델리리움은 경계하면서도 침대에서 내려왔다. 정체 모를 인물이다. 하지만 오무라의 마수에서 구해 준 것은 사실이다.

"고마워……."

델리리움은 감사의 말을 하였다. 그리고 자연스럽게 내민 손을 잡고 일어섰다.

파르미자노는 델리리움의 손을 다른 손으로 감쌌다.

"무사해서 다행이군, 정말로."

다음 순간 현기증을 느낀 델리리움의 의식이 멀어졌다.

힘이 빠져서 쓰러지는 그 몸을 파르미자노가 받아 안았다.

8

롤로는 정신을 잃은 카푸치노를 회랑에 눕힌 뒤에 정원을 둘러
보며 버드의 모습을 찾았다. 정원은 전장으로 변해 있었다. 중앙
의 연병장에서는 하틀랜드가 재판관을 상대로 창을 들고 있었
다. 버드는 회랑의 기둥에 등을 기대고 앉아 있었다.

"무사하십니까, 버드 님."

롤로는 바로 버드의 곁으로 달려갔다. 배와 어깨, 그리고 허벅
다리에 석궁 화살을 맞은 버드는 숨을 헐떡였다. 안색이 창백하
다.

그 옆에 무릎을 꿇은 롤로는 버드에게서 간단히 상황 설명을 들
었다. 친선 파티는 함정이었다는 것, 캠퍼스펠로우 측의 정보가
그대로 흘러나갔다는 것. 배신자가 있을지도 모른다는 것. 그리
고 델리리움의 모습이 보이지 않는다고 버드는 말했다.

"델리리움을 찾아다오. 반드시."

상처가 아픈 건지 버드는 얼굴을 찌푸렸다. 화살이 꽂힌 배에
서 붉은 피가 배어 나왔다.

롤로는 버드에게 용기를 주려고 일부러 밝게 말했다.

"한 가지 낭보가 있습니다. 왕비 테레사리사는 마녀였습니다.
우리에게 협력해 줄 겁니다."

"그런가……."

"지금도 마술사 한 명과 교전 중입니다. 우리는 지금 당장 성을 나가죠. 버드 님의 안전을 확보한 뒤에 델리리움 님을——."

말하는 도중에 버드는 "그 전에."라며 롤로의 말을 가로막았다. 눈으로 가리킨 곳은 정원의 중앙. 연병장의 시합용 필드였다. 달려드는 라지니에게 하틀랜드가 창을 휘두르고 있었다.

"하틀랜드가 고전하고 있다. 힘을 빌려줘라."

닿은 빗방울을 증발시키면서 라지니의 손바닥이 다가왔다.

붙잡힌 애창 탠저링 트리의 자루에서 슈욱 하고 대량의 증기가 피어올랐다.

"으으으으으윽……!!"

하틀랜드는 창을 회전시켜서 라지니를 밀쳐냈다.

회랑의 횃불이 밝히는 연병장에서 하틀랜드와 라지니의 대결은 계속되었다. 하틀랜드의 등은 지금도 계속 타오르고 있었다. 예배당에서의 전투 때 붙잡혔던 목은 문드러져 있었다.

여러 개의 칼날을 가지고 복수의 적과 싸울 때 그 강함을 자랑하는 탠저링 트리도 근접 전투 스타일의 라지니가 상대면 생각만큼 그 힘을 발휘할 수 없었다.

나뭇가지처럼 펼쳐지는 칼날은 찌르기 한 번으로 많은 인간을 꿰뚫을 수 있지만, 가지가 많은 만큼 크게 휘두르게 된다. 접근을 허용하면 창을 빠르게 돌려야 하기 때문에 일일이 칼날을 자루 안에 넣어야만 했다.

"……후우……후우……."

하틀랜드의 호흡은 흐트러졌다. 쏟아지는 비가 핏기 가신 창백한 얼굴을 적셨다. 방어만 하는 것은 바라는 바가 아니다. 한시라도 빨리 버드를 데리고 성을 나가야만 한다. 얼른 라지니를 쓰러뜨려야만 하는데 확실히 몸의 움직임이 둔해졌다.

창을 휘두르는 자신의 손가락이 살짝 떨리는 것을 깨닫고 하틀랜드는 세게 창자루를 움켜쥐었다. 마술사에 대한 공포는 없다. 다만 이대로 가다간 버드를 지켜낼 수 없을지도 모른다. 그게 두려웠다.

──누가…… 버드 님을 모시고 도망가 준다면…….

하틀랜드는 무의식중에 곁눈으로 버드의 모습을 찾았다. 그게 틈을 만들었다. 발을 내디딘 라지니가 순식간에 하틀랜드의 품에 파고들었다.

"주군이 걱정되나? 질투 나잖아, 하틀랜드. 나를 보라고."

"큭…… 이런──."

하틀랜드는 재빨리 창을 세워서 방패로 삼았다. 라지니는 그 자루를 붙잡았다. 그리고 다른쪽 손으로 창을 움켜쥔 하틀랜드의 오른쪽 손목을 붙잡았다. 슈욱 하고 하틀랜드의 손목에서 증기가 일었다.

"끄아아……!!"

"하하하! 아픈가? 아프겠지!"

그 손을 뿌리칠 만큼 힘이 들어가지 않았다. 하틀랜드는 라지니의 안면에 박치기를 날렸다. 하지만 라지니는 움츠러들지 않았다. 튕겨난 머리를 되돌린 라지니의 코에서는 피가 흘렀지만,

두 손은 하틀랜드의 손목과 창자루를 단단히 붙잡은 상태였다.

"어이, 왜 그래?!"

라지니는 하틀랜드의 얼굴을 들여다보았다. 입술에 흐르는 코피를 혀로 핥았다.

"더 저항하지 않으면 손이 타버릴걸?"

"끄으, 후우……!"

그때 라지니는 뛰듯이 달려드는 그림자를 깨달았다. 검은 장갑에 검은 투구를 쓴 검둥개――롤로는 순식간에 라지니의 품 안으로 파고들어서 팔을 휘둘렀다.

라지니는 반사적으로 하틀랜드에게서 두 손을 떼고 상체를 젖혀서 그것을 피했다―― 그와 동시에 그 장갑을 붙잡아서 롤로의 움직임을 막았다.

"어이어이……. 넌 뭐야?"

라지니에게 붙잡혀서 증기를 피우는 장갑 끝에서 칼날이 엿보였다.

"이런 눈치 없는 놈이 있나……. 나는 남자 대 남자의 일대일 대결에 끼어드는 녀석이 제일 싫거든?"

재빨리 라지니는 비어 있는 오른손으로 롤로의 안면 보호대를 붙잡았다.

롤로의 투구가 증기를 내며 녹았다.

"……!"

그 상황에서 하틀랜드가 라지니의 발밑부터 도려내듯이 창을 쳐올렸다. 라지니가 뒤로 물러나자 하틀랜드는 재빨리 창끝을 겨누며 견제하고 롤로를 곁눈으로 보았다.

"뭐 하는 거냐? 버드 님을 데리고 도망쳐."

대미지가 축적된 거겠지. 하틀랜드는 숨을 헐떡이고 있었다.

롤로의 투구는 녹아버려서, 얼굴 왼쪽이 드러냈다.

"그러고 싶습니다만. 버드 님의 명령입니다. 협력해서 마술사를 쓰러뜨리라고 하십니다."

"쓰러뜨릴 수 있을까⋯⋯? 저 남자를 포함해서 마술사는 아마 세 명 넘게 있을 것이다."

"모릅니다. 하지만⋯⋯ 불가능은 아니라고 생각합니다."

롤로는 옆을 보았다. 하틀랜드도 그 시선을 따라갔다.

정원 맞은편에서는 테레사리사가 은색 낫을 휘두르고 있었다. 붉은 드레스를 휘날리며, 불꽃을 손에 두른 페로캑터스를 희롱하고 있었다.

"우리 편에는 '거울의 마녀'가 있으니까요."

〈왕의 모형정원〉에 차례로 금사자 기사들이 모여들었다. 마술사들과 협력하여 캠퍼스펠로우 사람들을 쓰러뜨리려고, 정원을 포위하듯이 회랑에 모습을 보였다.

그중에 오른팔을 삼각두건으로 묶은 피가로의 모습도 있었다. 〈유폐탑〉에서 롤로에게 패해 기절했지만, 눈을 뜨고 여기로 달려온 것이다.

일은 이미 시작되었다. 캠퍼스펠로우 사람들은 이미 대부분이 숨졌다. 정원의 잔디나 회랑에 수많은 시체가 굴러다녔다.

죽 둘러볼 때 아직 싸우고 있는 것은 연병장 중앙에서 라지니와 대치한 롤로와 하틀랜드, 그리고 페로캑터스와 전투를 펼치는 테레사리사다.

 내일 화형에 처할 예정인 마녀를 여기서 놓칠 수는 없다.

 "너희들, 왜 구경만 하는 거냐! 얼른 마녀를 붙잡아!"

 피가로는 회랑에서 머뭇거리는 금사자 기사들에게 소리쳤다.

 "마술사들에게 뒤처지지 마라! 팔 한두 개 날아가도 좋으니까 저 여자를 붙잡아! 알겠나, '사자왕 살해'의 범인을 놓치면 기사의 명예는 없다고 생각해라⋯⋯!!"

 피가로의 일갈에 기사들은 차례로 검을 고쳐 들고 고함을 지르며 정원으로 뛰어들었다.

 테레사리사는 페로캑터스의 불타는 두 손을 피하면서 뒤에서 덤벼드는 기사의 검을 흘낏 보고 상체를 돌렸다. 머리 위에서 떨어지는 검을 피하고, 연이어서 옆에서 뻗어오는 검을 몸을 비트는 것으로 피했다.

 테레사리사를 향해 연이어 검이 날아들었다. 테레사리사는 그것을 모두 피하고, 혹은 낫자루로 받아내고 튕겼다. 춤추듯이 회전하며 낫을 휘두르며 기사의 머리를 낫 머리 부분으로 쳐냈다.

 "끄아아⋯⋯!!"

 잔디에 구르는 기사를 뛰어넘어서 또 다른 기사가 덤벼들었다. 테레사리사는 그들의 목을 낫의 자루—— 그 끝부분으로 찌르고, 혹은 낫의 머리를 휘둘러서 때렸다. 아무리 덤벼든다고 해도 금사자 기사들을 죽이고 싶지는 않다. 뢰베의 기사들은 프리우스의 부하들이니까.

하지만 페로캑터스의 경우는 다르다.

"으으, 이 녀석들, 뭐야……?!"

테레사리사에게 얻어맞아서 날아간 기사들과 부딪쳐서 페로캑터스는 테레사리사에게 다가오지 못하고 있었다. 페로캑터스에게 기사들과 협력할 마음은 전혀 없다. 그들은 테레사리사와의 전투를 방해하는 훼방꾼에 불과했다.

"비켜, 방해돼……!!"

부딪쳐서 닿은 순간에 묻힌 불씨를 단숨에 발화시켰다.

그 순간, 두 사람을 둘러싼 기사들의 팔과 머리와 어깨 등 몸의 일부가 타올랐다. 묻힌 불씨는 소량이지만, 일제히 타오른 불길은 정원을 밝게 비추었다.

기사들은 공황에 빠지고, 비오는 밤하늘에 비명이 울렸다.

"우아아아아……!!" "꺼줘!!" "뜨거워, 뜨거워, 뜨거워……!" "살려줘!"

──그리고 테레사리사는 낫을 머리 위로 던졌다.

빈손을 아래쪽으로 휘두른다. 다음 순간 낫이 액체로 변해서 흩어졌다. 무수하게 분산된 은색 액체는 유성처럼 쏟아져서 기사들의 불타는 부분에 달라붙었다.

정원을 밝게 비추던 불길이 순식간에 사라졌다.

대신 페로캑터스의 두 손에 모인 불길이 그 기세를 더했다.

"끄지 마! 페로의 불이야. 페로의 불, 멋대로 끄지 마……!!"

테레사리사를 매섭게 노려보며 분노에 따라 달렸다.

빈손이 된 테레사리사를 향해 불타는 팔을 쳐들었다——하지만 그 손이 테레사리사의 얼굴을 태우기 직전에 페로캑터스는 몸을 꿰뚫는 고통에 발걸음을 멈추었다.

　"어……?"

　눈을 크게 뜨고 피를 내뿜은 페로캑터스의 코앞에서 테레사리사는 그 얼굴을 정면에서 바라보았다. 두 사람의 옆얼굴을 페로캑터스가 쳐든 팔을 감싼 불길이 비추었다.

　"조작계 마법을 쓰는 자와 싸울 때는 항상 주위를 경계해."

　기사들에게 달라붙었던 은색 액체가 무수한 가시가 되어서 페로캑터스의 몸을 사방팔방에서 찌르고 있었다.

　테레사리사가 펼친 손을 다시 움켜쥐자, 은색 가시는 페로캑터스의 몸에서 빠져나와 기사들에게로 돌아갔다. 버팀목을 잃은 페로캑터스는 비에 젖은 잔디 위에 쓰러졌다.

　"제길……."

　회랑에서 기사들이 불타는 모습을 보던 피가로는 혀를 찼다. 분하지만, 저런 기사들로는 마녀를 상대할 수 없다. 한 팔을 못 쓰는 자신이 나서도 붙잡을 수 없겠지. 어떻게 하면 좋을까——마녀를 놓치지 않기 위해 다른 방법을 생각하는 피가로의 옆에 한 여자가 섰다.

　"어머나……. 안 좋네."

　검은 드레스 차림의 귀부인 아네모네는 옆에 검은 그림자 남자——타타카리를 데리고 있었다. 젊은 기사의 얼굴을 복제한 타타카리는 마치 충실한 대형견처럼 아네모네의 발밑에 앉아 있었다. 눈의 초점이 맞지 않는 타타카리의 머리를 사랑스럽게 쓰다듬으면서 아네모네는 중얼거렸다.

"마녀를 상대로 젊은 남자 하나를 먹은 정도로는 모자라겠지. 타타카리?"

"우오오오…… 오오오……."

타타카리는 구슬픈 소리를 내어 울었다.

"귀여운 아이. 조금 더 먹고 몸을 키우자."

아네모네는 피가로를 돌아보았다.

"당신, 다치긴 했지만 세 보이네. 조금 먹여 주겠어?"

"어……?"

그 순간, 아네모네의 곁에 웅크리고 있던 타타카리의 얼굴이 코 위에서부터 가로로 찢어졌다. 위아래로 벌어진 머리 안에서 이빨이 엿보였다.

아가리를 쩍 벌린 타타카리는 피가로의 머리를 노리고 덤벼들었다.

"우오오오오오오……!"

"……!!"

피가로는 반사적으로 뒤로 물러났다. 옆에 서 있던 중년 기사의 어깨를 붙잡고 방패로 삼았다.

타타카리는 중년 기사의 머리를 씹었다. 회랑에 기사의 비명이 울려 퍼졌다.

테레사리사는 기사들에게 부착시켰던 은색 액체를 손에 모았다. 다시금 낫의 형태를 만들고 두 팔로 안았다.

"더 하려고?"

남은 기사들은 테레사리사를 에워싸듯이 검을 들고 있었다. 하지만 아무도 움직이지 않았다. 마녀를 상대로 이길 요소가 없다. 더불어 불탄 동료를 그녀가 구해주었기에 적개심이 줄어들었다.

"마녀님!"

연병장에서 라지니와 대치하던 롤로가 테레사리사를 불렀다. 옆에 선 하틀랜드의 등을 손으로 가리켰다.

"이 사람의 불도 꺼줄 수 있겠습니까?"

"당신 계속 불타고 있었어? 믿기지 않네."

등이 불타는 하틀랜드에게 테레사리사가 한 걸음 발을 내디딘 순간. 뒤에서 거대한 파쇄음이 들리는 바람에 테레사리사가 뒤돌아본다. 회랑의 천장과 기둥을 파괴하며 정원으로 나온 것은 상반신이 팽창한 거인이었다.

검은 판금갑옷을 장착하고 검고 거대한 양손검을 쥐고 있었다. 무기도 피부도 모두 시꺼먼 거인이었다. 그 머리는 여덟 개. 그중에는 처음에 먹힌 캠퍼스펠로우의 젊은 기사의 머리나 피가로가 방패로 삼은 뢰베의 중년 기사의 얼굴도 있었다.

8인분의 기사를 먹은 아네모네의 그림자, 타타카리는 그들의 몸집만큼 거대해져 있었다. 힘도 무기도 기사 8인분. 다만 그 몸은 이상한 방향으로 부풀어서, 근골이 우락부락하다기보다는 뚱뚱한 것처럼 보였다.

저벅, 저벅. 타타카리는 잔디를 밟다가, 이윽고 테레사리사를 향해 달렸다. 달리면서 여덟 개의 검을 하나로 모은 거대한 양손 검을 쳐들었다.

"오오오오오……!"

"이건 뭐냐, 구역질나게."

경악하여 올려다본 테레사리사의 머리 위에 타타카리의 검이 떨어졌다.

잔디가 파이고 흙이 튀었다.

"마녀님……."

"한눈팔 시간은 없다고……!"

라지니도 다시금 움직였다. 두 팔을 펼쳐서, 타타카리에게 정신을 팔린 롤로에게 덤볐다.

"윽……!"

롤로는 오른팔을 휘둘러서 장갑에 들어 있던 칼날을 늘이고 대비했다.

"헤에. 칼날을 숨겼나. 재미있군."

접근한 라지니는 옆으로 후려치는 칼날을 웅크려 피했다. 곧바로 손가락들을 펼쳐서 롤로의 목을 붙잡으려고 했다.──치익 하고 롤로가 목이 타들어가는 고통을 느낀 다음 순간, 두 사람 사이에 창이 떨어져 내렸다.

끼어든 것은 하틀랜드였다. 롤로를 대신해서 연속으로 공격을 날렸다.

세로, 가로, 대각선으로 휘두르는 창을 피하면서 라지니는 하틀랜드에게 접근할 빈틈을 찾았다. 창은 크게 휘두른다. 반드시 빈틈이 생길 터——. 창을 크게 내리친 그 타이밍에 라지니는 앞으로 나갔다. 창끝을 피하고 하틀랜드의 품으로 달려든다——그 직후에 하틀랜드의 등을 뛰어넘어서 롤로가 나타났다.

"······!!"

라지니는 반사적으로 뒤로 물러났지만, 롤로의 칼날에 오른팔을 베였다. 라지니는 얼굴을 찌푸렸다.

"하하. 큰 놈은 양동이고, 작은 놈이 베고 드나. 너희들, 상대하기 어렵잖아."

하틀랜드는 다음 공격에 들어갔다. 롤로도 거기에 뒤따랐다.

그때 달려온 테레사리사가 하틀랜드의 머리 위로 몸을 날렸다. 공중에서 몸을 틀어서 낫을 휘두른 곳에는 하틀랜드의 등——.

"불을 꺼, 에이프릴······!"

그 순간, 은의 낫이 액체가 되어서 하틀랜드의 등을 감싸듯이 달라붙었다.

"우웃······! 뭐야, 이건."

"괜찮습니다, 하틀랜드 씨. 마녀님이 불을 꺼 줄 겁니다."

두 사람의 머리 위를, 테레사리사를 쫓아온 타타카리의 거대한 몸뚱이가 뛰어넘었다.

"우오오오오오······!"

연병장에 착지한 테레사리사는 하틀랜드에게 뻗은 팔을 허리 옆으로 거두었다. 그 움직임에 호응하여 하틀랜드의 등에 달라붙었던 액체가 다시금 낫의 형태가 되어서 테레사리사의 손으로 돌아갔다. 휘리리릭 회전하면서.

그 궤도에 타타카리가 있다――.

"오오오오오……!!"

어깨부터 등까지 크게 베인 타타카리는 하늘을 향해 울부짖었다.

크게 갈라진 상처의 단면은 보글보글 거품이 일더니 서서히 재생되어 막혔다.

"역시. 마술사를 찾을 수밖에 없겠네."

낫을 붙잡은 테레사리사는 중얼거렸다.

타타카리는 커다란 양손검을 쳐들고 다시금 테레사리사를 쫓기 시작했다. 테레사리사도 발길을 돌려서 타타카리를 등지고 정원을 달렸다.

테레사리사는 회랑 앞에서 무릎을 굽혀 크게 점프했다. 그렇게 뛴 곳은 회랑의 위. 타타카리의 손이 닿지 않을――성벽이다. 테레사리사는 마력을 다리에 둘러서 벽을 비스듬히 뛰어올라갔다. 하지만 그 뒤를 쫓아서 타타카리가 잔디를 박차고 도약했다.

"……!"

타타카리의 기동력은 생각 외로 대단했다. 펼친 손가락들이나 발끝으로 성벽의 벽면을 후비고 성벽을 올라가며, 집요하며 테레사리사를 쫓았다. 파쇄음이 근처에서 요동치고, 깨진 성벽 조각이 정원에 떨어졌다.

정원을 에워싼 성벽을 테레사리사는 지면과 평행하여 달렸다. 그것을 타타카리가 울면서 쫓아갔다.

이상한 달음박질을 배경으로 정원의 중앙에서는 하틀랜드가 성대하게 창을 휘두르고 있었다. 그 창을 피하는 라지니. 사각에서 롤로가 기척을 죽이고 칼날을 뻗었다.

　"칫……. 귀찮아."

　두 사람의 연계에 밀린 라지니는 반격에 나설 수 없었다.

　하틀랜드의 등을 불태우던 불길은 이미 꺼졌다.

　흐름은 두 사람 쪽에게 있다── 하지만 여기서 뜻하지 않은 사태와 맞닥뜨렸다.

　몇 번이나 라지니에게 붙잡혀서 여러 차례 녹았던 탠저링 트리의 자루가 이 타이밍에서 뚝 부러진 것이다.

　"아니……?"

　주춤거리는 하틀랜드에게 생긴 빈틈을, 라지니는 놓치지 않았다. 발을 크게 내디뎌서 순식간에 하틀랜드에게 육박했다. 그 왼손이 증기를 피우며 하틀랜드의 배에 꽂혔다.

　"으윽……!!"

　"하틀랜드 씨!"

　하틀랜드는 부러진 창을 내던지고 자기 배를 찌른 라지니의 팔을 붙잡았다. 그 손을 놓치지 않겠다는 듯이 움켜쥐면서 롤로를 향해 외쳤다.

　"지금이다! 이 녀석을 죽여……."

　라지니는 혀를 차고 왼손을 하틀랜드의 배에서 뽑으려고 했다. 하지만 팔을 하틀랜드가 단단히 붙잡고 있어서 꿈쩍도 할 수 없었다.

"이 새끼가 진짜……!"

성질이 난 라지니는 오른손으로 하틀랜드의 얼굴을 붙잡았다.

"으아아아아아아아……!!"

하틀랜드의 얼굴에서 증기가 피어올랐다.

롤로는 장갑의 칼날을 휘둘렀다.

라지니의 목을 베는 것도 가능했다. 배를 찔러 죽일 수도 있었다. 하지만 롤로가 칼날을 휘둘러서 떨어뜨린 것은 하틀랜드의 얼굴을 붙잡은 라지니의 오른팔이었다.

"끄아아아아……!!"

팔꿈치를 베여서 팔을 잃은 라지니는 그 격통에 절규하고 하틀랜드의 배에서 왼팔을 거두었다.

"팔이…… 내 팔이. 이것들이, 용서하지 않겠다. 너희는 곱게 안 죽여……!"

관자놀이에 핏대를 세우고 시뻘건 눈을 하면서 라지니는 두 사람을 노려보았다.

"결심했다. 지금 정했어. 발끝부터 조금씩 녹여주지……. 발목부터, 다리도, 고환, 내장 순서로 천천히, 천천히 말이야. 절대로 간단히는 안 죽인다……."

공기가 찌르르 떨렸다. 롤로는 이변을 느꼈다. 롤로가 쓴 투구의 안면 보호대는 왼쪽 부분이 라지니에게 붙잡혀서 녹았다. 공기와 닿은 왼쪽 뺨에 찌르는 듯한 고통을 느꼈다.

"나는……! 아픈 게, 제일 싫단 말이다……!!"

라지니가 입은 바지와 신발에서, 그리고 그가 선 지면에서 증기가 일어났다. 자세히 보니 롤로의 장갑이나 하틀랜드가 입은 옷에서도 증기가 발생하고 있었다. 라지니의 주위에 있는 모든 것이 녹는 것이다. 닿지도 않았는데——.

양손에만 모은 마력이 고통 때문인지 통제를 상실했다. 그 마력에 닿은 것은 모조리 녹는다. 그것이 라지니의 고유마법—— '저스트 멜트'.

"괜찮습니까, 하틀랜드 씨."

하틀랜드는 두 동강 난 탠저링 트리 중에서 칼날이 있는 쪽을 주워들었다. 자루가 짧아지긴 했지만, 휘두르지 못할 것은 없다. 무수한 칼날은 수납되어 있었다.

"멍청한 자식. 기회였는데."

입가의 피를 닦으며 하틀랜드는 중얼거렸다.

물론 적을 죽일 수 없었던 롤로에게 하는 말이다.

"죄송합니다……."

"너한테 내 기사도를 가르쳐 주지. 지키고 싶은 게 있거든 죽이는 것을 주저하지 마라. 그것은 네 검을 둔하게 한다. 아깝단 말이야. 너는——."

하틀랜드는 롤로의 옆에 나란히 서서 창을 들었다.

"너는 암살자잖아?"

"예……."

롤로는 하틀랜드를 힐끗 보았다. 안면을 붙잡혔던 하틀랜드의 얼굴 절반은 붉게 문드러져 있었다. 등이 불에 타고 배를 찔려서 도무지 싸울 수 있는 상태가 아닐 것이다. 도대체 어떻게 서 있는

지도 의문이었다.

"이 악물어!"

라지니가 왼팔을 앞으로 뻗고 두 사람을 향해 달렸다.

"아주 아프게 녹여 줄 테니까, 이 자식들아!!"

"내가 앞으로 나가겠습니다."

롤로는 부상을 입은 하틀랜드를 감싸듯이 다리를 움직였다.

라지니와의 거리가 좁혀지자, 공기에 닿은 왼뺨에 타는 듯이 찌릿한 느낌이 들었다. 라지니에게 다가갈수록 몸에서 이는 증기의 양이 늘었다. 서둘러서 끝장을 보지 않으면 금방 싸울 수 없는 상태가 될지도 모른다──.

라지니의 정면으로 다가간 롤로는 상대의 왼팔을 장갑으로 튕기고 칼날을 휘둘렀다. 라지니는 왼손 하나만으로 균형을 잡으면서 노련하게 롤로의 칼날을 피했다. 하지만 다음 공격, 또 다음 공격, 멈추지 않는 롤로의 맹공에 뒤로 물러났다.

"아아아……. 짜증 나!!"

라지니는 이를 악물었다. 베일 각오로 발을 멈추고 롤로의 칼날에 일부러 어깨를 내주었다. 그렇게 롤로의 움직임을 멈추고 왼팔로 그 목을 잡았다.

"하하!! 잡았다──."

그 순간, 롤로는 라지니의 배를 걷어찼다.

라지니는 비틀거리면서 연병장 옆에 선 떡갈나무 줄기에 등을 부딪쳤다.

"끄으윽……!!"

몸을 일으키고 앞으로 발을 내디디는 라지니. 롤로는 그 무릎에 발을 올리고 그대로 어깨로 뛰어올랐다. 어깨를 디딤대로 삼아서 훌쩍 도약하여—— 라지니를 다시금 나무줄기를 향해 걷어차고, 뒤에서 매섭게 추격하는 하틀랜드의 머리 위에서 공중제비를 돌았다.

"하틀랜드 씨!"

"오오오오오……!!"

하틀랜드가 휘두른 창이 라지니의 복부를 나무줄기에 꿰어버렸다—— 그 순간, 하틀랜드는 부러진 자루를 비틀어서 탠저링 트리의 가지를 펼쳤다.

"끄어……!!"

좌악 하고 창자루에서 무수하게 펼쳐진 칼날들이 라지니의 몸을 위아래로 절단하였다.

그 충격으로 가지를 펼친 떡갈나무에서 수많은 노란색 잎이 흩어져 내렸다.

롤로는 하틀랜드의 뒤에 착지했다.

라지니의 상반신은 굵은 가지에 꽂힌 탠저링 트리의 칼날 위에 얹혀 있었다. 하반신은 나무 밑동에 굴러다녔다. 그 머리는 숙인 채로 미동도 하지 않았다. 왼팔은 축 늘어져 있었다.

아무리 이상한 마술을 쓰는 마술사라고 해도, 이러고 살아 있을 수는 없겠지. 롤로의 장갑과 주위에서 일던 증기도 사라졌다. 왼뺨을 찌르는 고통도 없어졌다.

"해냈습니다. 하틀랜드 씨."

롤로는 하틀랜드의 옆에 섰다. 그는 창을 찌르는 자세로 가만히 있었다.

빗속에서 고개를 숙이고 있어 얼굴이 보이지 않았다.

"하틀랜드 씨……?"

마술사와의 전투가 끝났을 때, 하틀랜드는 숨을 거두었다.

"오오오오오오……!!"

"진짜 끈질기네."

머리가 여덟 개 달린 거인 타타카리는 우직할 정도로 똑바로 돌진하면서 테레사리사를 쫓아다녔다. 잔디 위에 착지한 테레사리사는 정원을 둘러싼 회랑으로 뛰어들었다. 회랑에 있던 기사들이 달려오는 타타카리를 겁내고 물러났다.

덩치가 거대한 타타카리는 회랑 안으로 들어갈 수 없다. 대신 회랑을 달리는 테레사리사를 향해 거대한 검을 가로로 휘둘렀다. 그 검은 검신이 차례로 회랑의 기둥을 횃불과 함께 파괴했다.

"끄아…….''

테레사리사는 그 잔해에 몸을 부딪쳐서 바닥에 쓰러졌다.

타타카리는 쓰러진 테레사리사에게 손을 뻗었다. 8인분의 크기인 검은 손으로 테레사리사의 몸을 쥐고 회랑에서 정원으로 끄집어냈다.

"오오오오오……."

타타카리는 손 안에 잡은 테레사리사를 8인분의 얼굴 앞으로 가져갔다.

테레사리사는 괴로운 표정을 지었다. 몸을 비틀었지만, 힘이 너무 세서 도망칠 수 없었다.

"호호호! 꼴좋네, '거울의 마녀' ……!"

테레사리사가 붙잡힌 것을 보고 아네모네는 정원에 모습을 드러내었다.

타타카리에게 붙잡힌 테레사리사를 올려다보고 의기양양하게 웃었다.

"나의 타타카리는 이대로 당신을 으깨버리고 싶다고 말하고 있어. 하지만 안 돼. 당신은 내일 화형을 당하잖아? 단숨에 으깨버리는 것보다는 더 괴로운 방법으로 천천히 죽어야지. 아쉽지? 조금만 더 가면 도망칠 수 있었는데?"

"큭……."

"후회하도록 해. 마녀 따위가 나와 타타카리에게 도망치려면 백 년은———."

하지만 그때 아네모네는 말을 끊었다. 깨달은 것이다. 타타카리에게 붙잡힌 테레사리사가 그 손에 아무것도 들고 있지 않다는 것을.

"당신, 낫은 어디에 뒀어?"

"겨우 나와 주었네. 마술사."

———후욱.

"어라……?"

그 순간, 목을 베인 아네모네는 목의 단면에서 피보라를 내뿜으며 쓰러졌다.

그 뒤에는 은색 낫을 휘두른 은색 인간이 서 있었다. 여자 몸에 달걀 같은 머리를 얹기만 한 인형—— 은색 액체로 인간 형태를 만든 것이다.

테레사리사는 그녀를 '에이프릴'이라고 불렀다.

"오오오오오……."

타타카리는 마술사가 죽으면서 소멸하였다.

잔디 위에 내려선 테레사리사는 굴러다니는 아네모네의 머리를 내려다보았다.

"후회하도록 해. 마술사 따위가 나와 에이프릴에게 이기려면——."

그 배후에서 그림자에게 먹힌 8인분의 사체가 후두둑 잔디 위에 떨어졌다.

테레사리사는 세게 붙잡혀서 눌렸던 가슴을 쓸었다.

"백 년은 일러.——콜록."

9

롤로는 움직이지 않게 된 하틀랜드의 팔에서 '등이 불탄 바늘 두더지'의 완장을 잘라냈다. 그의 긍지였던 이 문장을 고향 캠퍼스펠로우로 가져가기 위해서.

회랑의 기둥에 등을 기대고 있는 버드에게 달려갔다. 버드는 희미하게 숨을 내쉬고 있었다.

왼쪽이 녹은 투구의 안면 보호대를 올리고, 롤로는 버드의 옆에 한쪽 무릎을 꿇었다.

"죄송합니다. 하틀랜드 씨를 잃었습니다."

"네가 사과할 일이 아니야."

버드의 안색은 눈에 띄게 안 좋아져 있었다. 배에 생긴 핏자국이 크게 번져 있었다.

두 사람 옆에 테레사리사가 다가왔다.

"캠퍼스펠로우의 영주님이로군요?"

테레사리사는 버드를 내려다보고 물었다.

버드는 그 모습을 올려다보고 희미하게 웃었다.

"네가 '거울의 마녀'인가. 만나고 싶었다."

"검둥개의 주인이 당신이지요? 나를 감옥에서 꺼내 준 것에 감사합니다."

"뭘 또, 서로 돕는 거지. 우리는 그저 네 힘을 빌려서——."

그 순간, 버드는 정체 모를 오한을 느껴서 말을 삼켰다.

롤로와 테레사리사 또한 주위 공기가 이상하게 팽팽해진 것을 느끼고 동시에 정원을 돌아보았다. 저쪽 회랑에 어느 인물이 서 있었다.

챙이 있는 모자에 검은 로브를 두르고 소가죽 가방을 손에 들고 있었다. 그 얼굴은 커다란 부리가 달린 가면을 쓰고 있어서 보이지 않았다. 마녀재판 때, 입정하는 테레사리사를 선도하던 인물이다. 그는 오른쪽 어깨에 드레스 차림을 한 여자를 짊어지고 있었다.

"델리리움 님……!"

롤로는 일어섰다. 델리리움은 기절한 건지 축 늘어진 채 움직이지 않았다.

"이건 대체 어떻게 된 일이지요?"

부리 가면의 남자, 파르미자노는 회랑에서 정원을 둘러보았다. 라지니는 떡갈나무 앞에서 두 동강이 났고, 페로캑터스는 잔디에 쓰러졌고, 그리고 아네모네는 목이 베였다. 자신이 없는 동안에 무슨 일이 일어났나 하고 새 같은 가면의 얼굴을 갸웃거렸다.

"저 녀석은 뭐지? 마술사인가?"

버드는 기둥에 등을 기댄 채로 맞은편 회랑을 보고 중얼거렸다.

대답한 것은 테레사리사였다.

"이 이상한 마력에 새 가면⋯⋯. 아마도 아홉 사도 중 하나입니다. 제6사도── '연금술사'."

마술사보다 더 위에 있는 상위 랭크의 직업이다. 혼자서 성을 멸한다고 하는 아홉 사도. 그중 하나가 눈앞에 있다. 하필이면 델리리움을 짊어지고서.

"둘이서 쓰러뜨릴 수 있겠습니까?"

롤로는 가만히 테레사리사에게 물었다.

"운이 좋다면⋯⋯."

"'거울의 마녀'⋯⋯."

파르미자노의 부리는 테레사리사를 향하고 있었다.

"당신을 도망치게 둘 수는 없습니다. 루시 님에게 꾸지람을 듣습니다."

"⋯⋯."

테레사리사는 손거울을 흔들었다. 다시금 은색 낫을 발생시켜서 두 팔에 품었다.

"롤로——."

버드는 고개를 들었다. 롤로는 다시금 버드의 옆에 무릎을 꿇었다.

"델리리움을 되찾고 그대로 성에서 탈출해라."

그 말에 롤로는 곤혹스러워졌다.

"버드 님은?"

"나는 남는다. 너희는 델리리움을 데리고 오늘 밤 중에 뢰베를 떠라."

"안 됩니다. 버드 님도 함께."

"안 된다. 명령이다."

버드는 강한 어조로 말하며 롤로를 바라보았다.

"저 새부리 녀석이 보통내기가 아니라는 것 정도는 나도 알아. 이런 상처로는 짐짝밖에 안 되지. 나를 데리고는 도망칠 수 없어. 하지만…… 델리리움만큼은 데려가라."

"하지만……."

"알겠냐, '검둥개'!"

주저하는 롤로의 멱살을 붙잡고 버드는 일부러 검둥개라고 불렀다.

"네가 지켜야 할 건 내가 아니야……! 캠퍼스펠로우의 '미래'다. 여기서 전멸하면 용서하지 않겠다. 너는 캠퍼스펠로우의 존속을 우선으로 생각해라……."

버드는 롤로의 진녹색 눈동자를 바라보았다. 평소라면 '할 수 있겠나?'라고 확인하는 버드가 강하게 명령했다.

"가라……!!"

"알겠습니다……."

롤로는 일어서서 투구를 벗어 던졌다. 그리고 테레사리사의 곁에 나란히 섰다.

"마녀님. 힘을 빌려주실 수 있겠습니까?"

"당신들에게 빚이 있어. 여기서 갚을게."

"지금은 아홉 사도와 싸울 여유가 없습니다. 공주님을 빼앗아서 성을 탈출하겠습니다."

"알았어. 빈틈을 만들게."

파르미자노는 회랑에서 잔디밭으로 내려왔다. 정원을 가로지르듯이 걸어왔다. 왼손에 가방을 들고, 오른쪽 어깨에 델리리움을 짊어진 채로. 두 손은 막혀 있다. 하지만 그 자세에는 빈틈이 없었다. 가면 너머로 그 시선을 느끼고 마음이 불안해졌다.

테레사리사는 은색 낫을 들고, 롤로는 두 팔의 장갑에서 칼날을 뽑았다. 여기가 진짜 승부처다.

"가겠습니다."

마음을 일깨우며 롤로는 앞으로 나섰다. 테레사리사가 답했다.

"당신이 녀석과 접촉하고 4초 후에 널찍하게 후릴 거야."

"예……."

롤로는 발을 내디뎌 비에 젖은 잔디 위를 내달렸다.

순식간에 파르미자노에게 접근하여, 그 왼쪽 어깨를 향해 오른쪽 장갑의 칼날을 휘둘렀다. 파르미자노는 그것을 몸을 틀어서 피했다. 롤로는 오른팔과 왼팔을 구사하여 연속으로 칼날을 휘둘렀다. 파르미자노는 그 모든 것을 피하거나 왼손에 든 가방으로 흘렸다.

상대가 사용하는 것은 팔 하나뿐. 롤로 쪽이 더 행동의 자유도가 높다. 순식간에 빈틈을 찾아내어 왼팔의 칼날로 파르미자노의 몸을 노렸다.

하지만 그것을 뜻하지 않은 것이 붙들었다——손목이다.

"……?!"

검은 단면을 드러낸 손목이 허공에 떠서 롤로의 왼팔을 붙잡고 있었다. 이어서 파르미자노의 로브에서 튀어나온 또 하나의 손목이 롤로의 목을 붙잡으려고 했다.

——이게 마법……?!

하지만 놀랄 여유는 없다. 롤로가 파르미자노와 접촉하고 4초 후—— 두 사람의 옆까지 접근한 테레사리사가 낫을 크게 쳐들고 있었다. 파르미자노의 몸을 향해서 가로로 낫을 휘둘렀다.

롤로는 뛰어서 지면과 평행으로 빙그르 회전하여 낫의 궤도를 벗어났다.

그와 동시에 파르미자노는 반사적으로 웅크려서 낫의 칼날을 피하였다.

하늘로 떠오른 롤로의 목과 왼팔에는 손목이 달라붙어 있었다. 롤로는 두 손목에 눌리는 듯한 모습으로 잔디에 등을 세게 부딪쳤다.

"……큭."

파르미자노의 로브에서 차례로 손목이 튀어나왔다. 그것은 낫을 휘두른 테레사리사의 목이나 손발에도 달라붙어서 롤로와 마찬가지로 그 몸을 잔디에 쓰러뜨렸다.

고작 한순간 만에 두 사람은 무수한 손목에 구속당했다.

빗속에서 서 있는 것은 파르미자노뿐——이라고 생각하지만.

파르미자노의 뒤에 롤로의 모습이 있었다.

롤로는 한순간의 틈을 찔러서 파르미자노의 어깨에 있는 델리리움을 빼앗았다.

파르미자노는 발밑을 내려다보았다. 롤로는 잔디에 쓰러뜨려서 누르고 있었을 텐데—— 그리고 분명히 그는 잔디 위에 쓰러져 있다. 롤로가—— 어느 틈에 두 명이 되었다.

쓰러진 쪽의 롤로는 장갑의 칼날로 왼팔을 붙잡은 손목의 손등을 찔렀다. 거기서 피가 뿜어져 나왔다. 타격은 입는 모양인지 누르는 힘이 약해졌다. 롤로는 목을 붙잡은 손목에도 칼날을 휘둘러서 그 손가락을 베어냈다.

몸을 누르고 있던 손목의 힘이 약해지자 롤로는 일어섰다. 곧바로 뛰어가는 또 한 명의 롤로를 쫓아갔다.

델리리움을 어깨에 짊어진 그 롤로의 모습이 서서히 테레사리사로 변하였다.

"무거워……! 당신의 공주님이잖아, 당신이 들어."

달려가는 두 사람의 뒷모습을 보고 파르미자노는 고개를 갸웃거렸다—— 그럼 이 테레사리사는? 발밑에는 손목에 구속되어 있는 테레사리사가 쓰러져 있다. 이번에는 테레사리사가 두 명이다.

델리리움을 롤로에게 넘긴 테레사리사가 정원의 잔디를 달려가면서 돌아보았다.

"시간을 벌어, 에이프릴!!"

"아하, 과연."

중얼거린 파르미자노의 발밑에서 쓰러져 있던 테레사리사의 모습이 흐물흐물하니 일그러졌다. 순식간에 은색 액체로 변한 그것은 튀듯이 파르미자노의 다리에 달라붙었다. 액체는 순식간에 굳어서 파르미자노를 그 자리에 붙드는 족쇄가 되었다.

"……."

"놈들을 놓치지 마라! 쫓아라!"

회랑에서 금사자 기사들에게 외친 것은 피가로였다.

정원에서 성안으로 이어지는 복도는 어디고 기사들로 가득했다. 그들을 쓰러뜨리지 않으면 밖으로 나갈 수 없겠지. 델리리움을 어깨에 짊어지고 달리는 롤로는 테레사리사를 돌아보았다.

"마녀님……! 아직 싸울 수 있습니까……!"

"싫어, 귀찮아!"

테레사리사는 손거울을 흔들었다. 거울에서 발생한 은색 액체는 로프 형태로 모습을 바꾸어 정원을 둘러싼 성벽 위로 뻗었다. 테레사리사가 롤로를 뒤에서 껴안은 순간, 은색 로프는 줄어들어서 세 사람의 몸을 성벽 위로 끌어올렸다.

성벽 정상에 내려선 롤로는 잠시 정원을 내려다보았다.

금사자 기사와 용병들이 정원에 나와서 일행을 올려다보고 있었다.

버드 또한 회랑의 기둥에 등을 기댄 채로 롤로를 보고 있었다.

델리리움이 무사한 것을 지켜보고 엷게 웃는 그 입술이 희미하게 움직였다.

──부탁한다.

롤로의 귀에는 그 목소리가 똑똑히 들리는 것 같았다.

마녀와 사냥개

Witch and Hound

− Mirror, mirror −

종장

마녀와 사냥개

1

뢰벤슈타인 성에는 비가 연신 내리고 있었다.

마구간의 처마나 성벽에 밝힌 횃불이 희미하게 어둠을 비추었
다. 연이어 모여드는 금사자 기사들이 말을 타고 달렸다.

"서둘러! 꾸물대지 마라!"

피가로는 오른팔을 삼각두건으로 묶은 채로 왼팔 하나만으로
말을 몰았다. 성문을 향해 말을 달렸다. 말이 울부짖고 도로를 달
리는 무수한 말발굽 소리가 성안에 울렸다.

"절대로 놓치지 마라! 놓치면 〈금사자 기사단〉의 수치인 줄 알
아라!"

말 위에서 비를 맞으며 피가로는 거칠게 외쳤다.

군마에 올라탄 기사들이 롤로와 테레사리사를 쫓아 성문에서
달려 나갔다.

롤로와 테레사리사는 성의 마구간에서 빼앗은 두 마리 말에 각
각 타고 있었다.

말을 몰아 한밤중의 〈개선로〉를 내달렸다. 고삐를 쥔 롤로의
품 안에는 델리리움이 계속 잠들어 있었다. 그 몸에는 마구간에
걸려 있던 로브를 걸쳤다.

말의 흔들림에 델리리움의 오른팔이 로브에서 흘러나왔다. 롤
로는 그 팔을 보고 얼굴이 창백해졌다.

"……!!"

손목이 잘려나간 모습이었다. 하지만 그 절단면은 부자연스럽게 검고, 피는 한 방울도 흐르지 않았다. 롤로는 다급히 델리리움의 손목에 손가락을 대었다. 맥박은 뛰고 있었다. 그 안색을 봐도 창백하지 않고, 그냥 잠든 것으로밖에 보이지 않았다.

불가사의한 현상. 이건 설마——.

"마녀님……!"

롤로는 뒤를 달리는 테레사리사를 돌아보았다.

"손목이……! 델리리움 님의 손목이 없습니다. 마법일까요?!"

"죽었어?"

롤로는 고개를 내저었다.

"살아 있습니다……! 하지만 손목만 사라진 것처럼…… 피도 흐르지 않는데."

"아마 마법일 거야. 빼앗긴 걸지도 몰라."

손목이라는 말에 떠오르는 마술사는 한 명—— 부리 달린 가면의 그 남자. 롤로는 그의 로브에서 튀어나온 무수한 손목을 떠올렸다. 델리리움의 손목은 그가 가지고 있는 걸까.

"되돌아가야 할까요……?!"

롤로는 빗소리와 말발굽 소리에 지워지지 않도록 목소리를 높였다.

"당신이 결정해!"

〈개선로〉 앞쪽에 거대한 문이 보였다. 캠퍼스펠로우 일행이 뢰베 시를 방문할 때 통과한 문이다.

그 거대한 문은 지금 중후한 소리를 내며 닫히려고 했다. 롤로는 선택에 내몰렸다. 성으로 돌아가서 그 부리 가면의 남자에게서 델리리움의 손목을 되찾아야 할까, 이대로 성벽 밖까지 내달려야 할까──.

손목을 되찾으려면 전투는 피할 수 없겠지. 간신히 성을 탈출했는데 다시금 그 남자와 대치해야만 한다. 그 아홉 사도를 상대로 이길 수 있을까──.

손목을 되찾기는커녕, 지금보다 더욱 델리리움을 위험에 처하게 하지 않을까. 그리고 그것을 주군인 버드는 용서해 줄까──.

롤로는 캠퍼스펠로우의 미래를 우선해서 생각했다.

"……."

문을 지키는 문지기들이 〈개선로〉로 튀어나왔다. 일행의 앞을 가로막기 위해 그 손에는 각자 창을 들고 있었다.

롤로는 말 위에서 오른팔을 휘둘러서 장갑의 칼날을 뻗었다.

그리고 말의 배를 발로 걷어차서, 닫히고 있는 문을 향해 속도를 올렸다.

나뭇잎 끝에서 흐르는 물방울이 아침 햇살에 반짝이고 있었다.

롤로와 테레사리사는 밤새도록 말을 달려서 뢰베 왕국에서 멀리 떨어진 숙소에 도착했다.

여행자나 행상인이 이용하는 휴식처다. 객점과 주점을 겸한 곳으로, 마구간도 있다. 어젯밤에는 비가 와서 야숙을 피하려는 이용객이 많아 아침 일찍부터 숙소가 사람들로 북적거렸다.

일행은 2층에 있는 방을 빌려서 델리리움을 침대에 눕혔다. 그 가슴은 살짝 오르내리고 있었다. 피로가 많이 쌓인 걸까, 델리리움은 여전히 얌전하게 잠들어 있었다. 말을 걸거나 흔들어도 눈을 뜰 기색이 없었다.

　"아무튼 여기서 깨기를 기다려 볼까."

　테레사리사는 침대 옆에서 델리리움의 손목 절단면을 만졌다. 희미한 마력이 느껴졌다. 이 이상한 절단면에 어떠한 마법이 작용한 것은 틀림없다.

　"그 부리 가면의 남자한테 무슨 짓을 당했는지를 들으면, 어떤 마법을 건 것인지 알 수 있을지도 몰라."

　"……."

　롤로는 테레사리사의 곁에서 침대를 내려다보고 있었다.

　델리리움이 일어났을 때 그 성에서 캠퍼스펠로우 사람들에게 무슨 일이 일어났는지를 알면, 그녀는 무슨 생각을 할까. 버드가 포로가 되었음을 알면——.

　"마녀님. 한나절만 델리리움 님을 봐 주실 수 있겠습니까?"

　"한나절? 뭘 하려고?"

　"뢰베로 돌아가서 버드 님을 구하겠습니다."

　"돌아가? 또 그 성에? 위험해."

　"위험, 할지도 모르지만——."

　가만히 있을 수 없었다. 붙잡힌 주군은 지금 어떤 상황에 처했을까. 투옥되었을까. 상처 치료는 받았을까. 불안에 가슴이 답답해졌다.

버드는 두고 가라고 명령하였다. 캠퍼스펠로우의 미래를——델리리움의 생명을 우선해서 생각하라고. 롤로는 그 명령에 따랐다. 델리리움은 이제 안전하다. 여기서부터는 자기 의지로 움직여도 되겠지. 한시라도 빨리 주군의 곁에 돌아가고 싶었다.

"델리리움 님을 잘 부탁합니다."

"당신…… 괜찮아?"

테레사리사는 롤로의 얼굴을 바라보았다. 그 얼굴은 창백해서, 피폐해진 기색이 엿보였다. 전투의 피해나 피로가 꽤 쌓였을 텐데 밤새도록 말을 달려온 길을 다시금 돌아가는 건 무모하다고 생각했다. 성에는 아직 아홉 사도가 있을지도 모르는데. 정말로 돌아올 수 있을까.

"괜찮습니다. 보내주세요."

"한나절뿐이야. 꼭 돌아온다고 약속해. 당신이 돌아오지 않으면 난 이 아이를 버리고 사라질 테니까. 잊지 마. 이 애한테는 당신밖에 없다는 것을."

"예. 고맙습니다."

롤로는 애써 미소를 지으며 다급히 방을 뒤로했다.

2

비가 갠 뢰베 시내는 활기로 넘쳐났다.

시장은 평소처럼 손님이 가득하고, 시내 목욕탕에는 상급시민들이 아침 목욕을 즐기고 있었다. 도로에 생긴 물웅덩이가 맑은 가을 하늘을 비추었다. 뛰어다니는 아이들이 웅덩이를 뛰어넘어서 돌로 된 계단을 달려 올라갔다.

〈대성당 앞 광장〉은 그 앞에 있었다.

전쟁신 바야리스를 모시는 대성당은 평소에도 시민들에게 개방하고 있었다.

건물 앞의 대광장은 때때로 공개처형 자리로도 이용된다. 마녀로 인정된 테레사리사가 화형당할 예정이었던 장소다.

광장 중앙에는 전쟁신 바야리스의 석상이 높게 검을 쳐들고 있었다. 지금은 그 주위에 많은 시민들이 모였다. 사람들의 시선은 대성당 옆에 있는 무대로 향하고 있었다.

무대 중앙에 무릎을 꿇은 버드 그레이스는 민중 앞에서 규탄받고 있었다. 두 손을 뒤로 묶였고, 그 양옆에는 금사자 기사들이 엄숙한 얼굴로 서 있었다.

"──우리의 위대하신 전 사자왕 프리우스 뢰베는 마녀 테레사리사에게 참살되셨다. 본래 오늘 이때. 마녀는 우리의 앞에서 화형을 당할 터였다──."

오른팔을 삼각두건으로 묶은 피가로는 모인 청중들에게 목청을 높였다.

무대 옆에는 오무라가 있었다. 어깨에는 뢰베의 문장이 수놓인, 펠트로 된 케이프를 두르고 있었다. 그 머리에는 사자왕임을 말하는 왕관이 빛났다.

"하지만 지금 여기에 마녀는 없다. 왜인가. 마녀는 캠퍼스펠로우가 빼앗아서 나라 밖으로 달아났다. 그것을 명령한 것이 이 남자, 캠퍼스펠로우 영주 버드 그레이스다."

버드는 무릎을 꿇고 숨을 헐떡이고 있었다. 어젯밤에 맞은 화살은 뽑히고 간단한 치료를 받았다. 하지만 상처 때문에 열이 나서 버드는 이마에 비지땀을 흘리고 있었다.

"캠퍼스펠로우는 우리에게 거래를 제안하여 아군인 척 성안에 들어왔다. 그들을 신용하고 환영하여 접대한 우리를 속여서 마녀를 빼앗았다. 이 남자의 행위는 돌아가신 사자왕에 대한 모독이다⋯⋯!"

고요해진 광장에 피가로의 힘찬 목소리가 울렸다.

"그럼 왜 그는 마녀를 빼앗았나? 그 대답은 '아멜리아 왕국'의 마술사가 알고 있다."

앞으로 나선 것은 챙 있는 모자와 검은 로브 차림에 부리 가면을 쓴 마술사다. 파르미자노 레자노는 한 차례 헛기침을 하고 말하였다.

"그자는 마녀와 우리 마술사를 싸우게 할 생각이었습니다. 캠퍼스펠로우의 그레이스 가문은 '아멜리아 왕국'에 침략전쟁을 시작하려고 준비하고 있었습니다."

그 무시무시한 발언에 청중은 다소 술렁거렸다.

"루시 교에서 마녀는 사람들에게 불행을 가져오는 재앙이라고 합니다. 그것들을 모아서 이 세상에 전쟁을 퍼뜨리려는 그레이스 가문은 중죄에 해당됩니다. 새로운 뢰베의 사자왕님께 안녕의 세계를 가져오기 위한 정의의 결단을 부탁드립니다――."

파르미자노는 천천히 오무라 쪽으로 고개를 숙였다.

피가로 또한 오무라를 돌아보았다.

"사자왕님. 이 대죄인을 어떻게 할까요?"

"판결을 내리기 전에, 모두에게 한 가지 발표하고 싶은 게 있다 ──."

광장에서 시선을 모으며 오무라는 금색 턱수염을 쓰다듬었다.

"〈기사의 나라 뢰베〉는 나라의 발전과 경제의 성장을 위해 '용과 마법의 나라 아멜리아'와 동맹을 체결하기로 했다. 이것은 기사와 마술사가 서로 손을 맞잡고 흔들림 없는 평화를 쌓으려는 것이다."

그렇게 말하며 호들갑스럽게 두 팔을 펼쳤다.

"마녀를 써서 평화를 어지럽히려는 버드 그레이스의 위험한 사상은 우리의 신조와 상반된다. 오늘 화형에 처할 터였던 '거울의 마녀' 대신 이 남자의 목을 베는 것으로 동맹국 아멜리아에 뢰베의 정의를 알리자……!"

민중들이 던진 돌이 버드의 이마에 맞았다.

눈 위에 피가 맺힌 버드는 고개를 들었다. 맑은 가을 하늘에 눈이 부셨다.

"제19대 사자왕의 이름으로, 캠퍼스펠로우 영주 버드 그레이스의 처형을 명한다!"

그 순간, 광장의 민중들이 들끓었다. 이어서 오무라는 외쳤다.

"뢰베와 아멜리아에 평화를!"

민중들 또한 그 목소리에 팔을 쳐들었다.

"평화를! 평화를! 평화를!"

버드의 양옆에 서 있던 기사가 버드의 어깨를 붙잡고 머리를 숙이게 했다.

　얼굴에 천으로 된 마스크를 쓴 사형집행인이 도끼를 손에 들고 버드에게 다가왔다. 천에 난 구멍을 통해 오무라를 보며 신호를 기다렸다.

　오무라가 팔을 든 타이밍에 맞추어 사형집행인은 도끼를 높게 쳐들었다.

　"평화를! 평화를! 평화를!"

　한목소리가 된 민중들의 머리 위를 비둘기 떼가 날아갔다.

　오무라는 팔을 내렸다.

　오후가 되자 〈대성당 앞 광장〉은 일상을 되찾았다. 벤치에서는 노인들이 담소를 나누고, 전쟁신 바야리스 석상 주위에는 아이들이 목검을 맞부딪치며 놀고 있었다. 거기 끼지 못한 소년이 혼자 재미없다는 듯이 주위를 둘러보다가 대성당 옆의 무대 앞에 인파가 모여 있음을 깨달았다.

　무대 앞에는 창을 든 두 기사가 있었다. 기사들은 테이블을 사이에 두고 서 있었다. 그 롱테이블의 중앙에는 사람의 머리가 놓여 있었다.

　소년은 인파 틈새에서 그 머리를 보았다. 눈은 잠든 것처럼 감고 있고, 피부색은 창백했다. 마치 만든 것 같아서 기분 나빴다.

　"설마……."

　바로 뒤에서 들려오는 목소리에 소년은 돌아보았다. 검은 옷을 입은 남자가 서 있었다. 검은 토시와 끝이 말린 흑발. 진녹색 눈동자는 테이블 위의 머리를 바라보고 있었다.

롤로는 눈을 크게 뜨고 그 머리를 바라보았다.

──아아, 이럴 수가.

살짝 웨이브가 들어간 금발. 턱에서는 그가 곧잘 쓰다듬던 다박수염이 보였다. 그것은 분명히 버드 그레이스의 머리였다.

롤로는 다리가 풀려서 길에 두 무릎을 꿇었다. 가슴에 북받치는 감정이 분노인지 한탄인지 스스로도 알 수 없었다. 다만 한없이 아팠다. 가슴이 찢어질 것만 같았다. 끓어오르는 감정이 너무 커서 억누를 수 없었다.

롤로는 등을 굽히고 자기 가슴을 세게 움켜쥐었다. 도로에 이마를 비볐다.──이건 뭘까. 롤로는 당혹스러웠다. 이렇게 괴로운 감정이 존재하나. 이대로 있다간 죽을 것만 같았다. 숨을 쉴 수가 없다──.

"배 아파……?"

갑자기 쓰러진 롤로를 보고 놀라서 소년이 걱정스러운 얼굴로 바라보았다.

테이블 앞에 있던 사람들도 그걸 깨닫고 돌아보았다.

머리를 감시하던 기사들이 주저앉은 롤로를 보고 미간을 찌푸렸다. 흑발에 검정 장갑. 검은색 옷에 마른 체격의 남자──.

"어이, 저 녀석, 설마──."

그 특징은 어젯밤에 성에서 도망쳤다고 알려진 '검둥개'와 흡사했다.

기사들이 인파를 헤치며 다가오는 기척을 느끼고 롤로는 일어섰다.

"잠깐! 너, 검둥개로군……!!"

창을 휘두르는 기사들에게 쫓겨서, 롤로는 뢰베 시가지 안으로 모습을 감추었다.

—— '검둥개' 가 나타났다.

그 정보는 바로 뢰베의 기사들 사이에 퍼졌다.

캠퍼스펠로우의 외무대신 에델바이스는 도로를 빠른 걸음으로 걷고 있었다. 한시라도 빨리 몸을 감추어야 한다는 심정이었다. 평소 입던 잿빛 로브가 아니라 삼베옷을 입고, 외무대신의 징표인 깃털 배지는 뗐다.

뒷골목의 돌계단을 내려가던 에델바이스는 문득 그 앞에 남자가 서 있는 것을 깨달았다. 발을 멈추고 남자를 내려다보았다. 검은 장갑을 착용한, 눈에 익숙한 인물. 롤로다.

"무사, 했군요. 다행입니다."

에델바이스는 말했지만, 그 표정은 긴장으로 굳어 있었다.

롤로는 진녹색 눈동자로 그를 올려다보고 있었다. 그 얼굴에 감정의 빛은 없었다.

"생각해 보면 피가로 킴벌리는 처음부터 우리 안에 '검둥개' 의 후계자가 있다는 정보를 가지고 있었지요. 당신에게서 후계자의 신체적 특징을 들었던 겁니다. 그러니까 나를 찾아낼 수 있었던 거겠죠?"

"……."

"성으로 이송되는 마녀가 검둥개의 습격을 받을 거란 정보도 당신에게 들어서 알았겠고요."

에델바이스의 바로 앞을 바구니를 든 부인 두 명이 담소를 나누며 지나서 계단을 내려갔다. 계단 도중에 뒷문이 있는 빵집에서는 탄 빵이라도 좋으니까 달라고 조르는 가난한 집 아이들이 가게 주인에게 쫓겨나고 있었다.

사람들의 눈이 있는 골목길이다. 멈춰서 있는 것은 롤로와 에델바이스뿐.

"그러니까 나는 처음부터 반대한다고 말했습니다. 마녀는 재앙이라고요. 캠퍼스펠로우에 재앙을 불러들이다니, 도무지 제정신이라고 생각할 수 없어요. 그러니까……."

에델바이스는 비통한 표정을 하면서 고개를 내저었다.

"그러니까 공식 밀서와 별도로 개인적으로 킴벌리 씨와 연락했습니다. 캠퍼스펠로우의 일부 인간은 마녀의 양도를 바라지 않는다고——."

피가로에게 받은 대답은 '우리 기사도 마녀를 양도하기 바라지 않는다.' 였다.

교섭은 오무라가 단독으로 추진한 것이며, 캠퍼스펠로우의 일부 사람이 마녀의 양도를 바라지 않듯이 뢰베의 기사들 또한 이 교섭을 바라지 않는다.

하지만 안심해 달라고 피가로의 편지에는 적혀 있었다. 반드시 오무라를 설득하여 마녀를 화형에 처하겠다고.

롤로는 가만히 에델바이스를 바라보았다.

"교섭은 처음부터 실패하게 되어 있었군요."

"그렇습니다. 하지만 이미 오무라가 그레이스 공 일행을 초대한 이상 그의 체면을 봐서 초대에 응해달라고……. 그는 차기 사자왕이 될 예정인 인물이었으니까……."

"하지만 그것은 그레이스 가문을 불러들여 학살하기 위한 함정이었습니다."

에델바이스는 두 손을 모으고 호소했다.

"제발 믿어주세요. 나는 학살까지는 몰랐습니다! 그 재판관들이 진짜 마술사란 것도 학살이 시작된 뒤에 알았으니까……."

"그럼 왜 친선 파티에 참가하지 않았습니까?"

"그건……."

사실 에델바이스는 학살이 일어날 줄 몰랐다. 하지만 뢰베 왕국이 아멜리아 왕국과 동맹을 맺은 것은 피가로에게 들었다.

캠퍼스펠로우는 끝이라고 피가로는 말했다. 뢰베와 아멜리아는 힘을 합쳐서 캠퍼스펠로우를 공격할 거라고——.

그러니까 피가로는 에델바이스를 꼬드겼다. 외교를 맡은 외무대신에게는 많은 정보망과 연줄이 있다. 뢰베는 무구 무역이 왕성한 캠퍼스펠로우의 시장을 통째로 빼앗으려는 것이다. 피가로는 그 중간책이 될 에델바이스의 안전한 지위를 약속했다.

그 제안에 에델바이스가 고개를 끄덕이자, 그럼 친선 파티에는 출석하지 말라고 피가로가 충고하였다.

롤로는 계단을 올라가기 시작했다. 천천히 에델바이스에게 다가갔다.

"학살을 몰랐다고 해도, 친선 파티에서 뭔가가 일어날 것은 알고 있었을 겁니다. 그러니까 출석하지 않았죠. 당신은 그레이스 가문을 저버렸어요——."

"하지만, 그레이스 가문은, 이미 궁지에 몰렸습니다……! 아멜리아와 뢰베가 손을 잡고 쳐들어오면 캠퍼스펠로우는 끝장입니다! 실제로 지금 아멜리아의 군대가 캠퍼스펠로우에 진군하고 있을 터……!"

롤로는 발을 멈추었다.

"아멜리아의 군대가?"

"예, 그렇습니다. 어제 뢰베가 학살을 시작한 타이밍에 캠퍼스펠로우에도 아멜리아의 군대가 밀려들었을 겁니다. 나는 킴벌리 씨에게 그렇게 들었습니다. 캠퍼스펠로우는 뢰베의 속국이 되고, 오무라 공의 입김이 닿는 자가 다스리게 됩니다. 그레이스 가문을 모시는 가신은 모두 숙청당하겠죠."

에델바이스는 아래에 있는 롤로에게 계속 호소했다.

"세상은 변하는 겁니다……! 하지만 생각해 보세요. 정치를 맡은 자가 물갈이되어서 뢰베에 지배당하는 것보다는 캠퍼스펠로우 사람을 생각하는 사람이 한 명이라도 정치 중추에 있는 편이 좋겠죠? 그렇게 생각했으니까 나는 일하지 않겠냐는 오무라 공의 권유를 받아들인 겁니다……!"

"……."

롤로는 다시금 계단을 오르기 시작했다.

조금씩 속도를 올려서 에델바이스와의 거리를 좁혔다.

"롤로 씨⋯⋯! 내가 당신을 간부로 들일 수도 있습니다. 사람들을 죽게 내버려 뒀다고 하지 마세요. 오히려 나는 캠퍼스펠로우의 미래를 생각해서──."

소리도 없이 에델바이스와 엇갈렸다. 검은 장갑에서는 칼날이 튀어나와 있었다.

──암살자는 통곡에서 태어난다.

가슴이 찢어질 듯한 고통에서. 죽을 것 같다고 떨 정도의 슬픔에서.

효수된 버드의 머리를 본 순간의 그 감정을 떠올리고 롤로는 울었다. 소리를 내는 대신 칼날을 휘두르며.

롤로의 뒤에서 에델바이스의 목이 찢어지고 피보라가 일었다. 에델바이스는 힘이 빠져 쓰러져서 계단을 굴러떨어졌다.

돌길을 적시는 선혈에 통행인들이 비명을 질렀다. 사람들이 차례로 모여들었다.

계단 위에서는 이미 롤로의 모습을 찾아볼 수 없었다.

3

롤로가 숙소로 돌아왔을 무렵, 가을 하늘은 오렌지색으로 물들어 있었다.

롤로는 말을 마구간에 맡기고 숙소 뒤쪽에 있는 계단으로 향했다. 델리리움이 잠든 방은 이 계단을 올라간 2층에 있다.

숙소의 뒤쪽에는 마차나 짐마차를 맡길 수 있는 넓은 공간이 있었다. 거기에는 아이들이 끈을 뭉쳐서 커다랗게 만든 공을 차며 놀고 있었다.

롤로는 그 광경에 발을 멈추었다. 공을 서로 빼앗는 아이들 안에 테레사리사의 모습이 보였기 때문이다. 저잣거리에서 흔히 볼 수 있는 스커트 차림에 머리에는 스카프를 했다.

테레사리사는 공을 차올리더니 발등이나 무릎으로 통, 통 튀겼다. 아이들이 떠들며 그걸 쫓았다.

테레사리사는 롤로의 시선을 깨닫고 공을 지면에 떨어뜨렸다. 아이들이 재빨리 그것을 빼앗아갔다. 테레사리사는 아이들을 놔두고 롤로의 곁으로 다가왔다.

"마녀님은 공을 잘 차는군요."

"어렸을 적에 '방랑민'의 캐러밴에서 곧잘 놀았으니까. 땀이 났네. 아까 씻었는데……!"

테레사리사는 숨을 훅 내쉬고 손바닥으로 얼굴을 부채질했다.

"그나저나 주군은 구했어?"

"아뇨. 하지만 괜찮습니다. 나는 내가 해야 할 일만 하면 되니까요."

"그렇구나……."

"공주님은 눈을 떴습니까?"

"아니, 아까 방을 봤을 때도 아직 푹 자고 있었어."

"그렇습니까."

"저기……."

테레사리사는 뭔가 말하기 거북한 눈치였다.

"아까 여행자들이 하는 말을 우연히 들었는데, 어젯밤에 아멜리아 군대가 캠퍼스펠로우를 공격한 모양이야……."

"시내에서 들었습니다. 캠퍼스펠로우 성은 함락되었다나요."

"……."

"누나! 얼른 와!"

공을 가진 아이들이 저쪽에서 테레사리사를 불렀다.

"미안, 이따가!"

테레사리사는 손을 흔들었다. 롤로는 그 옆얼굴에 중얼거렸다.

"뢰베를 방문한 59명의 캠퍼스펠로우 사람들은 아마 대부분이 살해되었을 겁니다. 우리는 괴멸했다고 해도 과언이 아니죠."

롤로는 시선을 내렸다. 그때 정원의 회랑에 남기고 온 카푸치노의 안부도 모르는 상태다. 데리고 나올 여유가 없었던 것이 후회스럽다.

"하지만 아직 희망은 있습니다. 델리리움 님이 살아 계시니까요."

그레이스 가문의 후계자, 델리리움 그레이스는 살아 있다. 그녀를 정당한 영주로 모시고 아멜리아나 뢰베와 싸우고 캠퍼스펠로우를 되찾는다. 그것이 롤로의 바람. 그리고 주군인 버드의 바람——.

"나는 델리리움 님과 함께 앞으로 캠퍼스펠로우로 돌아가겠습니다. 나라로 돌아가서 상황을 확인하고 싶습니다. 성이 함락되어도 아직 싸울 마음을 가진 철화 기사들이 있을지도 모르죠. 아직…… 포기하기엔 이를지도 모릅니다."

돌아본 테레사리사를 롤로는 진지하게 바라보았다.

"마녀님, 같이 와 주시겠습니까?"

"나도? 캠퍼스펠로우에?"

"캠퍼스펠로우와 뢰베의 상황은 비슷합니다. 뢰베 왕국도 지금 또 다른 사자왕 후계자인 스노우화이트 공주가 몸을 숨긴 상태. 아까 뢰베로 돌아갔을 때 '잿동네'에서 공주가 은신한 장소에도 들렀습니다. 하지만 스노우화이트 공주와 디트헬름 씨는 이미 뢰베를 떠났습니다."

둔두그의 말에 따르면, 스노우화이트는 디트헬름과 함께 국외의 숲에 모습을 숨긴다고 했다. 정세가 바뀌어서 아멜리아와 동맹국이 된 뢰베에는 앞으로 마술사들이 드나들게 되겠지. 마술사의 마법은 종잡을 수가 없다. 탐사 능력을 가진 마술사가 있어도 이상하지 않다. 뢰베 시에 계속 숨어 지내는 것은 너무나도 위험하다.

"뢰베는 왕비인 마녀님의 나라. 혹시 되찾을 생각이라면 우리는 협력할 수 있습니다."

"나는 왕비가 아니야."

테레사리사는 시선을 내리고 살짝 고개를 내저었다.

"혼인식이 끝나기 전에 예배당에서 끌려 나갔으니까, 내 성은 '뢰베'가 아니야. 아직 '메이덴'이지. 하지만 이대로 오무라를 놔둘 생각은 없어——."

테레사리사의 붉은 눈동자는 아직 분노로 타오르고 있었다.

"뢰베는 프리우스 님이 사랑한 나라니까. 내가 반드시 스노우화이트의 손에 돌려주겠어."

그것이 오무라가 모반하는 계기가 된, 자신의 속죄가 되면 좋겠다.

테레사리사는 롤로의 진녹색 눈동자를 마주 바라보았다.

"그걸 위해서라면 '거울의 마녀' 는 힘을 빌려줄게."

"그럼 일단 첫 번째는 됐군요."

롤로는 숨을 내쉬고 살짝 웃었다.

"일단 첫 번째? 무슨 소리?"

"아뇨, 이쪽 이야기입니다."

발길을 돌려서 계단으로 향하는 롤로는 걸으면서 바구니를 테레사리사에게 내밀었다.

"괜찮다면 이걸 드시죠."

"뭔데?"

테레사리사는 롤로의 옆을 걸어갔다. 바구니를 받아서 그 위에 덮인 천을 걷다가 눈을 반짝였다.

"카늘레!!"

밖은 바삭바삭, 안은 촉촉하게 구운 과자, 카늘레다. 롤로는 스노우화이트에게서 테레사리사가 좋아하는 음식에 대한 정보를 얻었다. 이것은 뢰베의 시장에서 사 온 것이다.

"먹어도 돼?"

"물론입니다."

그때 아이 한 명이 공을 테레사리사의 엉덩이에 던졌다.

"아얏."

그런 소리를 내면서 돌아보는 테레사리사. 아이들은 놀리듯이 웃었다.

방으로 돌아가려는 테레사리사의 관심을 끌려고 그런 거겠지. "와아."라며 손가락을 내미는 건방진 소년에게 울컥하여 테레사리사는 혀를 내밀었다.

"베에엣!"

그 독살스러운 자홍색 혀를 보고 아이들은 화들짝 놀랐다. 테레사리사가 두 팔을 벌리고 성큼성큼 발을 옮기자 아이들은 뿔뿔이 흩어져서 도망쳤다. 그 뒷모습을 보고 테레사리사는 키득키득 웃었다.

"마녀님도 아파하는군요."

롤로는 혼잣말을 하면서 계단을 올라갔다.

공이 엉덩이에 맞을 때 테레사리사는 분명히 '아얏'이라고 말했다.

마녀는 고통을 느끼지 않는다── 그것은 미신이었던 모양이다.

"그게 무슨 소리야? 당연하잖아."

"뭐······. 당연하지요."

버드는 그 미신을 믿었을까. 그러면 자기 눈으로 보고 느낀 것밖에 믿지 않았겠지. 마녀에 얽힌 소문은 하나도 믿지 않았을지 모른다. 그런 사람이니까 재앙인 마녀를 모은다는 기책을 떠올렸다.

밤비가 내리는 〈왕의 모형정원〉에서 헤어질 때 버드는 롤로를 바라보며 부탁한다고 말했다. 버드는 캠퍼스펠로우의 미래를 롤로에게 맡긴 것이다. 롤로의 품에는 마녀들의 정보가 적힌 양피지가 착착 접힌 채로 들어 있다. 버드가 모으라고 지시한 마녀는 앞으로 여섯 명. 주군이 모으라고 하면 개는 따를 뿐이다.

온 대륙에 흩어진 마녀를 모아서 반드시 캠퍼스펠로우를 되찾겠다고 맹세한다.

계단을 올라가면서 테레사리사는 바구니에서 카늘레를 집어 들었다. 뢰베의 카늘레는 벌꿀을 덧씌웠다. 한 입 깨문 테레사리사는 그 단맛에 활짝 웃음을 띠었다. 입가에서 덧니가 엿보였다.

"맛있어!"

앞서가던 롤로는 고개를 돌려 테레사리사를 내려다보았다. 마녀도 남들과 똑같이 카늘레를 맛있다고 느낀다. 이토록 순수한 미소를 주군에게도 보여주고 싶었다고, 롤로는 생각했다.

후기

마녀와 공룡── 제일 먼저 구상한 플롯의 타이틀입니다.

꿈에서 보았습니다. 빗자루를 탄 마녀들이 거대한 공룡을 에워싸고 불구슬을 던지고 벼락을 떨어뜨리고 차례로 공격하는 광경을. 뜨겁잖아. 4년 정도 전의 일이었습니다. 지난 시리즈의 연재가 끝나고, 자, 다음 신작은 어떻게 할까 하는 타이밍입니다. 본래 새 기획을 몇 가지 준비해야 할 상황, 공룡에 자신이 있었기에 이거 하나만 들고 담당자와의 회의에 임했습니다. 도쿄 진보초의 로얄호스트[*패밀리 레스토랑의 이름]였습니다.

열변했습니다. "아니, 남자는 마녀를 좋아하지 않습니까. 남자는 공룡도 좋아하지 않습니까. 그 둘이 싸운다고요. 대단하지 않습니까. 대단하지요."

"으음⋯⋯. 공룡은 좀 그렇고. 용이라도 좋지 않습니까?"

"용으론 안 되죠! 공룡과 용은 전혀⋯⋯ 아니, 거의 같나⋯⋯? 꿈에서 본 그거, 용인가⋯⋯? 아니, 하지만 딱 들어맞았습니다. 타이틀의 어감이. '마녀와 공룡'이라고 깔끔하게. 과연 이 이상 어감이 좋은 단어가 있을까요!"

그런 식으로 둘이서 타이틀을 다시 생각했습니다. '마녀'는 괜찮다. '공룡'을 바꿔 보자. 마녀와 추상…… 마녀를 방류…… 마녀와 엽총……. 그리고 테이블 위의 커피가 미지근해졌을 무렵. '마녀와 사냥개'로 일단 만들어 보자, 로 정리되었습니다.

그렇습니다. 이 이야기는 타이틀을 먼저 만든 것입니다. 위험했다, 하마터면 공룡과 싸울 뻔했다. 그로부터 열네 번의 플롯 수정을 거치고, 담당자도 변하고, 기나긴 세월을 거쳐 간신히 원고 집필에 착수했습니다만, 그때부터가 진짜 지옥이었습니다.

마법 관련이나 중세 유럽의 책을 뒤지고 준비해서 쓰기 시작했는데, 막상 원고지 앞에 있으니 여러 의문이 떠올랐습니다. 어떤 요리를 내놓아야 할까. 어떤 옷을 입혀야 할까. 일반 가정에 창문은 있나. 화장실은? 시간의 개념은? 마법의 구조는? 나라의 구성은? 그리고 마감에 맞출 수 있을까. 39도의 열이 나서 코로나 양성을 의심하고 자숙기간이 되어도 방에서는 집중할 수 없어서 차나 베란다에서 쓰고, 코로나가 좀 진정된 뒤로는 조금이라도 접촉을 피하도록 푸드코트에서 쓰거나. 화상 통신으로 작가들끼리 술을 마시며, 힘들다, 끝이 없다, 소설 같은 건 쓰고 싶지 않아, 라는 소리를 늘어놓으면서, 어떻게든 쓴 것이 이번 작품입니다. 공룡은 고사하고 용이랑도 싸우지 않아!

이번에는 평소 이상으로 편집부를 시작으로 많은 분들께 폐를 끼쳤습니다. LAM 씨와 디자이너 카토 씨에게는 최고의 세계관을 그려 주신 것에 대해 감사의 마음을 금할 수 없습니다.

다음에는 어떤 옛날이야기를 모티브로 한 마녀를 내보낼까. 저도 궁금합니다만, 이 후기만 해도 세 시간 가까이 걸렸습니다. 2권을 쓸 수는 있을까. 언젠가 꿈에서 본 광경을── 마녀 VS 티라노사우루스를 쓰는 날은 올 것인가, 과연!

책이 안 팔린다고 한탄하는 작금, 독자 여러분은 꼭 감상 트윗 등으로 응원해 주셨으면 하고 바랄 뿐입니다.

카미츠키 레이니

마녀와 사냥개 1

2022년 06월 20일 제1판 인쇄
2022년 07월 01일 제1쇄 발행

지음 카미츠키 레이니
일러스트 LAM

옮김 한신남

발행 영상출판미디어(주)
등록번호 제 2002-000003호
주소 21315 인천광역시 부평구 부평대로 283 A동 702호
전화 032-505-2973(代) | FAX 032-505-2982

ISBN 979-11-380-1487-8
ISBN 979-11-380-1486-1 (세트)

MAJO TO RYOKEN Vol. 1
by KAMITSUKI RAINY
ⓒ2020 KAMITSUKI RAINY   Illustrated by LAM
All rights reserved.
Original Japanese edition published by SHOGAKUKAN.
Korean translation rights in Korea arranged with SHOGAKUKAN through Shinwon Agency.

 노블엔진(NOVEL ENGINE)은 영상출판미디어(주)의 라이트노벨 및 관련서적 브랜드입니다.